U0063621

# 國家語委普通話水平測試

## 應試教程

修訂版
新詞例 ★ 新錄音

馮海峒 · 李斐 · 馬毛朋　編著

萬里機構

### 國家語委普通話水平測試應試教程（修訂版）

編著
馮海峒　李斐　馬毛朋

編輯
阿柿

封面設計
小肥

版面設計
萬里機構製作部

出版者
萬里機構出版有限公司
香港北角英皇道499號北角工業大廈20樓
電話：2564 7511　　傳真：2565 5539
電郵：info@wanlibk.com
網址：http://www.wanlibk.com
　　　http://www.facebook.com/wanlibk

發行者
香港聯合書刊物流有限公司
香港荃灣德士古道220-248號荃灣工業中心16樓
電話：2150 2100　　傳真：2407 3062
電郵：info@suplogistics.com.hk
網址：http://www.suplogistics.com.hk

承印者
中華商務彩色印刷有限公司
香港新界大埔汀麗路36號

出版日期
二〇一二年三月第一次印刷
二〇二三年八月第八次印刷

# 序言

　　普通話是現代漢語的標準語，也是我國的國家通用語言，不僅在國內，而且在國際上有着日益重要的影響。近年來香港民眾學習普通話的需求和熱情持續高漲，這種需求和熱情，與港人"評核促進學習，學習提升素質"的理念相結合，造就了香港普通話教學與測試的繁榮。在眾多普通話評核中，國家語委普通話水平測試(PSC)，以其規格、品質和公信力而廣獲認同，截至2009年，已有逾6萬人次的香港人士參加，而且以每年約1萬人次的規模增長，成為目前香港參加人數最多的普通話考試之一。

　　馮海峒先生等編著的《國家語委普通話水平測試(PSC)應試教程》，是一部面對香港廣大PSC應試者的實用教材。馮先生就職於香港大學，北京人，資深國家級普通話水平測試員，從事普通話教學近20年，積累了豐富的教學經驗和普通話水平測試經驗。另兩位作者——李斐博士和馬毛朋博士，均就職於香港嶺南大學，同出於著名學府南京大學，雖是兩位後起的語言學者，但兼具理論修養與教學經驗，也同時集測試員和語言導師二職於一身。三位作者的通力合作，再加上國家語委普通話培訓測試中心資深測試員有關PSC技巧和在"說話"中需注意的"辭彙語法問題"等專題文章，一部有特色的實用性教程便呈現在讀者面前。

　　掌握普通話，"說"是根本，"說"的物質基礎和外殼是語音。《教程》旗幟鮮明地提出"正音"是普通話學習的靈魂，並且把正音訓練貫徹全書。語言學習"對比分析"理論告訴我們：比較出母語(或母言)和目的語的異同，對語言學習具有重要作用。本《教程》並沒有系統講述基礎語音知識，而是在比較粵方言和普通話語音的基礎上，找出重點和難點，有針對性地分析和練習。如果非要說系統性不足是本書一個小小缺憾的話，那麼它換取的是更有效(包括效率和效果)的訓練。這取捨之間，正體現出作者正音訓練不僅要"明理"，更要"致用"的取向。針對測試反映出的問題，本《教程》特別加強了朗讀的講解和訓練，把在朗讀中體悟語感作為提高應試者普通話水準的有效手段，這無疑是非常可取的。因為連續語流是語言線形特徵的自然體現，只注重"靜態"儲備單位——字詞的訓練，是不符合語言本質規律的，訓練效果和測試成績的回饋，已清楚地表明了這一點。"說話"，是應試者深感困難的一個測試項，本《教程》不僅以實例分析了"說話"項容易出現的語音、辭彙、語法問題，還提供了所有話題題目的"題目分析"和"範文示例"，以幫助應試者做準備。需要指出的是，PSC "説話"測試項，是命題説話，並非"口頭作文"，"範文"僅屬於"示例"性質，絕非背誦的素材，PSC "説話"重視自然流暢的表達，這一點需要考生細心體會。

正如作者所言，任何教材都不是"靈丹妙藥"，但教材有合用不合用之分，對於PSC應試者和希望提高普通話水準的自學者而言，本《教程》是一本相當不錯的輔助教材。您從中受到點滴啟發，獲得些許進步，都是作者和筆者所共同期待的。

王暉

2010年3月26日

於北京觀山居

（本"序言"作者王暉教授，目前任國家語委普通話培訓測試中心測試處處長，曾赴英國留學，發表專著多種，語言學家）

# 序章概説

## 本書概説

國家語委的**"普通話水平測試"**（Putonghua Shuiping Ceshi，以下簡稱"PSC"），是按照《中華人民共和國國家通用語言文字法》在全國推行的標準考試，屬國家行為。

在香港，按照"一國兩制"的原則，並無統一規定哪些人員要參加這一測試。但香港施行"兩文三語"（即中文、英文；廣東話、普通話、英語）的政策，普通話成為官方語言之一，特別是隨着政治、經濟、文化的發展，人們在工作、學習、生活中對普通話的需要急速增加。越來越多的港人報考"PSC"，以提高自己的普通話水平，證實自己的能力，並取得國家等級的證書。

## 一、"PSC"簡介

國家語委的"PSC"由有關專家、學者多年研究，並經過長期實踐，證實為有效、可行、客觀、量化的一個口語測試。測試共五題，分別為：

| 題目 | 目的 | 時限 | 分數 |
| --- | --- | --- | --- |
| （一）朗讀單音節詞語（100音節） | 本項主要測查應試者聲母、韻母、聲調讀音的標準程度。 | 3.5分鐘 | 10分 |
| （二）朗讀多音節詞語（100音節） | 本項除測查應試者基本的聲、韻、調之外，還重點測查變調、輕聲、兒化讀音的標準程度。 | 2.5分鐘 | 20分 |
| （三）選擇判斷 | | 3分鐘 | 10分 |
| 1.詞語判斷（10組） | 本項主要測查應試者掌握普通話詞語的標準程度。 | | 2.5分 |

| 題目 | 目的 | 時限 | 分數 |
|---|---|---|---|
| 2.量詞、名詞搭配（10組） | 本項主要測查應試者掌握普通話量詞和名詞搭配的標準程度。 | | 5分 |
| 3.語序或表達形式判斷（5組） | 本項主要測查應試者掌握普通話語法的標準程度。 | | 2.5分 |
| （四）朗讀短文（一篇，400音節） | 本項主要測查應試者用普通話朗讀書面作品的水平，在測查聲、韻、調的同時，重點測查連續音變、停連、語調以及流暢程度。 | 4分鐘 | 30分 |
| （五）命題説話（二題選一） | 本項主要測查應試人在無文字憑藉的情況下説普通話的水平，重點測查語音標準程度、詞彙語法規範程度和自然流暢程度。 | 3分鐘 | 30分 |

## 二、應試者普通話水平等級的確定

在香港，由"國家語委普通話培訓測試中心"與各教育、教學機構合辦的"測試中心"負責進行測試及評分、認證等級。應試者在此進行的測試，以及取得的"國家等級"的證書，與"國家語委普通話培訓測試中心"頒發的"國家等級"的證書具有同等效力。應試者並可同時申領直接由"國家語委普通話培訓測試中心"頒發的證書。

根據國家語言文字工作部門發布的文件規定，普通話水平分為**三級六等**。

**一級甲等**：97分及其以上；
**一級乙等**：92分以上但不足97分；

**二級甲等**：87分以上但不足92分；
**二級乙等**：80分以上但不足87分；

**三級甲等**：70分以上但不足80分；
**三級乙等**：60分以上但不足70分。

60分以下為不入等級。

## 三、本書概要

　　本書為具有一定普通話基礎、國家語委PSC的"準應試者"而寫，也可用作提高普通話水平的進修教材。

　　"正音"，始終是學習一種語言的靈魂。本書並沒有把所有的基礎語音重複一遍，而是有針對性地，特別是針對粵方言區的問題，找出其中的重點、難點着重分析、練習。語音中，**聲調**的重要性，"**重點聲母**"的發音，以及**變調**、**輕聲**、"**兒化**"佔主要的地位。語音部分還結合"PSC"列舉了大量詞語進行對比、練習。

### 詳說語音缺陷

　　在語音教學中，本書還特別詳細講解了"**語音缺陷**"這一新概念。語音缺陷是PSC中的一個重要測試點，也是很多應試者不甚瞭解的一個問題。不少應試者，包括一些內地來港、以普通話為母語的人士，考試成績不理想，很多都是因為不瞭解什麼是"語音缺陷"。

### 加強朗讀訓練

　　本書還針對實際情況，特別加強了"**朗讀**"的講解和訓練。社會現實是，中文、中國文化教育程度普遍不足，而普通話的"朗讀"更為薄弱。應試者不太瞭解朗讀的基本要求，不是"見字發音"、死板地讀這400個字，就是在誇張、表演上面下功夫，把"朗讀"當成了"朗誦"。本書除了講解"朗讀"的基本理論和要求，還結合"PSC"的朗讀作品，用大量的例句，配以符號，實際上教大家怎樣朗讀。

### 列舉說話實例

　　"說話"也是多數應試者"心中沒底"的一道題。本書除了講解"說話"一題的要求和注意事項外，還列舉了大量的例詞、例句，着重分析了在"說話"中容易出現的發音、詞匯和語法問題，並提供了所有30個說話題目的"題目分析"和"範文示例"，以幫助應試者做準備。

　　本書還特別邀請了"國家語委普通話培訓測試中心"的資深國家級測試員撰寫了有關"PSC測試技巧"和在"說話"中要注意的"詞匯語法問題"等專題文章，以他們的專業意見幫助大家提升應試能力。

　　任何教材都不是"天書"，都不是"靈丹妙藥"，都不可能一日之間把水平提高一大塊。最重要的是練習。本書內容全面、重點突出、實用性強，通過精闢、簡明的分析講解，以大量的例詞、例句有針對性地指導大家練習，協助應試者在準備"PSC"的過程中，能夠較快、較多地提高自己運用普通話的能力和水平。

# 目錄

序言 ............................................................................... 3

序章概説 ...................................................................... 5

## 第一章　讀單音節字詞

**第 1 節　聲韻調：讀單音節字詞的應考難點** ............................................. **16**

**第 2 節　讀單音節字詞應試基本要求** ....................................................... **17**

　　1 發音要力求準確 ....................................................................... 17

　　2 發音要完整飽滿 ....................................................................... 17

　　3 注意 "語音缺陷" ..................................................................... 18

　　4 標準第一，兼顧節奏 .................................................................. 18

**第 3 節　糾正聲調** ......................................................................... **19**

　　1 普通話聲調系統簡介 ................................................................... 19

　　2 香港人學習普通話時常見的聲調錯誤分析及訓練 ......................................... 22

**第 4 節　糾正聲母** ......................................................................... **26**

　　1 z、c、s，zh、ch、sh，j、q、x 聲母 ..................................................... 26

　　2 n 與 l 聲母 ............................................................................ 29

　　3 f 與 h 聲母 ............................................................................ 30

　　4 k 與 h 聲母 ............................................................................ 31

　　5 r 與 y 聲母 ............................................................................ 32

　　6 普通話聲母發音部位和發音方法表 ....................................................... 33

**第 5 節　糾正韻母** ......................................................................... **34**

　　1 a 與 e 韻母 ............................................................................ 34

　　2 ü 韻母與 i、u 韻母 ..................................................................... 34

　　3 ai 與 ei 韻母 .......................................................................... 36

　　4 ao 與 ou 韻母 ......................................................................... 37

　　5 前後鼻音韻母 .......................................................................... 38

　　6 普通話韻母表 .......................................................................... 41

**第 6 節　易錯讀單音節字詞舉例** ............................................................. **42**

# 第二章　讀多音節詞語

**第 1 節　語流音變：讀多音節字詞的應考難點**.....................................46

**第 2 節　上聲變調**.....................................47
1 上聲(ˇ)＋上聲(ˇ)...................................47
2 上聲(ˇ)＋非上聲...................................48

**第 3 節　"一"、"不"變調**.....................................49
1 "一"的變調...................................49
2 "不"的變調...................................50

**第 4 節　輕聲**.....................................51
1 輕聲的讀法...................................51
2 輕聲的作用...................................52
3 輕聲詞語的類別...................................52
4 輕聲練習...................................54
5 普通話水平測試用必讀輕聲詞語表...................................55

**第 5 節　兒化**.....................................60
1 兒化的作用...................................60
2 兒化的發音特點...................................61
3 普通話水平測試用兒化詞語表...................................62

**第 6 節　易錯讀多音節字詞舉例**.....................................66

# 第三章　選擇判斷

**第 1 節　詞語判斷**.....................................70
1 普通話和廣東話詞彙差別...................................70
2 練習...................................74

**第 2 節　量詞、名詞搭配**.....................................75
1 普通話常用量詞、名詞搭配...................................75

2 粵普常用量詞搭配差異表 ................................................ 79

3 練習 ................................................................ 79

**第 3 節　語序或表達形式判斷** ............................................ **80**

　　1 語序 ............................................................ 80

　　2 句式 ............................................................ 81

# 第四章　朗讀短文

**第 1 節　自然流暢：朗讀短文的應考難點** ................................ **84**

　　1 朗讀機會太少 .................................................... 84

　　2 不敢大膽停頓 .................................................... 84

　　3 語調過平 ........................................................ 85

　　4 朗讀不夠自然流暢 ................................................ 85

**第 2 節　朗讀的基本要求** .............................................. **86**

　　1 什麼是朗讀 ...................................................... 86

　　2 朗讀的基礎 ...................................................... 86

　　3 標準的發音 ...................................................... 89

　　4 基本技巧 ........................................................ 89

**第 3 節　注意停連** .................................................... **90**

　　1 停頓 ............................................................ 90

　　2 連接 ............................................................ 97

**第 4 節　注意重音** .................................................... **99**

　　1 重音是句子的重音 ................................................ 99

　　2 重音的位置 ..................................................... 100

　　3 怎樣讀重音 ..................................................... 108

**第 5 節　注意語氣語調** ............................................... **112**

　　1 語氣 ........................................................... 112

　　2 語調 ........................................................... 113

**第 6 節　如何朗讀** ................................................... **114**

　　1 朗讀技巧組合運用 ............................................... 114

　　2 朗讀示範 ....................................................... 115

附：測試用朗讀六十篇作品 ...................................................... *118*

作品1號　*118*　　　　作品31號　*148*

作品2號　*119*　　　　作品32號　*149*

作品3號　*120*　　　　作品33號　*150*

作品4號　*121*　　　　作品34號　*151*

作品5號　*122*　　　　作品35號　*152*

作品6號　*123*　　　　作品36號　*153*

作品7號　*124*　　　　作品37號　*154*

作品8號　*125*　　　　作品38號　*155*

作品9號　*126*　　　　作品39號　*156*

作品10號　*127*　　　　作品40號　*157*

作品11號　*128*　　　　作品41號　*158*

作品12號　*129*　　　　作品42號　*159*

作品13號　*130*　　　　作品43號　*160*

作品14號　*131*　　　　作品44號　*161*

作品15號　*132*　　　　作品45號　*162*

作品16號　*133*　　　　作品46號　*163*

作品17號　*134*　　　　作品47號　*164*

作品18號　*135*　　　　作品48號　*165*

作品19號　*136*　　　　作品49號　*166*

作品20號　*137*　　　　作品50號　*167*

作品21號　*138*　　　　作品51號　*168*

作品22號　*139*　　　　作品52號　*169*

作品23號　*140*　　　　作品53號　*170*

作品24號　*141*　　　　作品54號　*171*

作品25號　*142*　　　　作品55號　*172*

作品26號　*143*　　　　作品56號　*173*

作品27號　*144*　　　　作品57號　*174*

作品28號　*145*　　　　作品58號　*175*

作品29號　*146*　　　　作品59號　*176*

作品30號　*147*　　　　作品60號　*177*

# 第五章 命題說話

**第 1 節**    **去除方言影響：命題說話的應考難點**.................................**180**

   1 語音標準：聲母....................................................180

   2 語音標準：韻母....................................................181

   3 語音標準：聲調....................................................181

   4 語音標準：語流音變............................................181

   5 詞彙語法：詞彙規範............................................182

   6 詞彙語法：語法規範............................................185

   7 自然流暢............................................................187

   8 時間控制............................................................189

   9 說話內容............................................................189

   10 說話語速..........................................................189

**第 2 節**    **30道說話題目分析及練習**.......................................**190**

   1 我的願望(或理想)................................................190

   2 我的學習生活....................................................191

   3 我尊敬的人........................................................192

   4 我喜愛的動物(或植物)........................................193

   5 童年的記憶........................................................194

   6 我喜愛的職業....................................................195

   7 難忘的旅行........................................................196

   8 我的朋友............................................................197

   9 我喜愛的文學(或其他)藝術形式........................198

   10 談談衛生與健康...............................................199

   11 我的業餘生活..................................................200

   12 我喜歡的季節(或天氣)......................................201

   13 學習普通話的體會...........................................202

   14 談談服飾..........................................................203

   15 我的假日生活..................................................204

   16 我的成長之路..................................................205

   17 談談科技發展與社會生活................................206

   18 我知道的風俗..................................................207

   19 我和體育..........................................................208

   20 我的家鄉(或熟悉的地方)..................................209

   21 談談美食..........................................................210

   22 我喜歡的節日..................................................211

23 我所在的集體(學校、機關、公司等)......................212

24 談談社會公德(或職業道德)......................213

25 談談個人修養......................214

26 我喜歡的明星(或其他知名人士)......................215

27 我喜愛的書刊......................216

28 談談對環境保護的認識......................217

29 我嚮往的地方......................218

30 購物(消費)的感受......................219

# 第六章　模擬測試卷總匯

模擬測試卷一......................222

模擬測試卷二......................224

模擬測試卷三......................226

模擬測試卷四......................228

模擬測試卷五......................230

模擬測試卷六......................232

模擬測試卷七......................234

模擬測試卷八......................236

模擬測試卷九......................238

模擬測試卷十......................240

模擬測試卷十一......................242

模擬測試卷十二......................244

模擬測試卷十三......................246

模擬測試卷十四......................248

模擬測試卷十五......................250

模擬測試卷十六......................252

試卷答案......................254

# 第七章　附錄

普通話水平測試的應試技巧......................262

香港考生在普通話水平測試"說話"中需要注意的幾種常見偏誤............266

# 讀單音節字詞

## 考試目的

PSC 第一題是朗讀 100 個單音節字詞,限時 3.5 分鐘,共 10 分。這一題的目的是測查應試人聲母、韻母和聲調讀音的標準程度。

字詞的 70% 選自《普通話水平測試用普通話詞語表》的"表一"(帶 * 的字詞佔 40%,不帶 * 的字詞佔 30%);另外 30% 選自"表二"。

# 第 *1* 節
# 聲韻調：讀單音節字詞的應考難點

PSC(香港)實際操作十多年來，語音一直是考生失分最多、影響成績最大的問題。據不完全統計，測試中第一題、第二題的失分率(包括本港以廣東話為母語的，也包括從內地來港定居、以普通話為母語的考生的失分率)大約平均在27%到32%之間。大部分考生只能考到三級。

## 語音主要問題有以下四方面

一、不認識、不會讀的字多

二、聲、韻、調錯誤多

三、變調、輕聲、兒化不熟練不準確

四、"語音缺陷"多

除了第三項，都是讀單音節字詞測試的重要語音問題。

第 *2* 節
# 讀單音節字詞應試基本要求

## 1. 發音要力求準確

聲調的調值、調型，聲母的舌位，韻母的口形舌位等，都是容易出現錯誤的。例如，聲調方面，第一聲是高平調（調值55），以粵方言為母語的人，常以粵方言"陰平"調的讀法去讀普通話的"陰平"調，而粵方言的"陰平"又有"高平"和"高降"（調值約53）兩種讀法，就造成了不少應試者把第一聲讀成一個下降的、類似第四聲的錯誤聲調。

聲母不準確是應試者失分的另一大原因，特別是"重點聲母"的錯誤最多。由於粵方言沒有翹舌音（普通話裏的 zh、ch、sh、r），也沒有相應的舌尖前音（z、c、s）及舌面音（j、q、x），只有近似的舌葉音，這就使得部分應試者對一些音節要不要翹舌、舌尖的位置是在前還是靠下等掌握不好，以致出現大量系統性的聲母錯誤。韻母方面，是前鼻音還是後鼻音都要讀得清清楚楚。

掌握正確的聲、韻、調是學好普通話的基礎，應試者應首先解決好這方面的問題，把時間和精力放在"發音準確"上面，才能取得理想的成績。

## 2. 發音要完整飽滿

日常生活的語流中，人們不會把每個字都讀得那麼完整，常有省音、"吞字"及其他語流音變現象，也就是人們常説的"懶音"。測試朗讀單音節時，則應該做到每個字的發音都完整、飽滿。

所謂"完整"，就是在發音時不能省略、含糊，要把一個音節讀成"一節"，而不是"一點"。例如第三聲（上聲）的字，不能只讀向下的那一半，即讀成調值2-1的"半三聲"，而要讀成完整的2-1-4調，讀成完整的"降升"調。

所謂"飽滿"，就是每個音要到位，做到字正腔圓。比如，聲母的發音部位要準確、無誤，不能含糊，似是而非；韻母舌位的高低、前後都要準確，複韻母口形的滑動過程要圓滑、到位；聲調調型（即高低、曲折的形狀）要完整、調值（即聲音高度的變化）要準確。

## 3. 注意"語音缺陷"

語音缺陷是普通話水平測試中的一個重要概念。"缺陷"是與"錯誤"相對而言的。普通話有21個聲母(不含零聲母)、39個韻母、4個聲調。這些聲母、韻母和聲調都有固定、標準的發音方法和發音部位。

如果將其中本應該讀"甲"的音讀成了"乙",這就是"錯誤",比如將"張(zhāng)"讀成了"髒(zāng)"是聲母錯誤,將"真(zhēn)"讀成了"爭(zhēng)"是韻母錯誤,將"很(hěn)"讀成了"痕(hén)"是聲調錯誤。

"語音缺陷"則是指接近標準發音,沒有把一個"字"讀成另一個"字",沒有發生歧義,但是又有毛病,又不夠"完美"的發音。例如,香港考生在讀"大"、"他"這些韻母為"ɑ"的音節時,口形常常不夠大,或是發音部位靠前,沒有讀成標準的"央 ɑ",這個發音接近"ɑ",但又不夠標準,這就是"韻母缺陷";在讀j、q、x聲母時,常有發音部位偏前的問題,形成"尖音",屬於"聲母缺陷";在讀第一聲(陰平調)時,調值不夠高,讀成了44或33調,這是"聲調缺陷"。根據"缺陷"的這一定義,凡是發音接近標準發音,但又不十分準確、不到位的情況,都是"缺陷"。

一般來説,在剛開始學習普通話時,糾正發音錯誤是學習的重點,而在學習達到中級階段,克服語音缺陷則應是努力的方向。因為到這個階段,學習者已形成一定的發音習慣,如果語音缺陷問題沒有得到應有的注意,改正起來就會比較困難。

聯繫PSC的等級,如果要達到"三級",考生要主要解決發音錯誤的問題;如果要從"三級"提高到"二級",進而提高到"一級",語音缺陷會是一個重要的障礙。所以,將語音缺陷率降到最低,是應試者需要重視的一個問題。

## 4. 標準第一,兼顧節奏

PSC第一題和第二題都規定了時間限制,第一題限時3.5分鐘,第二題限時2.5分鐘,超時酌情扣分。應試者在訓練時,應學會掌握速度,以適當的節奏進行朗讀。如讀速過快,在發音不夠熟練的情況下,失分率自然會比較高;過慢則會扣分。實際上,這兩題限定的時間是充裕的,在一般速度下,完全有時間讀完規定的字詞,考生應該以正常語速朗讀這兩題的詞語,並在每個詞語之間有相應的停頓。在"速度"與"標準"之間,首先要力求每個音節的準確和完美,因為語音標準才是第一位的。

# 第3節
# 糾正聲調

## 1. 普通話聲調系統簡介

　　聲調是普通話和漢語方言語音的重要特徵，有着區別意義的作用。普通話聲調的類別（簡稱"調類"）共有四個，分別是陰平、陽平、上聲、去聲，這四個聲調一般也稱為第一、第二、第三、第四聲。

　　聲調的本質是音高的變化。音高就是聲音的高低，人可以通過調節聲帶的鬆緊改變聲音的高低，從而形成不同的聲調。我們把一個人正常發音時的最高音稱為5度，最低音稱為1度，那麼普通話的陰平為55度，陽平為35度，上聲為214度，去聲為51度。這些用來表示四個聲調相對音高的數值就是調值。從聲音高低變化的形狀（簡稱"調型"）來說，普通話陰平是高平調，陽平是高升調，上聲是降升調，去聲是高降調。

普通話的調型和調值如下圖：

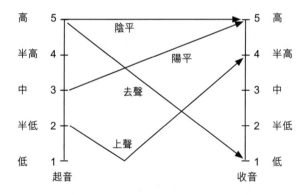

下面是普通話調類、調型、調值表：

| 調類 | 調型 | 調值 | 例字 |
| --- | --- | --- | --- |
| 陰平（第一聲，一） | 高平 | 55 | 多、說 |
| 陽平（第二聲，ノ） | 高升 | 35 | 來、人 |
| 上聲（第三聲，ˇ） | 降升 | 214 | 我、你 |
| 去聲（第四聲，ヽ） | 高降 | 51 | 去、大 |

下面分別介紹普通話的聲調：

# 陰平（第一聲，ー）

　　陰平的調值是55，是高平調。在發音時，由高音到高音，調值不變。

　　第一聲特別要注意的是"平"。稍有不平（向下），就失去了這個聲調的核心內容，聽者就會理解為向下的第四聲的聲調。這是以廣東話為母語的考生特別要注意糾正的。

　　當然，也要保持"高"，但"高"是相對的，一般不容達到最高的"55"，到"44"左右也就差不多了，但再低，就會視為"語音缺陷"。

## 陰平單字發音練習　　　　🎧 1001.mp3

| bā | pō | mēn | fēi | dī | tīng | niān | lā | guō | kē | huā |
|---|---|---|---|---|---|---|---|---|---|---|
| 巴 | 坡 | 悶 | 飛 | 低 | 聽 | 蔫 | 拉 | 郭 | 科 | 花 |
| jiē | qiā | xīn | zhōng | chū | shēn | rēng | zuān | cāng | sōng | ān |
| 街 | 掐 | 心 | 中 | 出 | 深 | 扔 | 鑽 | 蒼 | 松 | 安 |

## 陰平＋陰平發音練習　　　　🎧 1002.mp3

| qiān xū | ān zhuāng | shūbāo | cān jiā | fēngguāng | chū fā | cūnzhuāng | kāihuā |
|---|---|---|---|---|---|---|---|
| 謙虛 | 安裝 | 書包 | 參加 | 風光 | 出發 | 村莊 | 開花 |
| shānpō | xī shēng | zhuān jiā | xiāngjiāo | tiānzhēn | fā huī | gōng zī | dōngfēng |
| 山坡 | 犧牲 | 專家 | 香蕉 | 天真 | 發揮 | 工資 | 東風 |
| qīngchūn | jiāotōng | gēxīng | zhuānxīn | xiāoshī | tōngzhī | fāngzhēn | bāozhuāng |
| 青春 | 交通 | 歌星 | 專心 | 消失 | 通知 | 方針 | 包裝 |
| cānguān | jīngtōng | fēi jī | jīntiān | shān qū | zhōngxīn | xīngqī | qīngsōng |
| 參觀 | 精通 | 飛機 | 今天 | 山區 | 中心 | 星期 | 輕鬆 |
| fēngshōu | chūshēng | yīngdāng | qī jiān | gōng sī | xī shōu | qiāngōng | tiān jiā |
| 豐收 | 出生 | 應當 | 期間 | 公司 | 吸收 | 謙恭 | 添加 |

# 陽平（第二聲，／）

　　陽平的調值是35，是一個高升調。發音時，從音高範圍的中區逐漸升至最高，也就是從3（中區）過度到5（最高），整個發音過程要自然、圓滑。

　　應試者讀陽平調時，容易出現兩個錯誤，一是起點過低，把"35"調讀成"24"調；二是把普通話的"陽平"讀成廣東話的"陽平"（也就是古音的"陽平"），讀成一個真正的低平調（1-1）。

　　要特別注意第二聲是一個高升調，由中音起，高音結束，與低音區無關。

## 陽平單字發音練習　　　　🎧 1003.mp3

| bó | pí | máo | féi | duó | táng | ná | lǘ | guó | ké | huáng |
|---|---|---|---|---|---|---|---|---|---|---|
| 博 | 皮 | 毛 | 肥 | 奪 | 糖 | 拿 | 驢 | 國 | 咳 | 黃 |
| jú | qián | xiá | zhí | chá | sháo | róng | zú | céng | sú | é |
| 局 | 前 | 霞 | 植 | 茶 | 勺 | 榮 | 族 | 層 | 俗 | 額 |

## 陽平 + 陽平發音練習　🎧 1004.mp3

| lián hé 聯合 | yuán zé 原則 | lí míng 黎明 | hángchéng 航程 | chóngdié 重疊 | néngyuán 能源 | wánchéng 完成 |
|---|---|---|---|---|---|---|
| tóngqíng 同情 | fánróng 繁榮 | lún liú 輪流 | yú táng 魚塘 | hé píng 和平 | qí pán 棋盤 | yuánlín 園林 |
| chuányuán 船員 | fú cóng 服從 | píngcháng 平常 | zhíxíng 執行 | xué xí 學習 | qiáoliáng 橋樑 | tóngnián 童年 |
| yí chuán 遺傳 | liú xíng 流行 | pái qiú 排球 | wénmíng 文明 | cháo liú 潮流 | shíyóu 石油 | shíxíng 實行 |
| xíngchéng 形成 | yán gé 嚴格 | réncái 人才 | ángyáng 昂揚 | míngnián 明年 | ér tóng 兒童 | liú shén 留神 |
| chánghuán 償還 | huí tóu 回頭 | yóu jú 郵局 | cán yú 殘餘 | chéngyuán 成員 | tí xíng 題型 | lái yuán 來源 |

## 上聲（第三聲，ˇ）

　　上聲的調值是214，是一個曲折調，先降後升。發音時，音調從次低的位置2降至最低1，重點在1，然後再升至次高的位置4。此外，從2到1降的時間比較短，在1稍有停留，形成 "2-1-1-4" 這樣的實際聲調。發音過程應連貫，而不能在降和升轉折的地方出現間斷。

　　第三聲也是困擾考生的一個聲調，容易丟分。主要問題是，學習者對最低音強調不夠，而上升得又過高，往往形成一個 "2-2-4" 的聲調，這樣，如上所述，第二聲又錯讀為 "24"，就造成了第二聲、第三聲分不清，兩個聲調都錯的情況，從而失分甚多。

　　另外，一部分應試者又把第三聲讀得不完整，讀成 "2-1" 這樣的 "半三聲"，在讀單音節詞語時，算是缺陷，要扣分。

## 上聲單字發音練習　🎧 1005.mp3

| bǎ 把 | pǒ 叵 | mǐ 米 | fěi 斐 | duǒ 躲 | tǎng 躺 | nǎi 奶 | lǚ 屢 | guǐ 鬼 | kěn 肯 | hǔ 虎 |
|---|---|---|---|---|---|---|---|---|---|---|
| jiǎn 撿 | qǔ 取 | xǐng 醒 | zhǔn 準 | chǎn 產 | shuǐ 水 | ruǐ 蕊 | zǔ 祖 | cǐ 此 | sǎng 嗓 | wǒ 我 |

## 上聲 + 上聲發音練習　🎧 1006.mp3

| měihǎo 美好 | xiǎodǎo 小島 | shuǐniǎo 水鳥 | chǎngzhǎng 廠長 | qǔ nuǎn 取暖 | shǒubiǎo 手錶 | lěngshuǐ 冷水 |
|---|---|---|---|---|---|---|
| mǐ fěn 米粉 | biǎoyǎn 表演 | jiǎngshǎng 獎賞 | yǒngyuǎn 永遠 | gǔ wǔ 鼓舞 | guǎn lǐ 管理 | yǒuhǎo 友好 |
| lǎo lǐ 老李 | zhǔn xǔ 準許 | xuǎn jǔ 選舉 | xiǎng fǎ 想法 | suǒ yǐ 所以 | lǐngdǎo 領導 | dǎoyǎn 導演 |
| ǒu ěr 偶爾 | huǒ bǎ 火把 | zhǐdǎo 指導 | guǎngchǎng 廣場 | yǐngxiǎng 影響 | lǐ jiě 理解 | wǎnzhuǎn 婉轉 |

## 去聲（第四聲，ˋ）

去聲的調值是51，是一個高降調。發音時從最高音區5開始下降至最低音區1，整個下降過程要快速、有力。

| 去聲單字發音練習 | | | | | | | | | | 🎧 1007.mp3 |
|---|---|---|---|---|---|---|---|---|---|---|
| bù | pò | mò | fèn | dì | tà | nìng | lèng | guà | kuò | hè |
| 不 | 破 | 默 | 憤 | 第 | 踏 | 濘 | 愣 | 掛 | 闊 | 鶴 |
| jià | qiàn | xiào | zhèng | chàng | shèn | rì | zào | cuò | sài | wò |
| 價 | 欠 | 笑 | 正 | 唱 | 慎 | 日 | 造 | 錯 | 賽 | 臥 |

| 去聲＋去聲發音練習 | | | | | | | 🎧 1008.mp3 |
|---|---|---|---|---|---|---|---|
| bàogào | diànxiàn | shì gù | xìnrèn | shù lì | ài hù | chuàngzào | zhù hè |
| 報告 | 電線 | 事故 | 信任 | 樹立 | 愛護 | 創造 | 祝賀 |
| zì dòng | xiànmù | fèndòu | lùn jù | jiào yù | dà zhòng | rèngòu | mènghuàn |
| 自動 | 羨慕 | 奮鬥 | 論據 | 教育 | 大眾 | 認購 | 夢幻 |
| bàoqiàn | jì yì | zhuàngkuàng | zhàndòu | lù xiàng | jì niàn | zhìyuàn | hè diàn |
| 抱歉 | 記憶 | 狀況 | 戰鬥 | 錄像 | 紀念 | 志願 | 賀電 |
| diàn qì | làng fèi | huì duì | pànwàng | hàn zì | zhùzuò | zhòngyào | mìnglìng |
| 電器 | 浪費 | 匯兌 | 盼望 | 漢字 | 著作 | 重要 | 命令 |
| jiàn yì | fèn nù | qìng hè | yànhuì | zhèn dì | qù shì | bù duì | biànhuà |
| 建議 | 憤怒 | 慶賀 | 宴會 | 陣地 | 去世 | 部隊 | 變化 |

# 2. 香港人學習普通話時常見的聲調錯誤分析及訓練

普通話有4個聲調，粵方言則有9個聲調之多。但是香港人在學習普通話聲調的過程中並不能感受到由多入少的便利。總體來說，港人在學習普通話聲調的過程中遇到的問題可以從語音缺陷和語音錯誤兩方面進行分析：

第一方面是聲調的發音缺陷，主要是調值不夠準確而形成的缺陷。比如，普通話陰平的調值是55，是一個高平調，又高又平，港人讀陰平調時調值常不夠高，讀成了33調，雖然調型仍為平調，但調值不到位，屬於發音缺陷。

普通話陽平的調值是35，是高升調，從音高範圍的中間區域升至最高，如果讀成24調，這就成了低升調，也是發音缺陷。

普通話上聲的調值是214，是降升調，先是一個較短的低降，然後升至4的高度，如果對調值和調型掌握得不好，就會形成21、325調之類的缺陷。

普通話去聲的調值是51，是高降調，從音高範圍的最高降至最低，粵方言的聲調系統中沒有這樣大幅度的降調，港人常把去聲讀成53或52調，降的幅度不夠，形成了調值上的缺陷。

第二方面是聲調發音的錯誤，主要是調型掌握不好所致。聲調方面的錯誤主要包括陰平與去聲混淆、陽平與上聲混淆兩類現象。

## 陰平與去聲

普通話的陰平是一個高平調，從高滑動到高，去聲是高降調，從高急速下降到低。由於粵語的陰平調有高平調和高降調兩種讀法，港人學習普通話時，常把普通話陰平讀成了降調，與去聲混在了一起。

### 練習

| ① 陰平 + 去聲詞語（一、） | | | | | 🎧 1009.mp3 |
|---|---|---|---|---|---|
| bīpò<br>逼迫 | bēiliè<br>卑劣 | pāoshòu<br>拋售 | pēngrèn<br>烹飪 | tāolüè<br>韜略 | mēn rè<br>悶熱 |
| fēi yuè<br>飛躍 | fēng qù<br>風趣 | dān jù<br>單據 | dūnhòu<br>敦厚 | tuī jiàn<br>推薦 | niēzào<br>捏造 |
| lālì<br>拉力 | gōngjìng<br>恭敬 | gū fù<br>辜負 | kāi chuàng<br>開創 | kuī shì<br>窺視 | hānhòu<br>憨厚 |
| huāngmiù<br>荒謬 | jiānruì<br>尖銳 | jīng jì<br>經濟 | qiānxùn<br>謙遜 | qū xiàng<br>趨向 | xiāoruò<br>消弱 |
| xīnwèi<br>欣慰 | zhāi lù<br>摘錄 | zhēnzhì<br>真摯 | chācuò<br>差錯 | shēngjiàng<br>升降 | shūsàn<br>疏散 |
| zī lì<br>資歷 | zī rùn<br>滋潤 | cāi cè<br>猜測 | cuīcù<br>催促 | sāoluàn<br>騷亂 | sōngxiè<br>鬆懈 |
| yā yì<br>壓抑 | yīnqiè<br>殷切 | wēidài<br>危殆 | wūhuì<br>污穢 | shēn rù<br>深入 | jiāo jì<br>交際 |

| ② 去聲 + 陰平詞語（、一） | | | | | 🎧 1010.mp3 |
|---|---|---|---|---|---|
| bàokān<br>報刊 | bì shēng<br>畢生 | pìnshū<br>聘書 | mòshēng<br>陌生 | fù jiā<br>附加 | dànshēng<br>誕生 |
| tè shū<br>特殊 | tuì suō<br>退縮 | nèi kē<br>內科 | nì chā<br>逆差 | lì xī<br>利息 | lǜ shī<br>律師 |
| gòu sī<br>構思 | guì bīn<br>貴賓 | kè guān<br>客觀 | kuòchōng<br>擴充 | huì biān<br>彙編 | jiàn jiē<br>間接 |
| jiàosuō<br>教唆 | qiànquē<br>欠缺 | qiàshāng<br>洽商 | xì jūn<br>細菌 | xiàn qī<br>限期 | zhèngguī<br>正規 |
| zhì shēn<br>置身 | chàngtōng<br>暢通 | chèxiāo<br>撤銷 | shì yuē<br>誓約 | rènzhēn<br>認真 | ruò fēi<br>若非 |
| zàoyīn<br>噪音 | zì zūn<br>自尊 | cì jī<br>刺激 | càidān<br>菜單 | sàn fā<br>散發 | yàofāng<br>藥方 |
| yìnshuā<br>印刷 | yìngyāo<br>應邀 | wàibīn<br>外賓 | wùchā<br>誤差 | dà gāng<br>大綱 | dì qū<br>地區 |

| biān 鞭：biàn 便 | pāi 拍：pài 派 | zhēn 真：zhèn 陣 |
|---|---|---|
| fāng 方：fàng 放 | zhōng 中：zhòng 眾 | shēn 伸：shèn 腎 |
| jiā 家：jià 架 | xiān 先：xiàn 現 | xiāo 蕭：xiào 笑 |
| qīng 清：qìng 慶 | chuō 戳：chuò 齪 | jūn 軍：jùn 俊 |
| bīngjiā 兵家：bìngjià 病假 | bānjiā 搬家：bànjià 半價 | bēiqī 悲戚：bèiqì 背棄 |
| biānzhī 編織：biànzhì 變質 | fēihuā 飛花：fèihuà 廢話 | fūqī 夫妻：fùqì 負氣 |
| dōngyī 冬衣：dòngyì 動議 | gōngfēng 工蜂：gòngfèng 供奉 | gēxīng 歌星：gèxìng 個性 |
| huābāo 花苞：huàbào 畫報 | huīshī 揮師：huìshì 匯市 | jūzhōng 居中：jùzhòng 聚眾 |
| jīngzhōng 精忠：jìngzhòng 敬重 | jīdū 基督：jìdù 季度 | jiānduān 尖端：jiànduàn 間斷 |
| xīnfēng 新風：xìnfèng 信奉 | zhuānkē 專科：zhuànkè 篆刻 | zhuānjī 專機：zhuànjì 傳記 |
| zhōngzhēn 忠貞：zhòngzhèn 重鎮 | chūdōng 初冬：chùdòng 觸動 | sījī 司機：sìjì 四季 |
| shīzhēn 失真：shìzhèn 市鎮 | shēngsī 生絲：shèngsì 勝似 | shījiā 施加：shìjià 事假 |
| zījīn 資金：zìjìn 自盡 | yīshū 醫書：yìshù 藝術 | wēibī 威逼：wèibì 未必 |

| biānjiào 編校：jiàobiān 教鞭 | fāngduì 方隊：duìfāng 對方 | fēngjì 風紀：jìfēng 季風 |
|---|---|---|
| fābào 發報：bàofā 爆發 | fēnhuà 分化：huàfēn 劃分 | fēishì 飛逝：shìfēi 是非 |
| dāngzhèng 當政：zhèngdāng 正當 | dēnglù 登錄：lùdēng 路燈 | tīngkè 聽課：kètīng 客廳 |
| tiānxià 天下：xiàtiān 夏天 | guānwài 關外：wàiguān 外觀 | guāngài 棺蓋：gàiguān 概觀 |
| guīfàn 規範：fànguī 犯規 | gōngkè 功課：kègōng 刻工 | gōngwù 公務：wùgōng 務工 |
| huāshì 花市：shìhuā 市花 | jiāzuò 佳作：zuòjiā 作家 | jiāoshè 交涉：shèjiāo 社交 |
| jiāowài 郊外：wàijiāo 外交 | jīdòng 激動：dòngjī 動機 | qūshì 趨勢：shìqū 市區 |
| xiāngxìn 相信：xìnxiāng 信箱 | xīnjìn 新近：jìnxīn 盡心 | zhēngzhàn 征戰：zhànzhēng 戰爭 |
| chēhuò 車禍：huòchē 貨車 | shēnqiè 深切：qièshēn 切身 | shāngwù 商務：wùshāng 誤傷 |

## 陽平與上聲

　　普通話的陽平是一個高升調，發音時從3升到5；上聲是一個降升調，發音時先從2降到1，然後再升到4。由於粵方言沒有曲折調，港人在學習普通時，比較難掌握先降後升的發音方法，特別是從2到1的低降部分，這樣就會與陽平相混。

### 練習

#### ① 陽平＋上聲詞語（ˊ ˇ）　🎧 1013.mp3

| huáběi<br>華北 | huánghǎi<br>黃海 | yáoyuǎn<br>遙遠 | quánshuǐ<br>泉水 | qínkěn<br>勤懇 | mínzhǔ<br>民主 |
|---|---|---|---|---|---|
| qínggǎn<br>情感 | miáoxiě<br>描寫 | nánmiǎn<br>難免 | míwǎng<br>迷惘 | píngtǎn<br>平坦 | xuánzhuǎi<br>旋轉 |
| chángjiǔ<br>長久 | chéntǔ<br>塵土 | érqiě<br>而且 | hóngwěi<br>宏偉 | duóqǔ<br>奪取 | wánzhěng<br>完整 |
| méiyǒu<br>沒有 | yuánmǎn<br>圓滿 | chéngzhǎng<br>成長 | niánlǎo<br>年老 | cídiǎn<br>詞典 | cáichǎn<br>財產 |
| chángduǎn<br>長短 | wánměi<br>完美 | fánrǒng<br>繁冗 | kuíwěi<br>魁偉 | léiyǔ<br>雷雨 | péiběn<br>賠本 |

#### ② 上聲＋陽平詞語（ˇ ˊ）　🎧 1014.mp3

| zhǐnán<br>指南 | pǔjí<br>普及 | fǎncháng<br>反常 | qiǎnzé<br>譴責 | jiǎngtán<br>講壇 | lǎngdú<br>朗讀 |
|---|---|---|---|---|---|
| kǎochá<br>考察 | lǐchéng<br>里程 | qǐháng<br>起航 | zhǔxí<br>主席 | lǐngxián<br>領銜 | kǎohé<br>考核 |
| cǎocóng<br>草叢 | gǎnmáng<br>趕忙 | gǎnjué<br>感覺 | guǒrán<br>果然 | hǎiyáng<br>海洋 | lǐliáo<br>理療 |
| shuǐliú<br>水流 | kělián<br>可憐 | hǎorén<br>好人 | gǎigé<br>改革 | mǐnjié<br>敏捷 | fěnhóng<br>粉紅 |
| lǐngháng<br>領航 | chěngqiáng<br>逞強 | chǎnfáng<br>產房 | yǔwén<br>語文 | nǚláng<br>女郎 | fǎnjié<br>反詰 |

#### ③ 陽平、上聲對比　🎧 1015.mp3

| bá bǎ<br>拔：把 | | mái mǎi<br>埋：買 | | lóu lǒu<br>樓：摟 | | láng lǎng<br>郎：朗 | |
|---|---|---|---|---|---|---|---|
| méi měi<br>梅：美 | | tí tǐ<br>題：體 | | duó duǒ<br>鐸：躲 | | záo zǎo<br>鑿：早 | |
| lóng lǒng<br>龍：籠 | | líng lǐng<br>靈：嶺 | | chún chǔn<br>純：蠢 | | quán quǎn<br>權：犬 | |
| zhànguó zhànguǒ<br>戰國：戰果 | | xiǎoqiáo xiǎoqiǎo<br>小橋：小巧 | | fǎnhuí fǎnhuǐ<br>返回：反悔 | | lǎohú lǎohǔ<br>老胡：老虎 | |
| mùtóng mùtǒng<br>牧童：木桶 | | dàxué dàxuě<br>大學：大雪 | | báisè bǎisè<br>白色：百色 | | xié yì xiě yì<br>協議：寫意 | |
| chángpáo chángpǎo<br>長袍：長跑 | | chéngfá chéngfǎ<br>懲罰：乘法 | | qiánjìn qiǎnjìn<br>前進：淺近 | | liánróng liǎnróng<br>蓮蓉：斂容 | |

# 糾正聲母

普通話聲母21個(不含零聲母),粵方言聲母18個(不含零聲母),二者最重要的差別在於粵方言的舌葉音聲母tʃ、tʃˈ、ʃ在普通話裏對應z、c、s,zh、ch、sh和j、q、x三組聲母,掌握好這三組聲母就是普通話聲母學習中的難點和關鍵。此外有的聲母普通話和粵方言都有,但是對應的詞語不同。這裏擇其要者,分析如下。

# 1. z、c、s,zh、ch、sh,j、q、x聲母

## 現象

這三組聲母是普通話聲母學習的難點和重點。港人在學習這三組聲母的時候,要麼發音不正確,形成發音錯誤,要麼發音不到位,形成發音缺陷。關於發音缺陷,主要有兩方面的問題:一是zh、ch、sh這組翹舌音舌尖接觸上顎的位置不對,在聽感上會形成翹舌不夠或過度的缺陷;一是j、q、x在發音時,舌位偏前,在聽感上有z、c、s的色彩。

## 原因

造成上述現象的原因主要有兩個方面:一是粵方言發音習慣的干擾,粵方言沒有普通話的這三組聲母,粵方言中對應的只是一組舌葉音聲母,因而港人常常弄不清楚一個字的聲母應該是"舌尖前音(z、c、s)","翹舌音(zh、ch、sh、r)"還是"舌面音(j、q、x)"。一般混淆的情況是z、zh、j相混,c、ch、q相混,s、sh、x相混;二是這些聲母本身的發音難度以及聲、韻母之間的拼合關係。港人首先要從頭開始學習這三組聲母的發音,形成新的發音習慣,此外,與z、c、s相拼的舌尖前音韻母(-i)和與zh、ch、sh相拼的舌尖後音韻母(-i)也是粵方言所沒有的,這種拼合習慣也要多加練習才能掌握得好。

## 改正方法

改正的方法主要是要正確掌握這三組聲母的讀音。z、c、s聲母的發音部位是舌尖前,發音時,舌尖抵着齒背;zh、ch、sh的發音部位是舌尖中,發音時舌尖上翹,抵着齒齦後面的硬顎,形成翹舌音。要注意的是,這時舌頭並未真正捲起來,如果舌頭過度捲曲,就會形成發音缺陷;j、q、x是舌面前音,發音時,舌面的前部拱起,接觸上顎,舌尖在下,抵住下齒背;如果在發j、q、x時舌尖和齒尖有接觸,就會帶有z、c、s的色彩,形成發音偏前的"尖音"的缺陷。

## 練習

### ① zh、ch、sh 和 z、c、s 的對比練習

| zh 和 z 的對比 | | | 🎧 1016.mp3 |
|---|---|---|---|
| zhá zá<br>札：雜 | zhàn zàn<br>站：贊 | zhào zào<br>肇：造 | zhāng zāng<br>張：髒 |
| zhēng zēng<br>征：增 | zhuó zuó<br>濁：昨 | zhū zū<br>豬：租 | zhěn zěn<br>診：怎 |
| zhīshi zī shì<br>知識：姿勢 | zhīyuán zī yuán<br>支援：資源 | zhīzhù zī zhù<br>支柱：資助 | zhìmìng zìmìng<br>致命：自命 |
| zhìxué zìxué<br>治學：自學 | zhìfù zìfù<br>致富：自負 | zhìcí zìcí<br>致辭：字詞 | zhōngzhǐ zōngzhǐ<br>終止：宗旨 |

| ch 和 c 的對比 | | | 🎧 1017.mp3 |
|---|---|---|---|
| chuò cuò<br>綽：錯 | chāo cāo<br>超：操 | chū cū<br>出：粗 | chán cán<br>禪：殘 |
| chén cén<br>陳：岑 | chòu còu<br>臭：湊 | chǐ cǐ<br>齒：此 | chāng cāng<br>昌：蒼 |
| chāshǒu cāshǒu<br>插手：擦手 | kùcháng kùcáng<br>褲長：庫藏 | yánchí yáncí<br>延遲：言辭 | tuīchí tuīcí<br>推遲：推辭 |
| chízǎo cízǎo<br>遲早：詞藻 | chūbù cūbù<br>初步：粗布 | chōngyù cōngyù<br>充裕：蔥鬱 | chóngshēng cóngshēng<br>重生：叢生 |

| sh 和 s 的對比 | | | 🎧 1018.mp3 |
|---|---|---|---|
| shā sā<br>殺：撒 | shuān suān<br>栓：酸 | shū sū<br>書：蘇 | shǎo sǎo<br>少：掃 |
| shēng sēng<br>生：僧 | shuō suō<br>說：縮 | shàng sàng<br>上：喪 | shuì suì<br>稅：歲 |
| shǎnguāng sǎnguāng<br>閃光：散光 | shànxīn sànxīn<br>善心：散心 | shāngshì sāngshì<br>傷勢：喪事 | jìnshì jìnsì<br>近視：近似 |
| shùshuō sùshuō<br>述說：訴說 | shīlì sīlì<br>失利：私立 | shītú sītú<br>師徒：司徒 | shìshí sìshí<br>事實：四十 |

### ② j、q、x 和 z、c、s 的對比練習

| j 和 z 的對比 | | | 🎧 1019.mp3 |
|---|---|---|---|
| jì zì<br>既：字 | jī zī<br>雞：資 | jiào zào<br>叫：造 | jiàn zàn<br>見：贊 |
| jǐn zěn<br>謹：怎 | jiā zā<br>家：扎 | jiàng zàng<br>降：葬 | jū zū<br>駒：租 |
| jīzhì zīzhì<br>機制：資質 | jīlì zīlì<br>激勵：資歷 | jījīn zījīn<br>基金：資金 | tóujī tóuzī<br>投機：投資 |
| jīyuán zīyuán<br>機緣：資源 | jìlǜ zìlǜ<br>紀律：自律 | shíjì shízì<br>實際：識字 | jú bù zú bù<br>局部：足部 |

## q和c的對比　🎧 1020.mp3

| qiān 千 : cān 餐 | qiǎn 淺 : cǎn 慘 | qiāng 槍 : cāng 蒼 | qì 氣 : cì 賜 |
|---|---|---|---|
| qíng 晴 : céng 層 | qù 去 : cù 醋 | qiáo 橋 : cáo 曹 | qiè 妾 : cè 測 |
| qièyì 愜意 : cèyì 側翼 | qiāndìng 簽訂 : cāndìng 參訂 | qiānzhèng 簽證 : cānzhèng 參政 | qiānhé 謙和 : cānhé 參合 |
| qípán 棋盤 : cípán 磁盤 | qǐshì 啟示 : cǐshì 此事 | qiángshēn 強身 : cángshēn 藏身 | qīngqiǎo 輕巧 : qīngcǎo 青草 |

## x和s的對比　🎧 1021.mp3

| xī 希 : sī 司 | xū 須 : sū 蘇 | xiāo 蕭 : sāo 騷 | xiào 校 : sào 燥 |
|---|---|---|---|
| xià 下 : sà 颯 | xiè 謝 : sè 色 | xiǎn 顯 : sǎn 傘 | xiū 休 : sōu 搜 |
| xīxīn 悉心 : sīxīn 私心 | zhēnxī 珍惜 : zhēnsī 真絲 | xìyuàn 戲院 : sìyuàn 寺院 | xiànhuā 獻花 : sànhuā 散花 |
| xiànchǎng 現場 : sànchǎng 散場 | fāxiàn 發現 : fāsàn 發散 | xiànluò 陷落 : sànluò 散落 | xiǎodì 小弟 : sǎodì 掃地 |

## ③ j、q、x和zh、ch、sh的對比練習

### j和zh的對比　🎧 1022.mp3

| jiū 糾 : zhōu 周 | jiù 就 : zhòu 皺 | jǔ 舉 : zhǔ 主 | jīn 巾 : zhēn 真 |
|---|---|---|---|
| jiǎo 角 : zhǎo 找 | jīng 精 : zhēng 蒸 | jiān 兼 : zhān 詹 | jiǒng 炯 : zhǒng 腫 |
| jīpiào 機票 : zhīpiào 支票 | jìngzhòng 敬重 : zhèngzhòng 鄭重 | zájì 雜技 : zázhì 雜質 | jìxù 繼續 : zhìxù 秩序 |
| jiàqǔ 嫁娶 : zhàqǔ 榨取 | juānkuǎn 捐款 : zhuānkuǎn 專款 | jiàoyàng 校樣 : zhàoyàng 照樣 | júbù 局部 : zhúbù 逐步 |

### q和ch的對比　🎧 1023.mp3

| qū 驅 : chū 出 | qiā 掐 : chā 插 | qiū 秋 : chōu 抽 | qìn 沁 : chèn 趁 |
|---|---|---|---|
| qíng 晴 : chéng 誠 | qiàn 欠 : chàn 顫 | qì 器 : chì 斥 | qiě 且 : chě 扯 |
| qiányán 前沿 : chányán 讒言 | qiánshēn 前身 : chánshēn 纏身 | qiāngjué 槍決 : chāngjué 猖獗 | qiángdù 強度 : chángdù 長度 |
| quányù 痊癒 : chuányù 傳諭 | quánshén 全神 : chuánshén 傳神 | qíqū 崎嶇 : chíqū 馳驅 | wéiqí 圍棋 : wéichí 維持 |

### x和sh的對比　🎧 1024.mp3

| xié 邪 : shé 舌 | xù 敘 : shù 術 | xiàn 縣 : shàn 善 | xiǔ 朽 : shǒu 守 |
|---|---|---|---|
| xià 夏 : shà 煞 | xīn 薪 : shēn 伸 | xìng 杏 : shèng 聖 | xiāo 霄 : shāo 捎 |

| xīluò shīluò | xīwàng shīwàng | jiǔxí jiǔshí | xísú shí sú |
|---|---|---|---|
| 奚落：失落 | 希望：失望 | 酒席：九十 | 習俗：時俗 |
| xiūyǎng shōuyǎng | xūróng shūróng | shǒuxù shǒushù | xiǎnyào shǎnyào |
| 修養：收養 | 虛榮：殊榮 | 手續：手術 | 險要：閃耀 |

# 2. n 與 l 聲母

## 現象

　　n聲母與l聲母在普通話與粵方言裏都是兩個不同的聲母，但在實際的交際口語中，粵方言常常是n和l不分，因而會出現"哪裏"nǎlǐ讀成lǎlǐ、"內容"nèiróng讀成lèiróng的現象。

## 原因

　　出現這種現象的原因主要有兩點：一是受粵方言的影響。粵方言裏的n與l常有相混的情況，將一些字的聲母讀成n或l都是可以的，一般的情形是讀成l聲母更常見些，比如"你"可以讀成nei也可以讀成lei，和"李"字的發音一樣；另外還與n和l的發音特點有關係，n和l的發音部位相同，它們發音時的第一個動作都是先要將舌尖頂住硬顎的位置。

## 改正方法

　　n和l的發音部位同為舌尖中音，即發音時舌尖伸前頂住齒齦後的硬顎，但二者發音的方法不同。n是鼻音，發n時，舌尖頂住齒齦後的硬顎，關閉氣流在口腔內的通道，讓氣流從鼻腔通過，就形成n。發l時，舌尖頂住齒齦後的硬顎，但氣流並不經過鼻腔，而是從口腔內舌頭的兩邊流出，就形成l。在剛開始練習發n時，可以發得誇張一點兒來體會鼻腔的振動，練習發l時，可以重複發出"啦"、"啦"、"啦"來體會舌頭在口腔裏是如何接觸上顎的。

## 練習

| ① 兩字都是l聲母的詞語 | | | 🎧 1025.mp3 |
|---|---|---|---|
| lǐ lùn<br>理論 | lì lǜ<br>利率 | liánluò<br>聯絡 | lǒngluò<br>籠絡 |
| lái lì<br>來歷 | líng lì<br>伶俐 | luó liè<br>羅列 | línglóng<br>玲瓏 |
| língluàn<br>凌亂 | lǐnglüè<br>領略 | liú lǎn<br>瀏覽 | liú liàn<br>留戀 |
| liú làng<br>流浪 | liú lì<br>流利 | liú liàng<br>流量 | lěngluò<br>冷落 |

| nǎinai | nán nǚ | nǎi niú | nǎo nù |
|--------|--------|---------|--------|
| 奶奶 | 男女 | 奶牛 | 惱怒 |
| néngnai | ní nìng | ní nán | niǎoniǎo |
| 能耐 | 泥濘 | 呢喃 | 裊裊 |

③ 前字為l聲母後字為n聲母的詞語　🎧 1027.mp3

| lǎonián | lǎoniáng | làn ní | lěngníng |
|---------|----------|--------|----------|
| 老年 | 老娘 | 爛泥 | 冷凝 |
| lěngnuǎn | lǐngnán | lì niào | liáoníng |
| 冷暖 | 嶺南 | 利尿 | 遼寧 |
| lǐ niàn | liú niàn | luònàn | liǎngnán |
| 理念 | 留念 | 落難 | 兩難 |

④ 前字為n聲母後字為l聲母的詞語　🎧 1028.mp3

| nà li | néng lì | néngliàng | niánlíng | nǔ lì | nài lì |
|-------|--------|-----------|----------|-------|--------|
| 那裏 | 能力 | 能量 | 年齡 | 努力 | 耐力 |
| nài láo | nǎo lì | nèn lǜ | ní lóng | nèiliǎn | niánlún |
| 耐勞 | 腦力 | 嫩綠 | 尼龍 | 內斂 | 年輪 |
| nóng lì | nóng liè | nèi lù | nuǎn liú | nú lì | nàolíng |
| 農歷 | 濃烈 | 內陸 | 暖流 | 奴隸 | 鬧鈴 |

⑤ n和l的對比　🎧 1029.mp3

| nài lài | nán lán | néng léng | niào liào |
|---------|---------|-----------|-----------|
| 耐：賴 | 男：欄 | 能：棱 | 尿：料 |
| ní lí | nú lú | nüè lüè | náng láng |
| 泥：離 | 奴：盧 | 虐：掠 | 囊：狼 |
| něi cì lěicì | niánjià liánjià | nánnǚ lánlǚ | nǎonù lǎolù |
| 哪次：累次 | 年假：廉價 | 男女：襤褸 | 惱怒：老路 |
| niándài liándài | ní dì lí dì | nóngzhòng lóngzhòng | niúhuáng liúhuáng |
| 年代：連帶 | 泥地：犁地 | 濃重：隆重 | 牛黃：硫磺 |

# 3. f與h聲母

## 現象

　　部分人會把普通話讀h聲母的字讀成了f聲母。比如："花朵"huā duǒ讀成了fāduǒ，"灰燼"huījìn讀成fēijìn，"歡樂"huānlè讀成fānlè，"火把"huǒbǎ讀成fuǒbǎ，"婚姻"hūnyīn讀成fēnyīn。

## 原因

　　這是受粵方言影響的結果。粵方言讀f聲母的字，在普通話裏除了讀f聲母外，還有一部分讀h聲母。

## 改正方法

　　f與h聲母在發音上的共同點是同為擦音，二者的不同在於發音部位，f為唇齒擦音，是上門齒和下唇發出的擦音，h是舌根擦音，是舌根靠近軟顎發出的擦音。f聲母與h聲母的混淆不在於這兩個聲母本身在發音上有何難度，主要在於粵語讀f聲母的字與普通話讀h聲母的字之間的對應關係。解決問題的關鍵是要記住普通話哪些詞語都讀h聲母。

## 練習

| 粵方言讀f聲母普通話讀h聲母的字 | | | | | 🎧 1030.mp3 |
|---|---|---|---|---|---|
| hū<br>呼 | huā<br>花 | huà<br>化 | huān<br>歡 | huī<br>灰 | huò<br>貨 |
| huī<br>輝 | huǐ<br>悔 | huāng<br>慌 | hūn<br>婚 | huǒ<br>火 | huò<br>霍 |

# 4. k與h聲母

### 現象

　　將h聲母的字讀成k聲母，比如"喝水"hēshuǐ讀成kēshuǐ。

## 原因

　　普通話的h聲母和g、k聲母的發音部位相同，都是舌根音。普通話讀h聲母的字常常與粵方言的一個發音部位更後的喉擦音對應，二者的讀音很像，但仔細聽辨，會感到粵方言的讀音偏後，比如"喝"、"赫"、"吼"、"後"、"含"、"很"、"痕"等字的聲母。這些字的普通話聲母應該靠前一些，由於發音習慣不同，要將發音部位提前，掌握這種細微的差別，比較困難，於是港人常用同部位的k聲母來代替h聲母。

## 改正方法

　　可用哈氣的方法體會喉部擦音的發音部位和方法，然後有意識地將喉部摩擦的位置前移，體會從喉部產生的擦音與從舌根位置產生的擦音的不同。

## 練習

| k 和 h 聲母對比練習 | | | 🎧 1031.mp3 |
|---|---|---|---|
| kǎi hǎi<br>凱：海 | kěn hěn<br>肯：很 | kuà huà<br>跨：話 | kuí huí<br>魁：回 |
| kǒng hǒng<br>恐：哄 | kòu hòu<br>寇：後 | kàn hàn<br>看：旱 | kào hào<br>銬：浩 |
| kuānxīn huānxīn<br>寬心：歡欣 | kànqīng hànqīng<br>看清：漢青 | kōngdòng hōngdòng<br>空洞：轟動 | kǎoshì hǎoshì<br>考試：好事 |
| kǎopíng hǎopíng<br>考評：好評 | kūqì hūqì<br>哭泣：呼氣 | kūhǎn hūhǎn<br>哭喊：呼喊 | dàkēng dàhēng<br>大坑：大亨 |

# 5. r 與 y 聲母

## 現象

將 r 聲母的字讀成了 y 聲母。比如：然後 ránhòu 讀成了 yánhòu。

## 原因

普通話 r 聲母與 zh、ch、sh 從發音部位上可歸為一組，為舌尖中翹舌音。粵方言無翹舌這種發音習慣，在翹舌不到位的情況下，港人常用半元音 y 代替 r。

## 改正方法

在發音方法上，r 發音時翹舌，舌尖抵住上顎，但是與 zh、ch、sh 不同的是，舌尖並不緊靠上顎，堵死氣流，而是輕輕接觸上顎，讓氣流從縫隙中流出。

## 練習

| ① 前字為聲母 r 後字為聲母 y 詞語 | | | 🎧 1032.mp3 |
|---|---|---|---|
| rényān<br>人煙 | rén yì<br>人意 | rényuán<br>人緣 | rén yì<br>仁義 |
| rèn yì<br>任意 | rènyòng<br>任用 | rì yì<br>日益 | rì yòng<br>日用 |
| rì yǔ<br>日語 | rì yuè<br>日月 | rì yùn<br>日暈 | rì yè<br>日夜 |
| róngyīng<br>榮膺 | róng yì<br>容易 | róng yù<br>榮譽 | rú yǎ<br>儒雅 |

## ② 前字為聲母y後字為聲母r詞語　🎧 1033.mp3

| yánrè<br>炎熱 | yǎnrán<br>儼然 | yángròu<br>羊肉 | yángrén<br>洋人 |
|---|---|---|---|
| yāoráo<br>妖嬈 | yìrén<br>藝人 | yīrán<br>依然 | yíróng<br>儀容 |
| yīnróng<br>音容 | yìnrǎn<br>印染 | yōngróng<br>雍容 | yōurán<br>悠然 |
| yōuróu<br>優柔 | yǒurén<br>友人 | yù rè<br>預熱 | yuánrùn<br>圓潤 |

## ③ r和y聲母對比練習　🎧 1034.mp3

| rì　yì<br>日：益 | rèn　yìn<br>任：印 | rǒng　yǒng<br>冗：永 | rào　yào<br>繞：藥 |
|---|---|---|---|
| rǎo　yǎo<br>擾：咬 | róu　yóu<br>柔：油 | ròu　yòu<br>肉：又 | rēng　yīng<br>扔：英 |
| ránliào　yánliào<br>燃料：顏料 | rǎnsè　yǎnsè<br>染色：眼色 | jiàorǎng　jiàoyǎng<br>叫嚷：教養 | rìchéng　yìchéng<br>日程：議程 |
| mǔrǔ　mǔyǔ<br>母乳：母語 | rényuán　yínyuán<br>人緣：銀圓 | rènzhèng　yìnzhèng<br>認證：印證 | réngjiù　yíngjiù<br>仍舊：營救 |

# 6. 普通話聲母發音部位和發音方法表

🎧 1035.mp3

| 發音方法<br>發音部位 | 塞音(清音) | | 塞擦音(清音) | | 擦音 | | 鼻音 | 邊音 |
|---|---|---|---|---|---|---|---|---|
| | 不送氣 | 送氣 | 不送氣 | 送氣 | 清音 | 濁音 | 濁音 | 濁音 |
| 雙唇音 | b | p | | | | | m | |
| 唇齒音 | | | | | f | | | |
| 舌尖前音 | | | z | c | s | | | |
| 舌尖中音 | | | d | t | | | n | l |
| 舌尖後音 | | | zh | ch | sh | r | | |
| 舌面音 | | | j | q | x | | | |
| 舌根音 | g | k | | | h | | | |

# 第 *5* 節
# 糾正韻母

普通話韻母39個，粵方言區的考生學習普通話韻母遇到的問題主要有兩個方面：一是粵方言和普通話韻母的對應關係，比如粵方言和普通話都有ü韻母，但是有些粵方言讀ü韻母的字普通話讀u韻母，如"朱"字，有些粵方言不讀ü韻母的字，普通話卻讀ü韻母，比如"去"字；另一方面是粵方言發音習慣的干擾，比如常將後鼻音讀成了前鼻音等等。

## 1. a與e韻母

### 現象

有a韻母的音節發音時，口形不夠大，將a讀成近似e的音。

### 改正方法

可從開口度上把a與e區分開來，a的開口度比e大，在讀韻母為a的字時，可以刻意把口張開得大一些以與e區分開來。

### 練習

| a與e的對比練習 | | | 🎧 1036.mp3 |
|---|---|---|---|
| dá dé<br>答：德 | zhá zhé<br>札：蟄 | zhà zhè<br>柵：這 | chā chē<br>插：車 |
| chà chè<br>差：撤 | shā shē<br>殺：奢 | shǎ shě<br>傻：舍 | là lè<br>辣：勒 |
| dádào dédào<br>達到：得到 | chāzi chēzi<br>叉子：車子 | há ma hémǎ<br>蛤蟆：河馬 | shàshí shèshī<br>霎時：設施 |
| lāsuǒ lèsuǒ<br>拉鎖：勒索 | gāngà gāngē<br>尷尬：干戈 | cháchǔ chèchú<br>查處：撤除 | dàshà dàshè<br>大廈：大赦 |

## 2. ü韻母與i、u韻母

### 現象

將普通話讀ü-韻母的字讀為u-或i-韻母。

## 原因

　　將普通話ü-韻母讀成u-韻母，主要是因為粵方言和普通話中的ü-和u-韻母對應關係不同，有些粵方言讀ü韻母的字普通話讀u韻母，比如"朱"、"豬"等，有些粵方言不讀ü韻母的字，普通話卻讀ü-韻母，比如"曲"、"取"等。將普通話ü-韻母讀成i-韻母，是因為i-和ü-的發音部位相同，二者唯一的區別是ü-圓唇，i-不圓唇，如果不習慣普通話中ü-韻母的圓唇動作，就形成i-韻母的發音。

## 改正方法

　　熟悉普通話和粵方言讀ü-韻母的詞語的對應關係，形成新的發音習慣。

## 練習

### ① u-與ü-的對比

| u和ü對比練習 | | | 🎧 1037.mp3 |
|---|---|---|---|
| lú　lǚ<br>盧：驢 | lǔ　lǚ<br>魯：屢 | lù　lǜ<br>路：律 | nǔ　nǚ<br>努：女 |
| guò lù　guò lǜ<br>過路：過濾 | nǔ gōng　nǚ gōng<br>弩弓：女工 | lù dì　lǜ dì<br>陸地：綠地 | nù hǎi　nǚ hái<br>怒海：女孩 |

| uan和üan對比練習 | | | 🎧 1038.mp3 |
|---|---|---|---|
| wǎn　yuǎn<br>晚：遠 | zhuàn　juàn<br>篆：倦 | chuàn　quàn<br>串：勸 | shuān　xuān<br>閂：軒 |
| wánquán　yuánquán<br>完全：源泉 | zhuǎnliǎn　juànliàn<br>轉臉：眷戀 | chuányì　quányì<br>傳譯：權益 | chuán dá　quán dǎ<br>傳達：拳打 |

| un和ün對比練習 | | | 🎧 1039.mp3 |
|---|---|---|---|
| wěn　yǔn<br>吻：允 | chūn　xūn<br>春：薰 | chún　qún<br>唇：群 | shùn　xùn<br>順：訓 |
| wēnshì　yǔnshí<br>溫室：隕石 | zhǔnshí　jūnshī<br>準時：軍師 | hóngchún　hóngqún<br>紅唇：紅裙 | shùn xī　xùn xī<br>瞬息：訊息 |

### ② i-與ü-的對比

| i和ü對比練習 | | | 🎧 1040.mp3 |
|---|---|---|---|
| jī　jū<br>雞：駒 | jí　jú<br>即：局 | jǐ　jǔ<br>幾：舉 | jì　jù<br>既：句 |
| qī　qū<br>期：區 | qí　qú<br>祺：渠 | xǐ　xǔ<br>喜：許 | xì　xù<br>戲：續 |
| jīpiào　jūpiào<br>機票：拘票 | jīyā　jūyā<br>羈押：拘押 | jìhào　jùhào<br>記號：句號 | lǐyóu　lǚyóu<br>理由：旅遊 |
| jìzǐ　jùzǐ<br>繼子：巨子 | jìzhù　jùzhù<br>記住：巨著 | qīxī　qūxī<br>棲息：屈膝 | jīyù　jūyì<br>機遇：拘役 |

## ie 和 üe 對比練習　🎧 1041.mp3

| jié / jué | jiè / juè | qié / qué | qiè / què |
|---|---|---|---|
| 節：訣 | 戒：倔 | 茄：瘸 | 鍥：確 |
| xiē / xuē<br>些：薛 | xié / xué<br>攜：學 | xiě / xuě<br>寫：雪 | xiè / xuè<br>瀉：血 |
| liè qǔ / lüè qǔ<br>獵取：掠取 | jié chū / jué chū<br>傑出：決出 | jié rán / jué rán<br>截然：決然 | qiè shí / què shí<br>切實：確實 |
| xié huì / xué huì<br>協會：學會 | zhēn qiè / zhēn què<br>真切：真確 | zhōng yè / zhōng yuè<br>中葉：中嶽 | cū liè / cū lüè<br>粗劣：粗略 |

## ian 和 üan 對比練習　🎧 1042.mp3

| jiān / juān | jiǎn / juǎn | jiàn / juàn | qián / quán |
|---|---|---|---|
| 兼：娟 | 撿：卷 | 件：眷 | 錢：權 |
| yān / yuān<br>煙：淵 | yán / yuán<br>言：圓 | yǎn / yuǎn<br>演：遠 | yàn / yuàn<br>艷：怨 |
| yánliào / yuánliào<br>顏料：原料 | qiāndìng / quāndìng<br>簽訂：圈定 | qiánrén / quánrén<br>前人：全人 | qián qū / quán qū<br>前驅：全區 |
| qiánshì / quánshì<br>前世：詮釋 | qiánlì / quán lì<br>前例：權利 | yán sù / yuán sù<br>嚴肅：元素 | xuānyán / xuānyuán<br>宣言：軒轅 |

## in 和 ün 對比練習　🎧 1043.mp3

| jìn / jùn | qín / qún | xīn / xūn | xìn / xùn |
|---|---|---|---|
| 晉：峻 | 擒：裙 | 鋅：勛 | 釁：汛 |
| yīn / yūn<br>陰：暈 | yín / yún<br>淫：耘 | yǐn / yǔn<br>隱：隕 | yìn / yùn<br>印：熨 |
| xìnyǎng / xùnyǎng<br>信仰：馴養 | jīnguān / jūnguān<br>金冠：軍官 | xīn jī / xūn jī<br>心機：薰雞 | xìn xī / xùn xī<br>訊息：訊息 |
| yìnxíng / yùnxíng<br>印行：運行 | gōngxīn / gōngxūn<br>工薪：功勳 | báiyín / báiyún<br>白銀：白雲 | yǐnshí / yúnshí<br>飲食：隕石 |

# 3. ai 與 ei 韻母

## 現象

讀 ai 韻母時，口形偏小，在聽感上與 ei 韻母混在一起。

## 原因

　　ai 韻母與 ei 韻母的差別在於主要元音的不同，港人學習普通話時，發 a 韻母時，開口度偏小，就會與 ei 韻母相混。

## 改正方法

從開口度來區分這兩個韻母，ai 韻母的主要元音 a 的開口度大，舌位低，ei 韻母的主要元音 e 的開口度比 a 小，舌位也比 a 高，大概是人正常發音時，開口度變化範圍的中間位置。

## 練習

| ai 和 ei 對比練習 | | | 🎧 1044.mp3 |
|---|---|---|---|
| bāi bēi<br>掰：杯 | bài bèi<br>敗：被 | pái péi<br>排：賠 | pài pèi<br>派：佩 |
| mǎi měi<br>買：美 | mài mèi<br>麥：妹 | nài nèi<br>奈：內 | gǎi gěi<br>改：給 |
| bǎi bù běi bù<br>擺佈：北部 | pài xì pèi xì<br>派系：配戲 | máitóu méitóu<br>埋頭：眉頭 | nài lì nèi lì<br>耐力：內力 |
| fēnpài fēnpèi<br>分派：分配 | chéngbài chéngbèi<br>成敗：成倍 | páiliàn péiliàn<br>排練：陪練 | hǎiwài hǎiwèi<br>海外：海味 |

# 4. ao 與 ou 韻母

## 現象

讀 ao 韻母時，口形偏小，唇形偏圓，與 ou 韻母相混。

## 原因

ao 韻母由 a 和 o 組成，在發音時有一個從 a 滑動到 o 的過程，如果發 a 的時候口形不夠大，失去 a 的音色，在聽感上就只有 o 的讀音，就容易與 ou 韻母混在一起。

## 改正方法

從開口度和嘴唇的圓展兩個方面區別這兩個韻母。ao 韻母的主要元音是 a，開口度大，為展唇音，ou 韻母主要元音是 o，開口度小，是圓唇音。

## 練習

| ao 和 ou 對比練習 | | | 🎧 1045.mp3 |
|---|---|---|---|
| dāo dōu<br>刀：都 | tāo tōu<br>濤：偷 | háo hóu<br>豪：猴 | máo móu<br>毛：謀 |
| shào shòu<br>哨：獸 | gào gòu<br>告：夠 | kào kòu<br>靠：寇 | hǎo hǒu<br>郝：吼 |
| máo lì móu lì<br>毛利：牟利 | shǎoshù shǒushù<br>少數：手術 | háojié hóu jié<br>豪傑：喉結 | táozi tóuzi<br>桃子：頭子 |
| táobèn tóubèn<br>逃奔：投奔 | láofáng lóufáng<br>牢房：樓房 | kǎoshì kǒushì<br>考試：口試 | hàoshí hòushí<br>耗時：厚實 |

# 5. 前後鼻音韻母

## 現象

　　普通話的鼻音韻母可以分為前鼻音韻母和後鼻音韻母，港人在學習普通話時常把應該讀後鼻音韻母的字讀成前鼻音。

## 原因

　　普通話有前鼻音韻母 an、ian、uan、üan、en、in、uen、ün，後鼻音韻母 ang、iang、uang、eng、ing、ueng、ong、iong，除了前鼻音韻母 üan、後鼻音韻母 ong 無相應的前後鼻音韻母之外，其他的前後鼻音韻母都是兩兩相對的，港人在發後鼻音時，開口度不夠大，易導致鼻音形成的位置前移，從而將後鼻音讀成了前鼻音。

## 改正方法

　　普通話的後鼻音 -ng，是舌根和軟顎形成阻塞而形成的，因而無法直接觀察，較難體會和模仿。不過普通話的單韻母 a、o、e、i、u、ü 等在與前鼻音 -n 或後鼻音 -ng 結合時，開口度會有所不同，一般來說，前鼻音開口度小，後鼻音開口度大，也就是説 an、ian、uan、en、in、uen、ün 等的開口度小於相對應的 ang、iang、uang、eng、ing、ueng、iong 等。所以在練習掌握後鼻音時，可以嘗試用開口度大小來區分前後鼻音。

## 練習

### ① an 和 ang 對比練習　　🎧 1046.mp3

| | | |
|---|---|---|
| bān bāng<br>般：幫 | pān pāng<br>潘：膀 | mán máng<br>蠻：芒 |
| fān fāng<br>翻：方 | chǎn chǎng<br>產：廠 | dān dāng<br>單：當 |
| gān gāng<br>竿：剛 | tān tāng<br>灘：湯 | shān shāng<br>山：商 |
| hán háng<br>寒：航 | zhān zhāng<br>沾：張 | rán ráng<br>然：瓤 |
| bānhuì bānghuì<br>班會：幫會 | fányù fángyù<br>繁育：防御 | dānxīn dāngxīn<br>擔心：當心 |
| lànmàn làngmàn<br>爛漫：浪漫 | hánqíng hángqíng<br>含情：行情 | zhānguà zhāngguà<br>占卦：張掛 |
| zhāntiē zhāngtiē<br>粘貼：張貼 | chánmián chángmián<br>纏綿：長眠 | zhēnyǎn zhēngyǎn<br>針眼：睜眼 |
| shànxīn shàngxīn<br>善心：上心 | cāntiān cāngtiān<br>參天：蒼天 | sànshī sàngshī<br>散失：喪失 |

## 前字 an 後字 ang 對比練習　🎧 1047.mp3

| bànchàng | pànwàng | mǎntáng | fánmáng | dāndāng |
|---|---|---|---|---|
| 伴唱 | 盼望 | 滿堂 | 繁忙 | 擔當 |
| dànwàng | tānzāng | nánfāng | lándǎng | gǎnshāng |
| 淡忘 | 貪贓 | 南方 | 攔擋 | 感傷 |
| kànwàng | hányǎng | zhǎnwàng | ránfàng | zànyáng |
| 看望 | 涵養 | 展望 | 燃放 | 讚揚 |
| shàncháng | shànyǎng | rǎngāng | zànshǎng | zhànchǎng |
| 擅長 | 贍養 | 染缸 | 讚賞 | 戰場 |

## ② ian 和 iang 對比練習　🎧 1048.mp3

| niàn niàng | lián liáng | liǎn liǎng | liàn liàng |
|---|---|---|---|
| 念：釀 | 連：梁 | 臉：兩 | 練：亮 |
| jiān jiāng | jiǎn jiǎng | jiàn jiàng | qiān qiāng |
| 肩：江 | 減：講 | 見：降 | 千：腔 |
| qián qiáng | qiǎn qiǎng | qiàn qiàng | xiān xiāng |
| 前：牆 | 淺：搶 | 欠：嗆 | 先：香 |
| xián xiáng | xiǎn xiǎng | xiàn xiàng | liánxí liángxí |
| 閑：祥 | 顯：想 | 現：項 | 聯席：涼席 |
| liǎnmiàn liǎngmiàn | jiānnán jiāngnán | jiānchí jiāngchí | fāyán fāyáng |
| 臉面：兩面 | 艱難：江南 | 堅持：僵持 | 發言：發揚 |
| qiánrén qiángrén | jiǎnlì jiǎnglì | xiànmù xiàngmù | qiǎnxiǎn qiǎngxiǎn |
| 前人：強人 | 簡歷：獎勵 | 羨慕：項目 | 淺顯：搶險 |

## 前字 ian 後字 iang 對比練習　🎧 1049.mp3

| biānjiāng | biànyàng | piānxiàng | miǎnqiǎng | diǎnliàng |
|---|---|---|---|---|
| 邊疆 | 變樣 | 偏向 | 勉強 | 點亮 |
| liánxiǎng | jiànjiàng | qiānqiáng | xiànliàng | yànyáng |
| 聯想 | 健將 | 牽強 | 限量 | 艷陽 |

## ③ uan 和 uang 對比練習　🎧 1050.mp3

| guān guāng | guàn guàng | kuān kuāng | huán huáng |
|---|---|---|---|
| 觀：光 | 罐：逛 | 寬：筐 | 環：黃 |
| huǎn huǎng | zhuān zhuāng | zhuàn zhuàng | chuān chuāng |
| 緩：謊 | 專：裝 | 撰：撞 | 穿：窗 |
| chuǎn chuǎng | shuān shuāng | guānzhào guāngzhào | zhuānxiū zhuāngxiū |
| 喘：闖 | 栓：雙 | 關照：光照 | 專修：裝修 |
| zhuānzhì zhuāngzhì | chuándān chuángdān | pángguān pángguāng | wǎnrán wǎngrán |
| 專制：裝置 | 傳單：床單 | 旁觀：膀胱 | 宛然：惘然 |
| wǎnnián wǎngnián | fènghuán fènghuáng | shuānghuán shuānghuáng | jīguān jīguāng |
| 晚年：往年 | 奉還：鳳凰 | 雙環：雙簧 | 機關：激光 |

## 前字 uan 後字 uang 對比練習　🎧 1051.mp3

| duānzhuāng | guāngguāng | guānwàng | kuānguǎng | wǎnzhuāng |
|---|---|---|---|---|
| 端莊 | 觀光 | 觀望 | 寬廣 | 晚裝 |

| bēn : bēng | pēn : pēng | mén : méng | fēn : fēng |
|---|---|---|---|
| 奔 : 崩 | 噴 : 烹 | 門 : 盟 | 分 : 豐 |
| gēn : gēng | hèn : hèng | zhēn : zhēng | shēn : shēng |
| 根 : 羹 | 恨 : 橫 | 真 : 爭 | 身 : 聲 |
| shèn : shèng | rén : réng | sēn : sēng | zhěn : zhěng |
| 滲 : 勝 | 人 : 仍 | 森 : 僧 | 枕 : 整 |
| ményá : méngyá | fēnfù : fēngfù | chénjiù : chéngjiù | shēnzhāng : shēngzhāng |
| 門牙 : 萌芽 | 吩咐 : 豐富 | 陳舊 : 成就 | 伸張 : 聲張 |
| shíchen : shícheng | chénshì : chéngshì | chényuán : chéngyuán | rénshēn : rénshēng |
| 時辰 : 實誠 | 塵世 : 城市 | 塵緣 : 成員 | 人參 : 人生 |
| chénguī : chéngguī | chénshù : chéngshù | ménshēng : méngshēng | shēnmíng : shēngmíng |
| 陳規 : 成規 | 陳述 : 成數 | 門生 : 萌生 | 申明 : 聲明 |

### 前字 en 後字 eng 對比練習　🎧 1053.mp3

| bēnténg | běnnéng | ménfèng | fēnchéng | fēnchéng |
|---|---|---|---|---|
| 奔騰 | 本能 | 門縫 | 分成 | 紛呈 |
| fēnzhēng | zhēnchéng | chénfēng | shēncéng | rénshēng |
| 紛爭 | 真誠 | 塵封 | 深層 | 人生 |
| rénzhèng | zhēnzhèng | shénshèng | rènzhèng | wénfēng |
| 仁政 | 真正 | 神聖 | 認證 | 文風 |

### ⑤ in 和 ing 對比練習　🎧 1054.mp3

| yīn : yīng | yín : yíng | yǐn : yǐng | yìn : yìng |
|---|---|---|---|
| 音 : 英 | 銀 : 盈 | 引 : 影 | 印 : 硬 |
| bīn : bīng | bìn : bìng | pīn : pīng | pín : píng |
| 斌 : 冰 | 鬢 : 病 | 拼 : 娉 | 貧 : 平 |
| lín : líng | lǐn : lǐng | jīn : jīng | jǐn : jǐng |
| 林 : 零 | 凜 : 嶺 | 金 : 驚 | 緊 : 景 |
| jìn : jìng | qīn : qīng | xīn : xīng | línmù : língmù |
| 進 : 靜 | 親 : 青 | 新 : 星 | 林木 : 陵墓 |
| mínyì : míngyì | línshí : língshí | jìnhuà : jìnghuà | jìnxiū : jìngxiū |
| 民意 : 名義 | 臨時 : 零食 | 進化 : 淨化 | 進修 : 靜修 |
| qīnmù : qīngmù | qīnxìn : qīngxìn | qínfèn : qíngfèn | xīnjiàn : xīngjiàn |
| 欽慕 : 傾慕 | 親信 : 輕信 | 勤奮 : 情份 | 新建 : 興建 |
| xìnfú : xìngfú | yīn'ér : yīng'ér | yǐnshì : yǐngshì | yínqián : yíngqián |
| 信服 : 幸福 | 因而 : 嬰兒 | 隱士 : 影視 | 銀錢 : 贏錢 |

### 前字 in 後字 ing 對比練習　🎧 1055.mp3

| pīnmìng | pǐnpíng | pìnqǐng | línxíng | jìnxíng | jìnqíng | jīnlíng |
|---|---|---|---|---|---|---|
| 拼命 | 品評 | 聘請 | 臨行 | 進行 | 盡情 | 金陵 |
| jìnlìng | qīndìng | xīnjìng | xīnlíng | xīnqíng | xīnxīng | xīnxíng |
| 禁令 | 欽定 | 心境 | 心靈 | 心情 | 新興 | 新型 |
| xīnyǐng | yīnxìng | yǐnlǐng | yīnqíng | yǐnqíng | yǐnqíng | yìnxíng |
| 新穎 | 陰性 | 引領 | 陰晴 | 引擎 | 隱情 | 印行 |

## ⑥ ün 和 iong 對比練習　　　🎧 1056.mp3

| yūn　yōng | yǔn　yǒng | qún　qióng | xūn　xiōng | xún　xióng |
|---|---|---|---|---|
| 暈：擁 | 隕：永 | 群：窮 | 熏：兇 | 尋：雄 |

| yīngyǔn　yīngyǒng | xūnzhāng　xiōngzhāng | yúncǎi　yōngcái | yùn qì　yòng qì | xúnxìn　xióngxīn |
|---|---|---|---|---|
| 應允：英勇 | 勛章：胸章 | 雲彩：庸才 | 運氣：用氣 | 尋釁：雄心 |

# 6 普通話韻母表

| 韻母　按韻頭分<br>按結構分 | 開口呼 | 齊齒呼 | 合口呼 | 撮口呼 |
|---|---|---|---|---|
| 單韻母<br>🎧 1057.mp3 | -i（舌尖前）<br>-i（舌尖後） | i | u | ü |
| | a | ia | ua | |
| | o | | uo | |
| | e | ie | | üe |
| | ê | | | |
| | er | | | |
| 複韻母<br>🎧 1058.mp3 | ai | | uai | |
| | ei | | uei | |
| | ao | iao | | |
| | ou | iou | | |
| 鼻韻母<br>🎧 1059.mp3 | an | ian | uan | üan |
| | en | in | uen | ün |
| | ang | iang | uang | |
| | eng | ing | ueng | |
| | ong | iong | | |

# 第6節 易錯讀單音節字詞舉例

在普通話水平測試的第一題中，有些單音節字詞的讀音考生屢有失誤，失分甚多。我們根據過往的相關資料，將這些字詞整理如下，供學習者參考。

🎧 1060.mp3

| A | áo 鰲 | ào 拗（又讀niù） | | | | | |
|---|---|---|---|---|---|---|---|
| **B** | bà r 把兒 | bàn 瓣 | báo 薄（又讀bó） | běng 繃 | bèng 泵 | biāo 膘 | biě 癟 |
| **C** | chá 茬 | chēn 抻 | chèn 稱（又讀chēng） | chù 畜（又讀xù） | chuāi 揣（又讀chuǎi） | chuǎn 喘 | |
| | chuài 踹 | chuí 捶 | chōu 抽 | cuān 躥 | cuán 攢（又讀zǎn） | cuàn 竄 | cūn 皴 | cuō 撮 |
| | cuò 挫 | | | | | | |
| **D** | dǎn 撣 | dēng 蹬 | diàn 佃 | dié 迭 | dìng 錠 | duān 端 | duō 掇 | duò 跺 | dùn 鈍 |
| **E** | è 扼 | | | | | | |
| **F** | fū 孵 | fǔ 撫 | | | | | |
| **G** | gàn 贛 | gē 擱 | gěng 梗 | gǒng 拱 | gǒng 汞 | guǎi 拐 | |
| **H** | hé 頜 | hú r 核兒 | | | | | |
| **J** | jǐ 戟 | jiàng 犟 | jiáo 嚼（又讀jué） | jīn 襟 | jīng 莖 | jìng 脛 | jìng 徑 | jiū 揪 |
| | juàn 絹 | juē 撅 | jū 拘 | jū 掬 | jù 踞 | jué 倔 | |

| 字母 | | | | | | | | |
|---|---|---|---|---|---|---|---|---|
| **K** | kāi 揩 | kàng 炕 | kōu 摳 | kuí 奎 | kǔn 捆 | | | |
| **L** | lào 澇 | léng 棱 | liáo 撩(又讀 liāo) | liào 撂 | līn 拎 | liǔ 綹 | liù 蹓 | luō 捋 |
| | luò 摞 | lǚ 縷 | | | | | | |
| **M** | mán 蠻 | màn 蔓(又讀 wàn) | mì 羃 | | | | | |
| **N** | nà 捺 | náng 囊 | niān 拈 | niān 蔫 | niǎn 碾 | niǎn 捻 | nǐ 擬 | niàng 釀 | niē 捏 |
| **P** | piē 瞥 | piě 撆 | pēi 胚 | pī 坏 | páo 刨(又讀 bào) | piāo 漂(又讀 piǎo、piào) | | |
| | piáo 嫖 | piǎo 瞟 | | | | | | |
| **Q** | qī 沏 | qiā 掐 | qìn 沁 | qìng 磬 | qué 瘸 | què 闋 | | |
| **R** | rǔ 乳 | ruǐ 蕊 | ruì 瑞 | | | | | |
| **S** | sāo 繅 | shā 剎 | shà 煞 | shà 霎 | shāi 篩 | shé 折(又讀 zhé) | shí 拾 | shì 螫 |
| | shuǎi 甩 | shuān 栓 | shuàn 涮 | shuǐ 水 | shǔn 吮 | suì 穗 | | |
| **T** | tǎ 獺 | tóng 佟 | | | | | | |
| **W** | wèng 甕 | | | | | | | |
| **X** | xiá 轄 | xiàn 霰 | xiē 楔 | xǐng 擤 | xuán 玄 | xuǎn 癬 | xū 戌 | xué 穴 |
| | xuè 血(又讀 xiě) | | | | | | | |
| **Y** | yàn 硯 | yǎo 舀 | yè 掖(又讀 yē) | yín 垠 | yōng 擁 | yōng 雍 | yū 迂 | yú 隅 |
| | yuán 垣 | | | | | | | |
| **Z** | zǎo 藻 | zè 仄 | zì 漬 | zhè 蔗 | zhuā 抓 | zhuài 拽(又讀 yè、zhuāi) | | zōng 鬃 |
| | zuàn 攥 | | | | | | | |

2

# 讀多音節詞語

PSC 第二題是朗讀多音節詞語，共100個音節，限時2.5分鐘，共20分。

這一題除了考察考生掌握普通話聲母、韻母、聲調的標準程度外，還會考察上聲變調、"一"和"不"的變調、輕聲、兒化等現象。

# 第1節
# 語流音變：讀多音節字詞的應考難點

**除**了聲、韻、調錯誤多，考生對變調、輕聲、兒化不熟練、不準確，是這一部份失分的主因。

要解決這個困難，首先要掌握普通話中的各種語流音變現象。人們在讀、說的時候，音節是連續的，形成語流。在語流中，有些音節受前邊或後面音節的影響會發生發音上的變化，這種現象叫語流音變。

普通話的語流音變主要是變調現象，包括上聲變調、"一"和"不"的變調等。此外，就是要掌握好普通話的輕聲和兒化。

除了"讀多音節詞語"部分外，"選擇判斷"、"朗讀短文"、"命題說話"都會考察考生對普通話音變、輕聲、兒化的掌握情況。

# 第 2 節
# 上聲變調

上聲是普通話的一個較為特殊的調類。使用時，除了單音節或位於詞尾、句尾時聲調不變外，其他情況都要變化。換句話說，第三聲的字，如果後面有音節要連續讀出的話，就要變調。變化時不是失去了應有的升調，就是失去了應有的降調。

普通話中上聲變調有以下兩種情況：

## 1. 上聲( ˇ ) + 上聲( ˇ )

上聲和上聲相連時，前面的上聲失去降調，變為陽平，即由214變為35。

| 練習：上聲( ˇ ) + 上聲( ˇ ) | | | 🎧 2001.mp3 |
|---|---|---|---|
| bǎ bǐng<br>把柄 | yǐngxiǎng<br>影響 | fěn bǐ<br>粉筆 | gǎnxiǎng<br>感想 |
| hǎigǎng<br>海港 | kǔ nǎo<br>苦惱 | kǒu yǔ<br>口語 | lǎobǎn<br>老闆 |
| měihǎo<br>美好 | nǎi fěn<br>奶粉 | qǐ cǎo<br>起草 | ǒu ěr<br>偶爾 |
| pǐnzhǒng<br>品種 | lǐ jiě<br>理解 | shǒulǐng<br>首領 | wǎ jiě<br>瓦解 |
| xǐ zǎo<br>洗澡 | zhěng lǐ<br>整理 | chǎngzhǎng<br>廠長 | bǎoxiǎn<br>保險 |
| běnlǐng<br>本領 | miǎngiǎng<br>勉強 | tǎng yǐ<br>躺椅 | nǎohuǒ<br>惱火 |
| lǐ xiǎng<br>理想 | lěngyǐn<br>冷飲 | gǔ dǒng<br>古董 | hǎichǎn<br>海產 |
| guǒgǎn<br>果敢 | jiǎn pǔ<br>簡樸 | jǐngdiǎn<br>景點 | qiǎnxiǎn<br>淺顯 |
| xuǎn jǔ<br>選舉 | chǐ rǔ<br>恥辱 | cǎi fǎng<br>採訪 | sǔnhuǐ<br>損毀 |
| suǒyǐn<br>索引 | yǎotiǎo<br>窈窕 | yǎnjiǎng<br>演講 | zhǐshǐ<br>指使 |

# 2. 上聲(ˇ)＋非上聲

上聲和非上聲音節相連時，上聲調失去升的部分，只讀降的部分，變為半上聲，即由214變為21。

## 練習一：上聲(ˇ)＋陰平(ˉ) 🎧 2002.mp3

| bǎ guān<br>把關 | dǎoshī<br>導師 | chǎnshēng<br>產生 | fǎ guī<br>法規 |
|---|---|---|---|
| gǎibiān<br>改編 | hǎi jūn<br>海軍 | xuǎn xiū<br>選修 | tǐ cāo<br>體操 |
| jiǎ zhuāng<br>假裝 | kě guān<br>可觀 | lǎo jiā<br>老家 | qǐ fēi<br>起飛 |
| mǎ chē<br>馬車 | pǔ tōng<br>普通 | shěn pī<br>審批 | qǔ xiāo<br>取消 |
| gǔ zhuāng<br>古裝 | jǐn zhāng<br>緊張 | kǒnghuāng<br>恐慌 | mǔ‧qīn<br>母親 |

## 練習二：上聲(ˇ)＋陽平(ˊ) 🎧 2003.mp3

| bǎ chí<br>把持 | chǎnzhí<br>產值 | dǎoháng<br>導航 | fǎ rén<br>法人 |
|---|---|---|---|
| gǎiliáng<br>改良 | hǎi bá<br>海拔 | kě néng<br>可能 | jiǎ rú<br>假如 |
| qǐ chuáng<br>起床 | lǎonián<br>老年 | mǎ dá<br>馬達 | yǎn xí<br>演習 |
| pǔ chá<br>普查 | shěnchá<br>審查 | tǐ néng<br>體能 | zǔ chéng<br>組成 |
| yǔ wén<br>語文 | lǚ xíng<br>履行 | lǎng dú<br>朗讀 | chǔcún<br>儲存 |

## 練習三：上聲(ˇ)＋去聲(ˋ) 🎧 2004.mp3

| dǎozhì<br>導致 | bǎ xì<br>把戲 | chǎnliàng<br>產量 | gǎibiàn<br>改變 |
|---|---|---|---|
| fǎ lǜ<br>法律 | hǎi àn<br>海岸 | jiǎ shè<br>假設 | lǎoliàn<br>老練 |
| kě guì<br>可貴 | pǔ biàn<br>普遍 | mǎ lì<br>馬力 | qǐ hòng<br>起哄 |
| wǎnhuì<br>晚會 | tǐ huì<br>體會 | shěndìng<br>審定 | qǔ dì<br>取締 |
| xǔ nuò<br>許諾 | zǔ sè<br>阻塞 | lǒngluò<br>籠絡 | guǒduàn<br>果斷 |

# 第 3 節
# "一"、"不"變調

在普通話語流中，"一"和"不"兩字的實際讀音也要發生一定的變化，對"一"和"不"的變調的考察主要體現在"選擇判斷"、"朗讀"和"説話"部分，特別是"選擇判斷"部分中的"名量詞"搭配，考生須將"名"、"量"詞放入"一＋量詞＋名詞"的格式中，然後讀出來，許多考生雖然量詞選對了，但沒有掌握"一"的變調規律，也會失分。

## 1. "一"的變調

"一"的本調是陰平，在語流中的讀音如下：

### 陰平(ー)

| 單唸、序數詞、位於詞尾時，唸本來的聲調 | | | | 🎧 2005.mp3 |
|---|---|---|---|---|
| yī | yī nián jí | dì yī | tǒng yī | shuì yī bù èr |
| 一 | 一年級 | 第一 | 統一 | 説一不二 |

### 陽平(／)

| 在去聲音節前讀成陽平 | | | | 🎧 2006.mp3 |
|---|---|---|---|---|
| yí bàn | yí dài | yí miàn | yí lù | yí sè |
| 一半 | 一帶 | 一面 | 一律 | 一色 |
| yí gòng | yí zhì | yí xiàn | yí bìng | yí tào |
| 一共 | 一致 | 一綫 | 一並 | 一套 |

### 去聲(＼)

| 在非去聲音節前讀成去聲 | | | 🎧 2007.mp3 |
|---|---|---|---|
| yì bān | yì biān | yì shēng | yì xīn |
| 一般 | 一邊 | 一生 | 一心 |
| yì zhāo | yì lián | yì páng | yì tóng |
| 一朝 | 一連 | 一旁 | 一同 |
| yì tóu | yì shí | yì jǔ | yì shǒu |
| 一頭 | 一時 | 一舉 | 一手 |
| yì tǒng | yì zǎo | yì zhǔn | yì qǐ |
| 一統 | 一早 | 一準 | 一起 |

## 輕聲（。）

| 夾在重疊動詞中讀成輕聲 | | | 🎧 2008.mp3 |
|---|---|---|---|
| zǒu yi zǒu<br>走一走 | kàn yi kàn<br>看一看 | shuō yi shuō<br>説一説 | liáo yi liáo<br>聊一聊 |
| shì yi shì<br>試一試 | xiǎng yi xiǎng<br>想一想 | cháng yi cháng<br>嚐一嚐 | yòng yi yòng<br>用一用 |

# 2. "不"的變調

"不"的本調是去聲，在語流中的讀音如下：

## 去聲（ˋ）

| 單唸以及位於非去聲音節前仍讀為去聲 | | | | 🎧 2009.mp3 |
|---|---|---|---|---|
| bù<br>不 | bù ān<br>不安 | bù gōng<br>不公 | bù kān<br>不堪 | bù xī<br>不惜 |
| bù dé<br>不得 | bù fáng<br>不妨 | bù liáng<br>不良 | bù píng<br>不平 | bù róng<br>不容 |
| bù fǎ<br>不法 | bù guǎn<br>不管 | bù jiǔ<br>不久 | bù xiǔ<br>不朽 | bù guǐ<br>不軌 |

## 陽平（ˊ）

| 在去聲音節前讀成陽平 | | | | 🎧 2010.mp3 |
|---|---|---|---|---|
| bú bì<br>不必 | bú guò<br>不過 | bú shì<br>不是 | bú yòng<br>不用 | bú biàn<br>不便 |
| bú gù<br>不顧 | bú lì<br>不利 | bú miào<br>不妙 | bú cuò<br>不錯 | bú xiè<br>不屑 |
| bú zài<br>不在 | bú yàn<br>不厭 | bú cè<br>不測 | bú kuì<br>不愧 | bú pà<br>不怕 |

## 輕聲（。）

| 夾在詞語中間時讀為輕聲 | | | 🎧 2011.mp3 |
|---|---|---|---|
| yòng bu zháo<br>用不着 | chī bu wán<br>吃不完 | chà bu duō<br>差不多 | liǎo bu dé<br>了不得 |
| xíng bu xíng<br>行不行 | hǎo bu hǎo<br>好不好 | lái bu lái<br>來不來 | yào bu yào<br>要不要 |

# 第4節
# 輕聲

　　一般來說，普通話的每一個音節都有聲調。但也有個別的音節沒有聲調，比如結構助詞"的"。還有一些音節和其他音節組合成詞語時，會失去聲調，比如"事情"的"情"等。這些沒有或失去聲調的音節讀得又輕又短，就是"輕聲"。

　　"輕聲"和"非輕聲"是一個相對的概念。普通話的輕聲在發音上的主要特點是，與非輕聲相比，發音的時間較短、用力較輕。

# 1. 輕聲的讀法

　　發音時間短、用力輕是普通話輕聲總體的語音特徵。語流中，輕聲音節與不同聲調的音節連讀，除了要讀得又短又輕，音高也會發生一定的變化。具體的音高變化情況如下：

## 2-3度

| 在陰平(一)、陽平(ˊ)後讀中調2-3度 | | | | 🎧 2012.mp3 |
| --- | --- | --- | --- | --- |
| bā jie<br>巴結 | qīn qi<br>親戚 | chōu ti<br>抽屜 | shī fu<br>師傅 | shāngliang<br>商量 |
| lí ba<br>籬笆 | cáifeng<br>裁縫 | hé shang<br>和尚 | máfan<br>麻煩 | hú lu<br>葫蘆 |

## 4度

| 在上聲(ˇ)後讀半高調4度 | | | | 🎧 2013.mp3 |
| --- | --- | --- | --- | --- |
| tuǒdang<br>妥當 | zhǐ jia<br>指甲 | lǎ ba<br>喇叭 | nǎodai<br>腦袋 | yǎnghuo<br>養活 |

## 1度

| 在去聲(ˋ)後讀低調1度 | | | | 🎧 2014.mp3 |
| --- | --- | --- | --- | --- |
| kè qi<br>客氣 | gù shi<br>故事 | dì fang<br>地方 | guàntou<br>罐頭 | wèizhi<br>位置 |

## 2. 輕聲的作用

　　普通話的輕聲既是語音現象，又是詞彙和語法現象。語音上，輕聲音節是形成普通話抑揚頓挫的語調的重要因素；在詞彙和語法上，輕聲和非輕聲可以區別詞義或詞性。

### 區別詞義

老子(人名)lǎozǐ：老子(父親)lǎozi
東西(東邊和西邊)dōngxī：東西(物件)dōngxi
買賣(買和賣雙方)mǎimài：買賣(生意)mǎimai
兄弟(兄長和弟弟)xiōngdì：兄弟(弟弟)xiōngdi

### 區分詞性

大意(名詞，主要意思)dàyì：大意(形容詞，疏忽)dàyi
地道(名詞，地下通道)dìdào：地道(形容詞，純正、老實)dìdao

## 3. 輕聲詞語的類別

　　普通話的輕聲詞語可以分為**有規律的輕聲詞語**和**無規律的輕聲詞語**兩大類。有規律的輕聲詞語有以下幾個類別：

### 重疊式親屬稱謂的後一個音節

🎧 2015.mp3

| yé ye | nǎi nai | bà ba | mā ma | shū shu | gū gu |
|---|---|---|---|---|---|
| 爺爺 | 奶奶 | 爸爸 | 媽媽 | 叔叔 | 姑姑 |

### 名詞的後綴：子、頭、們

🎧 2016.mp3

| yǐ zi | mù tou | péng yǒu men |
|---|---|---|
| 椅子 | 木頭 | 朋友們 |

### 助詞：的、地、得、着、了、過

🎧 2017.mp3

| wǒ de | dà jiā de | nǔ lì de | rèn zhēn de | mài de chū |
|---|---|---|---|---|
| 我的 | 大家的 | 努力地 | 認真地 | 賣得出 |
| pǎo de kuài | chī zhe | qù le | lái guo | kàn guo |
| 跑得快 | 吃着 | 去了 | 來過 | 看過 |

## 語氣詞：啊、吧、嗎、呢

🎧 2018.mp3

| shì a<br>是啊 | zǒu ba<br>走吧 | zhēn de ma<br>真的嗎 | zuòshénme ne<br>做甚麼呢 |
|---|---|---|---|

## 趨向動詞：來、去、進來、出去、下去等

🎧 2019.mp3

| guò lai<br>過來 | chū qu<br>出去 | zǒu jìn lai<br>走進來 | pǎochū qu<br>跑出去 | shuōxià qu<br>説下去 |
|---|---|---|---|---|

## 方位詞：上、下、裏等

🎧 2020.mp3

| liǎnshang<br>臉上 | dì xia<br>地下 | wū li<br>屋裏 |
|---|---|---|

## 重疊動詞的後一個音節

🎧 2021.mp3

| shuōshuo<br>説説 | xiǎngxiang<br>想想 | kànkan<br>看看 |
|---|---|---|

在"讀多音節詞語"這一部分出現的輕聲詞語主要**是無規律性的**。這些詞語多是口語詞，沒有甚麼規律，須逐個記憶。比如：

🎧 2022.mp3

| luó bo<br>蘿蔔 | chuāng hu<br>窗戶 | míngbai<br>明白 | shāngliang<br>商量 | yuèliang<br>月亮 |
|---|---|---|---|---|
| yúncai<br>雲彩 | dōng xi<br>東西 | dài fu<br>大夫 | xiānsheng<br>先生 | ěr duo<br>耳朵 |
| yǎnjing<br>眼睛 | yī fu<br>衣服 | bō li<br>玻璃 | pú tao<br>葡萄 | xīnxian<br>新鮮 |
| qīngchu<br>清楚 | yán jiu<br>研究 | dǎ suan<br>打算 | fēngzheng<br>風箏 | miánhua<br>棉花 |
| xī gua<br>西瓜 | suànpan<br>算盤 | yào shi<br>鑰匙 | tài yang<br>太陽 | xiāo xi<br>消息 |
| sàozhou<br>掃帚 | yìng fu<br>應付 | zhāo hu<br>招呼 | máfan<br>麻煩 | kè qi<br>客氣 |
| guān xi<br>關係 | liàngtang<br>亮堂 | xíng li<br>行李 | dòngjing<br>動靜 | shìqing<br>事情 |

# 4. 輕聲練習

## 練習一：下列詞語的後一個音節都讀輕聲，注意輕聲音節的實際音高

### ① 前字陰平（ˉ。）　🎧 2023.mp3

| xī gua | māma | zhuō zi | dīng zi | tiānshang | jiānshang | xiāng de | jīn de |
|---|---|---|---|---|---|---|---|
| 西瓜 | 媽媽 | 桌子 | 釘子 | 天上 | 肩上 | 香的 | 金的 |

### ② 前字陽平（ˊ。）　🎧 2024.mp3

| miánhua | pó po | píng zi | shéng zi | tóushang | fángshang | tián de | yín de |
|---|---|---|---|---|---|---|---|
| 棉花 | 婆婆 | 瓶子 | 繩子 | 頭上 | 房上 | 甜的 | 銀的 |

### ③ 前字上聲（ˇ。）　🎧 2025.mp3

| lǎo shi | lǎolao | běn zi | yǐng zi | liǎnshang | zhǐshang | kǔ de | tiě de |
|---|---|---|---|---|---|---|---|
| 老實 | 姥姥 | 本子 | 影子 | 臉上 | 紙上 | 苦的 | 鐵的 |

### ④ 前字去聲（ˋ。）　🎧 2026.mp3

| dòu fu | dì di | shàn zi | yàn zi | dì shang | bàoshang | là de | mù de |
|---|---|---|---|---|---|---|---|
| 豆腐 | 弟弟 | 扇子 | 燕子 | 地上 | 報上 | 辣的 | 木的 |

## 練習二：請讀準下列帶輕聲音節的詞語

### ① 名詞　🎧 2027.mp3

| méimao | shìqing | nǎodai | bāzhang | zhǐjia |
|---|---|---|---|---|
| 眉毛 | 事情 | 腦袋 | 巴掌 | 指甲 |
| jǐliang | tóu fa | tàiyang | yuèliang | xiānsheng |
| 脊梁 | 頭髮 | 太陽 | 月亮 | 先生 |
| xuésheng | dòufu | màizi | miánhua | diǎnxin |
| 學生 | 豆腐 | 麥子 | 棉花 | 點心 |
| mógu | bāofu | yīshang | gùshi | yì si |
| 蘑菇 | 包袱 | 衣裳 | 故事 | 意思 |

### ② 動詞　🎧 2028.mp3

| lāodao | fēn fu | dòngtan | dǎ ting | zhào gu |
|---|---|---|---|---|
| 嘮叨 | 吩咐 | 動彈 | 打聽 | 照顧 |
| shāngliang | zhīdao | kànjian | dǎ ban | jiǎng jiu |
| 商量 | 知道 | 看見 | 打扮 | 講究 |

### ③ 形容詞　🎧 2029.mp3

| piàoliang | huó po | liángkuai | gānjing | jiē shi |
|---|---|---|---|---|
| 漂亮 | 活潑 | 涼快 | 乾淨 | 結實 |
| lǎo shi | qīngchu | míngbai | liàngtang | kè qi |
| 老實 | 清楚 | 明白 | 亮堂 | 客氣 |
| xīnxian | cōngming | jī ling | hú tu | mǎ hu |
| 新鮮 | 聰明 | 機靈 | 糊塗 | 馬虎 |
| shí zai | lì hai | róng yi | dà fang | tòngkuai |
| 實在 | 厲害 | 容易 | 大方 | 痛快 |

# 5. 普通話水平測試用必讀輕聲詞語表

🎧 2030.mp3

| | | | | | | | |
|---|---|---|---|---|---|---|---|
| **A** | ài ren<br>愛人 | àn zi<br>案子 | | | | | |
| **B** | bā zhang<br>巴掌 | bǎ zi<br>把子 | bà zi<br>把子 | bà ba<br>爸爸 | bái jing<br>白淨 | bān zi<br>班子 | bǎn zi<br>板子 | bāngshou<br>幫手 |
| | bāng zi<br>梆子 | bǎng zi<br>膀子 | bàngchui<br>棒槌 | bàng zi<br>棒子 | bāo fu<br>包袱 | bāohan<br>包涵 | bāo zi<br>包子 | bào zi<br>豹子 |
| | bēi zi<br>杯子 | bèi zi<br>被子 | běnshi<br>本事 | běn zi<br>本子 | bí zi<br>鼻子 | bǐ fang<br>比方 | biān zi<br>鞭子 | biǎndan<br>扁擔 |
| | biàn zi<br>辮子 | bièniu<br>別扭 | bǐng zi<br>餅子 | bō nong<br>撥弄 | bó zi<br>脖子 | bò ji<br>簸箕 | bǔ ding<br>補丁 | bù yóu de<br>不由得 |
| | bú zài hu<br>不在乎 | bù zi<br>步子 | bù fen<br>部分 | | | | | |
| **C** | cáifeng<br>裁縫 | cáizhu<br>財主 | cāngying<br>蒼蠅 | chāi shi<br>差事 | cháihuo<br>柴火 | cháng zi<br>腸子 | chǎng zi<br>廠子 | chǎng zi<br>場子 |
| | chē zi<br>車子 | chēng hu<br>稱呼 | chí zi<br>池子 | chǐ zi<br>尺子 | chóng zi<br>蟲子 | chóu zi<br>綢子 | chú le<br>除了 | chútou<br>鋤頭 |
| | chùsheng<br>畜牲 | chuāng hu<br>窗戶 | chuāng zi<br>窗子 | chuí zi<br>錘子 | cì wei<br>刺猬 | còu he<br>湊合 | cūn zi<br>村子 | |
| **D** | dā la<br>耷拉 | dā ying<br>答應 | dǎ ban<br>打扮 | dǎ dian<br>打點 | dǎ fa<br>打發 | dǎ liang<br>打量 | dǎ suan<br>打算 | dǎ ting<br>打聽 |
| | dà fang<br>大方 | dà ye<br>大爺 | dài fu<br>大夫 | dài zi<br>帶子 | dài zi<br>袋子 | dān ge<br>耽擱 | dānwu<br>耽誤 | dān zi<br>單子 |
| | dǎn zi<br>膽子 | dàn zi<br>擔子 | dāo zi<br>刀子 | dàoshi<br>道士 | dào zi<br>稻子 | dēnglong<br>燈籠 | dī fang<br>提防 | dí zi<br>笛子 |
| | dǐ zi<br>底子 | dì dao<br>地道 | dì fang<br>地方 | dì di<br>弟弟 | dì xiong<br>弟兄 | diǎnxin<br>點心 | diào zi<br>調子 | dīng zi<br>釘子 |
| | dōng jia<br>東家 | dōng xi<br>東西 | dòngjing<br>動靜 | dòu fu<br>豆腐 | dòu zi<br>豆子 | dū nang<br>嘟囔 | dǔ zi<br>肚子 | dù zi<br>肚子 |
| | duàn zi<br>緞子 | duì fu<br>對付 | duìtou<br>對頭 | duì wu<br>隊伍 | duōme<br>多麼 | | | |

| | | | | | | | |
|---|---|---|---|---|---|---|---|
| **E** | é zi<br>蛾子 | ér zi<br>兒子 | ěr duo<br>耳朵 | | | | |
| **F** | fàn zi<br>販子 | fáng zi<br>房子 | fèn zi<br>份子 | fēngzheng<br>風箏 | fēng zi<br>瘋子 | fú qi<br>福氣 | fǔ zi<br>斧子 |
| **G** | gài zi<br>蓋子 | gānzhe<br>甘蔗 | gān zi<br>桿子 | gànshi<br>幹事 | gàng zi<br>杠子 | gāoliang<br>高粱 | gāoyao<br>膏藥 | gǎo zi<br>稿子 |
| | gào su<br>告訴 | gē da<br>疙瘩 | gē ge<br>哥哥 | gē bo<br>胳膊 | gē zi<br>鴿子 | gé zi<br>格子 | gè zi<br>個子 | gēn zi<br>根子 |
| | gēntou<br>跟頭 | gōng fu<br>工夫 | gōng zi<br>弓子 | gōnggong<br>公公 | gōng fu<br>功夫 | gōu zi<br>鉤子 | gū gu<br>姑姑 | gū niang<br>姑娘 |
| | gǔ zi<br>穀子 | gǔ tou<br>骨頭 | gù shi<br>故事 | guǎ fu<br>寡婦 | guà zi<br>褂子 | guàiwu<br>怪物 | guān xi<br>關係 | guān si<br>官司 |
| | guàntou<br>罐頭 | guàn zi<br>罐子 | guī ju<br>規矩 | guī nü<br>閨女 | guǐ zi<br>鬼子 | guì zi<br>櫃子 | gùn zi<br>棍子 | guō zi<br>鍋子 |
| | guǒ zi<br>果子 | | | | | | | |
| **H** | há ma<br>蛤蟆 | hái zi<br>孩子 | hán hu<br>含糊 | hàn zi<br>漢子 | hángdang<br>行當 | hé tong<br>合同 | hé shang<br>和尚 | hé tao<br>核桃 |
| | hé zi<br>盒子 | hónghuo<br>紅火 | hóu zi<br>猴子 | hòutou<br>後頭 | hòudao<br>厚道 | hú li<br>狐狸 | hú qin<br>胡琴 | hú tu<br>糊塗 |
| | huángshang<br>皇上 | huǎng zi<br>幌子 | hú luó bo<br>胡蘿蔔 | huó po<br>活潑 | huǒhou<br>火候 | huǒ ji<br>夥計 | hù shi<br>護士 | |
| **J** | jī ling<br>機靈 | jǐ liang<br>脊樑 | jì hao<br>記號 | jì xing<br>記性 | jiā zi<br>夾子 | jiā huo<br>傢伙 | jià shi<br>架勢 | jià zi<br>架子 |
| | jià zhuang<br>嫁妝 | jiān zi<br>尖子 | jiǎn zi<br>繭子 | jiǎn zi<br>剪子 | jiànshi<br>見識 | jiàn zi<br>毽子 | jiāng jiu<br>將就 | jiāoqing<br>交情 |
| | jiǎo zi<br>餃子 | jiàohuan<br>叫喚 | jiào zi<br>轎子 | jiē shi<br>結實 | jiē fang<br>街坊 | jiě fu<br>姐夫 | jiě jie<br>姐姐 | jiè zhi<br>戒指 |
| | jīn zi<br>金子 | jīngshen<br>精神 | jìng zi<br>鏡子 | jiù jiu<br>舅舅 | jú zi<br>橘子 | jù zi<br>句子 | juàn zi<br>卷子 | |
| **K** | ké sou<br>咳嗽 | kè qi<br>客氣 | kòng zi<br>空子 | kǒudai<br>口袋 | kǒu zi<br>口子 | kòu zi<br>扣子 | kū long<br>窟窿 | kù zi<br>褲子 |
| | kuàihuo<br>快活 | kuài zi<br>筷子 | kuàng zi<br>框子 | kùnnan<br>困難 | kuò qi<br>闊氣 | | | |

🎧 2032.mp3

| | | | | | | | |
|---|---|---|---|---|---|---|---|
| **L** lǎ ba 喇叭 | lǎ ma 喇嘛 | lán zi 籃子 | lǎn de 懶得 | làngtou 浪頭 | lǎo po 老婆 | lǎo shi 老實 | lǎo tài tai 老太太 |
| lǎotóu zi 老頭子 | lǎo ye 老爺 | lǎo zi 老子 | lǎolao 姥姥 | léi zhui 累贅 | lí ba 籬笆 | lǐ tou 裏頭 | lì qi 力氣 |
| lì hai 厲害 | lì luo 利落 | lì suo 利索 | lì zi 例子 | lì zi 栗子 | lì ji 痢疾 | lián lei 連累 | lián zi 簾子 |
| liángkuai 涼快 | liáng shi 糧食 | liǎngkǒu zi 兩口子 | liào zi 料子 | lín zi 林子 | líng zi 翎子 | lǐng zi 領子 | liū da 溜達 |
| lóng zi 聾子 | lóng zi 籠子 | lú zi 爐子 | lù zi 路子 | lún zi 輪子 | luó bo 蘿蔔 | luó zi 騾子 | luòtuo 駱駝 |
| **M** māma 媽媽 | máfan 麻煩 | má li 麻利 | má zi 麻子 | mǎ hu 馬虎 | mǎtou 碼頭 | mǎimai 買賣 | mài zi 麥子 |
| mántou 饅頭 | mánghuo 忙活 | màoshi 冒失 | mào zi 帽子 | méimao 眉毛 | méiren 媒人 | mèimei 妹妹 | méndao 門道 |
| mī feng 眯縫 | mí hu 迷糊 | miàn zi 面子 | miáotiao 苗條 | miáotou 苗頭 | míngtang 名堂 | míng zi 名字 | míngbai 明白 |
| mó gu 蘑菇 | mó hu 模糊 | mùjiang 木匠 | mùtou 木頭 | | | | |
| **N** nà me 那麼 | nǎinai 奶奶 | nánwei 難為 | nǎodai 腦袋 | nǎo zi 腦子 | néngnai 能耐 | nǐ men 你們 | niàndao 念叨 |
| niàntou 念頭 | niáng jia 娘家 | niè zi 鑷子 | nú cai 奴才 | nǔ xu 女婿 | nuǎnhuo 暖和 | nüè ji 瘧疾 | |
| **P** pāi zi 拍子 | páilou 牌樓 | pái zi 牌子 | pánsuan 盤算 | pán zi 盤子 | pàng zi 胖子 | páo zi 狍子 | pén zi 盆子 |
| péngyou 朋友 | péng zi 棚子 | pí qi 脾氣 | pí zi 皮子 | pǐ zi 痞子 | pì gu 屁股 | piàn zi 片子 | pián yi 便宜 |
| piàn zi 騙子 | piào zi 票子 | piàoliang 漂亮 | píng zi 瓶子 | pó jia 婆家 | pó po 婆婆 | pū gai 鋪蓋 | |
| **Q** qī fu 欺負 | qí zi 旗子 | qiántou 前頭 | qián zi 鉗子 | qié zi 茄子 | qīn qi 親戚 | qínkuai 勤快 | qīngchu 清楚 |
| qìng jia 親家 | qǔ zi 曲子 | quān zi 圈子 | quántou 拳頭 | qún zi 裙子 | | | |
| **R** rè nao 熱鬧 | rén jia 人家 | rénmen 人們 | rènshi 認識 | rì zi 日子 | rù zi 褥子 | | |

| | | | | | | | |
|---|---|---|---|---|---|---|---|
| **S** | sāi zi 塞子 | sǎng zi 嗓子 | sǎo zi 嫂子 | sàozhou 掃帚 | shā zi 沙子 | shǎ zi 傻子 | shàn zi 扇子 | shāngliang 商量 |
| | shàng si 上司 | shàngtou 上頭 | shāobing 燒餅 | sháo zi 勺子 | shào ye 少爺 | shào zi 哨子 | shétou 舌頭 | shēn zi 身子 |
| | shénme 什麼 | shěn zi 嬸子 | shēng yi 生意 | shēngkou 牲口 | shéng zi 繩子 | shī fu 師傅 | shī zi 虱子 | shī zi 獅子 |
| | shí jiang 石匠 | shí liu 石榴 | shítou 石頭 | shíhou 時候 | shízai 實在 | shíduo 拾掇 | shǐhuan 使喚 | shì gu 世故 |
| | shì de 似的 | shìqing 事情 | shì zi 柿子 | shōucheng 收成 | shōushi 收拾 | shǒushi 首飾 | shūshu 叔叔 | shū zi 梳子 |
| | shū fu 舒服 | shūtan 舒坦 | shū hu 疏忽 | shuǎngkuai 爽快 | sī liang 思量 | suàn ji 算計 | suìshu 歲數 | sūn zi 孫子 |
| **T** | tā men 他們 | tā men 它們 | tā men 她們 | tái zi 臺子 | tài tai 太太 | tān zi 攤子 | tán zi 壇子 | tǎn zi 毯子 |
| | táo zi 桃子 | tè wu 特務 | tī zi 梯子 | tí zi 蹄子 | tiāo ti 挑剔 | tiāo zi 挑子 | tiáo zi 條子 | tiàozao 跳蚤 |
| | tiě jiang 鐵匠 | tíng zi 亭子 | tóu fa 頭髮 | tóu zi 頭子 | tù zi 兔子 | tuǒdang 妥當 | tuòmo 唾沫 | |
| **W** | wā ku 挖苦 | wá wa 娃娃 | wà zi 襪子 | wǎnshang 晚上 | wěi ba 尾巴 | wěi qu 委屈 | wèi le 為了 | wèizhi 位置 |
| | wèi zi 位子 | wén zi 蚊子 | wěndang 穩當 | wǒmen 我們 | wū zi 屋子 | | | |
| **X** | xī han 稀罕 | xí zi 蓆子 | xí fu 媳婦 | xǐ huan 喜歡 | xiā zi 瞎子 | xiá zi 匣子 | xià ba 下巴 | xià hu 嚇唬 |
| | xiānsheng 先生 | xiāngxia 鄉下 | xiāng zi 箱子 | xiàngsheng 相聲 | xiāo xi 消息 | xiǎohuǒ zi 小夥子 | xiǎo qi 小氣 | xiǎo zi 小子 |
| | xiàohua 笑話 | xièxie 謝謝 | xīn si 心思 | xīngxing 星星 | xīngxing 猩猩 | xíng li 行李 | xìng zi 性子 | xiōng di 兄弟 |
| | xiū xi 休息 | xiùcai 秀才 | xiù qi 秀氣 | xiù zi 袖子 | xuē zi 靴子 | xuésheng 學生 | xuéwen 學問 | |

🎧 2034.mp3

| | | | | | | | |
|---|---|---|---|---|---|---|---|
| **Y** yā tou 丫頭 | yā zi 鴨子 | yá men 衙門 | yǎ ba 啞巴 | yānzhi 胭脂 | yāntong 煙筒 | yǎnjing 眼睛 | yàn zi 燕子 |
| yāng ge 秧歌 | yǎnghuo 養活 | yàng zi 樣子 | yāo he 吆喝 | yāojing 妖精 | yàoshi 鑰匙 | yē zi 椰子 | yé ye 爺爺 |
| yè zi 葉子 | yí bèi zi 一輩子 | yī fu 衣服 | yī shang 衣裳 | yǐ zi 椅子 | yì si 意思 | yín zi 銀子 | yǐng zi 影子 |
| yìngchou 應酬 | yòu zi 柚子 | yuānwang 冤枉 | yuàn zi 院子 | yuèbing 月餅 | yuèliang 月亮 | yúncai 雲彩 | yùn qi 運氣 |
| **Z** zài hu 在乎 | zánmen 咱們 | zǎoshang 早上 | zěnme 怎麼 | zhāshi 扎實 | zhǎ ba 眨巴 | zhàlan 柵欄 | zhái zi 宅子 |
| zhài zi 寨子 | zhāngluo 張羅 | zhàng fu 丈夫 | zhàngpeng 帳篷 | zhàngren 丈人 | zhàng zi 帳子 | zhāo hu 招呼 | zhāopai 招牌 |
| zhēteng 折騰 | zhè ge 這個 | zhème 這麼 | zhěntou 枕頭 | zhèn zi 鎮子 | zhīma 芝麻 | zhīshi 知識 | zhí zi 侄子 |
| zhǐ jia 指甲 | zhǐtou 指頭 | zhǒng zi 種子 | zhū zi 珠子 | zhú zi 竹子 | zhǔ yi 主意 | zhǔ zi 主子 | zhù zi 柱子 |
| zhuǎ zi 爪子 | zhuànyou 轉悠 | zhuāng jia 莊稼 | zhuāng zi 莊子 | zhuàngshi 壯實 | zhuàngyuan 狀元 | zhuī zi 錐子 | zhuō zi 桌子 |
| zì hao 字號 | zì zai 自在 | zòng zi 粽子 | zǔ zong 祖宗 | zuǐ ba 嘴巴 | zuōfang 作坊 | zuómo 琢磨 | |

# 兒化

普通話的單韻母er不能與聲母相拼，只能自成音節，比如"兒"、"爾"、"二"等字。此外，er還能與其他音節結合，使這個音節的韻母帶上捲舌的色彩。這種現象就是"兒化"。兒化了的韻母叫做"兒化韻"。

## 1. 兒化的作用

與輕聲一樣，兒化不僅僅是語音現象，也有一定的詞彙、語法作用。比如：

### 與非兒化音節相比，大多數兒化韻都有小的、可愛的意思

🎧 2035.mp3

| xiǎo háir<br>小孩兒 | xiǎo huār<br>小花兒 | xiǎo gǒur<br>小狗兒 | xiǎo yúr<br>小魚兒 |
|---|---|---|---|
| huāshǒu juànr<br>花手絹兒 | xiǎoliǎn dànr<br>小臉蛋兒 | yā dàn liǎnr<br>鴨蛋臉兒 | xiǎo māor<br>小貓兒 |

### 部分兒化韻還有區別詞義和區分詞性的作用

🎧 2036.mp3

| ① 區別詞義 | | |
|---|---|---|
| tóu　　　　tóur<br>頭(腦袋)：頭兒(領導) | yǎn　　　　yǎnr<br>眼(眼睛)：眼兒(小孔) | xìn　　　　xìnr<br>信(書信)：信兒(消息) |
| ② 區分詞性 | | |
| huà　　　　huàr<br>畫(動詞)：畫兒(名詞) | huó　　　　huór<br>活(形容詞)：活兒(名詞) | jiān　　　　jiānr<br>尖(形容詞)：尖兒(名詞) |

# 2. 兒化的發音特點

　　兒化的發音是港人學習普通話的一個難點。由於不習慣翹舌，讀出來的兒化韻常常比較生硬。不是舌頭翹得不夠，就是翹得太過。掌握下面的發音特點，對讀好兒化韻是很有幫助的。

## 韻母的最後一個元音是 a、o、e、u 時，就在最後一個元音發音結束前加上翹舌的動作

| | | | 🎧 2037.mp3 |
|---|---|---|---|
| dāo bàr<br>刀把兒 | rén jiār<br>人家兒 | yá shuār<br>牙刷兒 | gàn huór<br>幹活兒 |
| tái jiēr<br>臺階兒 | yǎn zhūr<br>眼珠兒 | miàn tiáor<br>麵條兒 | xiǎo gǒur<br>小狗兒 |

## ai、ei、ui 和 an、en、in、un、ün 等以 i 或 n 結尾的韻母，去掉 i 或 n，在它們前面的元音發音結束前加上翹舌的動作

| | | | 🎧 2038.mp3 |
|---|---|---|---|
| xiǎo háir<br>小孩兒 | xiāng wèir<br>香味兒 | huā lánr<br>花籃兒 | chàng běnr<br>唱本兒 |

## 韻母是 i 或者 ü，要在 i 或者 ü 的後邊加上 er

| | | | 🎧 2039.mp3 |
|---|---|---|---|
| xiǎo jīr<br>小雞兒 | xiǎo yúr<br>小魚兒 | wán yìr<br>玩意兒 | yǒu qùr<br>有趣兒 |

## zi、ci、si 和 zhi、chi、shi 音節兒化時，韻母變成捲舌元音 er

| | | | 🎧 2040.mp3 |
|---|---|---|---|
| shù zhīr<br>樹枝兒 | guā zǐr<br>瓜子兒 | méi shìr<br>沒事兒 | xì sīr<br>細絲兒 |

## ang、eng、ing、ong 等以 ng 結尾的韻母，去掉 ng，在前面的元音發音結束前加上翹舌的動作，同時主要元音鼻化

| | | | 🎧 2041.mp3 |
|---|---|---|---|
| yào fāngr<br>藥方兒 | chá gāngr<br>茶缸兒 | dànhuángr<br>蛋黃兒 | xiǎochóngr<br>小蟲兒 |

# 3. 普通話水平測試用兒化詞語表

| 一 | | | | |
|---|---|---|---|---|
| | | a → ar | | 🎧 2042.mp3 |
| 刀把兒 dāobàr | 號碼兒 hàomǎr | 戲法兒 xìfǎr | 在哪兒 zàinǎr | 找茬兒 zhǎochár |
| 打雜兒 dǎzár | 板擦 bǎncār | | | |
| | | ai → ar | | 🎧 2043.mp3 |
| 名牌兒 míngpáir | 鞋帶兒 xiédàir | 壺蓋兒 húgàir | 小孩兒 xiǎoháir | 加塞兒 jiāsāir |
| | | an → ar | | 🎧 2044.mp3 |
| 快板兒 kuàibǎnr | 老伴兒 lǎobànr | 蒜瓣兒 suànbànr | 臉盤兒 liǎnpánr | 臉蛋兒 liǎndànr |
| 收攤兒 shōutānr | 柵欄兒 zhàlanr | 包乾兒 bāogānr | 筆桿兒 bǐgǎnr | 門檻兒 ménkǎnr |

| 二 | | | |
|---|---|---|---|
| | ang → ar（鼻化） | | 🎧 2045.mp3 |
| 藥方兒 yàofāngr | 趕趟兒 gǎntàngr | 香腸兒 xiāngchángr | 瓜瓤兒 guārángr |

| 三 | | | | |
|---|---|---|---|---|
| | | ia → iar | | 🎧 2046.mp3 |
| 掉價兒 diàojiàr | 一下兒 yīxiàr | 豆芽兒 dòuyár | | |
| | | ian → iar | | 🎧 2047.mp3 |
| 小辮兒 xiǎobiànr | 照片兒 zhàopiānr | 扇面兒 shànmiànr | 差點兒 chàdiǎnr | 一點兒 yīdiǎnr |
| 雨點兒 yǔdiǎnr | 聊天兒 liáotiānr | 拉鏈兒 lāliànr | 冒尖兒 màojiānr | 坎肩兒 kǎnjiānr |
| 牙籤兒 yáqiānr | 露餡兒 lòuxiànr | 心眼兒 xīnyǎnr | | |

| 四 | | |
|---|---|---|
| | iang → iar（鼻化） | 🎧 2048.mp3 |
| 鼻梁兒 bíliángr | 透亮兒 tòuliàngr | 花樣兒 huāyàngr |

| 五 | | | | |
|---|---|---|---|---|
| | | ua → uar | | 🎧 2049.mp3 |
| 腦瓜兒 nǎoguār | 大褂兒 dàguàr | 麻花兒 máhuār | 笑話兒 xiàohuar | 牙刷兒 yáshuār |
| | | uai → uar | | 🎧 2050.mp3 |
| 一塊兒 yīkuàir | | | | |

| uan → uar | | | 🎧 2051.mp3 |
|---|---|---|---|
| 茶館兒 cháguǎnr | 飯館兒 fànguǎnr | 火罐兒 huǒguànr | 落款兒 luòkuǎnr |
| 打轉兒 dǎzhuǎnr | 拐彎兒 guǎiwānr | 好玩兒 hǎowánr | 大腕兒 dàwànr |

## 六

| uang → uar（鼻化） | | 🎧 2052.mp3 |
|---|---|---|
| 蛋黃兒 dànhuángr | 打晃兒 dǎhuàngr | 天窗兒 tiānchuāngr |

## 七

| üan → üar | | | 🎧 2053.mp3 |
|---|---|---|---|
| 煙捲兒 yānjuǎnr | 手絹兒 shǒujuànr | 出圈兒 chūquānr | 包圓兒 bāoyuánr |
| 人緣兒 rényuánr | 繞遠兒 ràoyuǎnr | 雜院兒 záyuànr | |

## 八

| ei → er | | 🎧 2054.mp3 |
|---|---|---|
| 刀背兒 dāobèir | 摸黑兒 mōhēir | |

| en → er | | | | 🎧 2055.mp3 |
|---|---|---|---|---|
| 老本兒 lǎoběnr | 花盆兒 huāpénr | 嗓門兒 sǎngménr | 把門兒 bǎménr | 哥們兒 gēmenr |
| 納悶兒 nàmènr | 後跟兒 hòugēnr | 高跟兒鞋 gāogēnrxié | 別針兒 biézhēnr | 一陣兒 yīzhènr |
| 走神兒 zǒushénr | 大嬸兒 dàshěnr | 小人兒書 xiǎorénrshū | 杏仁兒 xìngrénr | 刀刃兒 dāorènr |

## 九

| eng → er（鼻化） | | | 🎧 2056.mp3 |
|---|---|---|---|
| 鋼鏰兒 gāngbèngr | 夾縫兒 jiāfèngr | 脖頸兒 bógěngr | 提成兒 tíchéngr |

## 十

| ie → ier | | 🎧 2057.mp3 |
|---|---|---|
| 半截兒 bànjiér | 小鞋兒 xiǎoxiér | |

| üe → üer | | 🎧 2058.mp3 |
|---|---|---|
| 旦角兒 dànjuér | 主角兒 zhǔjuér | |

## 十一

| uei → uer | | | 🎧 2059.mp3 |
|---|---|---|---|
| 跑腿兒 pǎotuǐr | 一會兒 yīhuìr | 耳垂兒 ěrchuír | 墨水兒 mòshuǐr |
| 圍嘴兒 wéizuǐr | 走味兒 zǒuwèir | | |

| uen → uer | | | 🎧 2060.mp3 |
|---|---|---|---|
| 打盹兒 dǎdǔnr | 胖墩兒 pàngdūnr | 砂輪兒 shālúnr | 冰棍兒 bīnggùnr |
| 沒準兒 méizhǔnr | 開春兒 kāichūnr | | |

| ueng → uer（鼻化） | | | 🎧 2061.mp3 |
|---|---|---|---|
| ＊小甕兒 xiǎowèngr | | | |

## 十二

| -i（前）→ er | | | 🎧 2062.mp3 |
|---|---|---|---|
| 瓜子兒 guāzǐr | 石子兒 shízǐr | 沒詞兒 méicír | 挑刺兒 tiāocìr |

| -i（後）→ er | | | 🎧 2063.mp3 |
|---|---|---|---|
| 墨汁兒 mòzhīr | 鋸齒兒 jùchǐr | 記事兒 jìshìr | |

## 十三

| i → i：er | | | 🎧 2064.mp3 |
|---|---|---|---|
| 針鼻兒 zhēnbír | 墊底兒 diàndǐr | 肚臍兒 dùqír | 玩意兒 wányìr |

| in → i：er | | | 🎧 2065.mp3 |
|---|---|---|---|
| 有勁兒 yǒujìnr | 送信兒 sòngxìnr | 腳印兒 jiǎoyìnr | |

## 十四

| ing → i：er（鼻化） | | | 🎧 2066.mp3 |
|---|---|---|---|
| 花瓶兒 huāpíngr | 打鳴兒 dǎmíngr | 圖釘兒 túdīngr | 門鈴兒 ménlíngr |
| 眼鏡兒 yǎnjìngr | 蛋清兒 dànqīngr | 火星兒 huǒxīngr | 人影兒 rényǐngr |

## 十五

| ü → ü：er | | | 🎧 2067.mp3 |
|---|---|---|---|
| 毛驢兒 máolúr | 小曲兒 xiǎoqǔr | 痰盂兒 tányúr | |

| ün → ü：er | | | 🎧 2068.mp3 |
|---|---|---|---|
| 合群兒 hóqúnr | | | |

## 十六

| e → er | | | 🎧 2069.mp3 |
|---|---|---|---|
| 模特兒 mótèr | 逗樂兒 dòulèr | 唱歌兒 chànggēr | 挨個兒 āigèr |
| 打嗝兒 dǎgér | 飯盒兒 fànhér | 在這兒 zàizhèr | |

## 十七

| u → ur | | | 🎧 2070.mp3 |
| --- | --- | --- | --- |
| 碎步兒 suìbùr | 沒譜兒 méipǔr | 兒媳婦兒 érxífur | 梨核兒 líhúr |
| 淚珠兒 lèizhūr | 有數兒 yǒushùr | | |

## 十八

| ong → or（鼻化） | | | 🎧 2071.mp3 |
| --- | --- | --- | --- |
| 果凍兒 guǒdòngr | 門洞兒 méndòngr | 胡同兒 hútòngr | 抽空兒 chōukòngr |
| 酒盅兒 jiǔzhōngr | 小葱兒 xiǎocōngr | | |

| iong → ior（鼻化） | | | 🎧 2072.mp3 |
| --- | --- | --- | --- |
| *小熊兒 xiǎoxióngr | | | |

## 十九

| ao → aor | | | | 🎧 2073.mp3 |
| --- | --- | --- | --- | --- |
| 紅包兒 hóngbāor | 燈泡兒 dēngpàor | 半道兒 bàndàor | 手套兒 shǒutàor | 跳高兒 tiàogāor |
| 叫好兒 jiàohǎor | 口罩兒 kǒuzhàor | 絕着兒 juézhāor | 口哨兒 kǒushàor | 蜜棗兒 mìzǎor |

## 二十

| iao → iaor | | | 🎧 2074.mp3 |
| --- | --- | --- | --- |
| 魚漂兒 yúpiāor | 火苗兒 huǒmiáor | 跑調兒 pǎodiàor | 麵條兒 miàntiáor |
| 豆角兒 dòujiǎor | 開竅兒 kāiqiàor | | |

## 二十一

| ou → our | | | | 🎧 2075.mp3 |
| --- | --- | --- | --- | --- |
| 衣兜兒 yīdōur | 老頭兒 lǎotóur | 年頭兒 niántóur | 小偷兒 xiǎotōur | 門口兒 ménkǒur |
| 紐扣兒 niǔkòur | 線軸兒 xiànzhóur | 小丑兒 xiǎochǒur | 加油兒 jiāyóur | |

## 二十二

| iou → iour | | | 🎧 2076.mp3 |
| --- | --- | --- |
| 頂牛兒 dǐngniúr | 抓鬮兒 zhuājiūr | 棉球兒 miánqiúr |

## 二十三

| uo → uor | | | 🎧 2077.mp3 |
| --- | --- | --- | --- |
| 火鍋兒 huǒguōr | 做活兒 zuòhuór | 大夥兒 dàhuǒr | 郵戳兒 yóuchuōr |
| 小説兒 xiǎoshuōr | 被窩兒 bèiwōr | | |

| o → or | | | 🎧 2078.mp3 |
| --- | --- | --- |
| 耳膜兒 ěrmór | 粉末兒 fěnmòr | |

註：加＊的詞語是《普通話水平測試用普通話詞語表》未收，根據測試需要而酌增的。

# 第 *6* 節
# 易錯讀多音節字詞舉例

下面是我們根據過往的有關資料，整理出的考生易錯讀的多音節詞語，供學習者參考。

🎧 2079.mp3

| | | | | | | | |
|---|---|---|---|---|---|---|---|
| **A** | ái ái<br>皚皚 | àngrán<br>盎然 | | | | | |
| **B** | báixī<br>白皙 | bāohan<br>包涵 | bāozǐ<br>孢子 | bèijǐ<br>背脊 | biānjí<br>編輯 | bièniu<br>別扭 | bìngqì<br>摒棄 | bōxuē<br>剝削 |
| | bó gěng r<br>脖頸兒 | bùchì<br>不啻 | bùjīn<br>不禁 | | | | | |
| **C** | chén xī<br>晨曦 | chènzhí<br>稱職 | chǐyín<br>齒齦 | chóuchú<br>躊躇 | chǔ nǚ<br>處女 | chuāng bā<br>瘡疤 | cuǐcàn<br>璀燦 | |
| **D** | dā ying<br>答應 | dǎ dǔn r<br>打盹兒 | dàng'àn<br>檔案 | dāngnián<br>當年 | dī fáng<br>提防 | | | |
| **E** | ěr liào<br>餌料 | | | | | | | |
| **F** | fànwén<br>梵文 | fēnmì<br>分泌 | fēngchídiànchè<br>風馳電掣 | fēng yú<br>豐腴 | | | | |
| **G** | gāozhǎng<br>高漲 | gān hé<br>乾涸 | gānbiě<br>乾癟 | gǔ suǐ<br>骨髓 | | | | |
| **H** | há ma<br>蛤蟆 | hénggèn<br>橫亙 | huǎng zǐ<br>幌子 | huōkǒu<br>豁口 | húnzhuó<br>渾濁 | hùndùn<br>混沌 | hùnxiáo<br>混淆 | |
| **J** | jībàn<br>羈絆 | jīxíng<br>畸形 | jǐliang<br>脊梁 | jiānmò<br>緘默 | jiǎnzi<br>繭子 | jiànzi<br>毽子 | jīnbuzhù<br>禁不住 | jìngliú<br>徑流 |
| | jǔjué<br>咀嚼 | | | | | | | |
| **K** | kē dǒu<br>蝌蚪 | kēngqiāng<br>鏗鏘 | | | | | | |

66

| L | làoyìn 烙印 | lèi gǔ 肋骨 | liàowàng 瞭望 | | | | |
|---|---|---|---|---|---|---|---|
| M | miǎnqiǎng 勉強 | méi·guī 玫瑰 | múyàng 模樣 | | | | |
| N | nièshì 囓噬 | nuǎnhuo 暖和 | | | | | |
| P | pí lín 毗鄰 | pōu xī 剖析 | pì měi 媲美 | | | | |
| Q | qì jīn 迄今 | qiènuò 怯懦 | qiè yì 愜意 | qīnshí 侵蝕 | qǐnshì 寢室 | qiúzhǎng 酋長 | |
| R | rènshēn 妊娠 | | | | | | |
| S | shèmiǎn 赦免 | shíduo 拾掇 | shūrán 倏然 | shù fù 束縛 | suōshǐ 唆使 | | |
| T | tán hé 彈劾 | tuān liú 湍流 | tuóluó 陀螺 | | | | |
| W | wéijiǎo 圍剿 | wū yè 嗚咽 | wǔ rǔ 侮辱 | | | | |
| X | xiè dú 褻瀆 | | | | | | |
| Y | yàoshi 鑰匙 | yīn bì 蔭蔽 | yǒngdào 甬道 | | | | |
| Z | zài zhòng 載重 | zhàlan 柵欄 | zhí niù 執拗 | zhì gù 桎梏 | zhōngshū 中樞 | zuōfang 作坊 | zuómo 琢磨 |

# 選擇判斷

選擇判斷部分有三組題目：詞語判斷10組，名詞量詞搭配10組，語法（語序、表達形式）判斷5組。

本項測試共10分。詞語判斷10組，共2.5分；判斷錯誤，每組扣0.25分。量詞、名詞搭配10組，共5分；搭配錯誤，每組扣0.5分。語法（語序、表達）判斷5組，共2.5分；判斷錯誤，每組扣0.5分。

本項測試限時共計3分鐘，超時1分鐘之內，扣0.5分；超時1分鐘及以上，扣1分。測試時，若字音出現錯誤，每個字扣0.1分。如果判斷錯誤已經扣分，那麼字音錯誤不重複扣分。

語音、詞彙和語法是語言的三要素，普通話和粵方言的差別最大的是語音方面，詞彙的差別小一些，語法的差別最小。港人在學習普通話時，首先應該掌握好普通話的語音系統，對於易讀錯的聲母、韻母和聲調要多加練習，改善語音面貌。

　　不過，僅僅掌握了普通話的發音並不能說是掌握了普通話。普通話的詞彙和語法與粵方言也有一些比較顯著的差異。如果發音是普通話的，但詞彙和句式都是粵方言的，這並不是普通話。普通話水平測試的第三題"選擇判斷"就是要考察考生對普通話詞彙和語法掌握的情況。

　　本項測試的重點在於：詞語規範、量詞名詞搭配規範、語法規範。

# 詞語判斷

這一部分主要是測查應試人使用普通話詞語是否規範,共10道題目。每道題目中列舉普通話與方言意義相同但表達不同的詞語,由應試人選擇判斷其中正確的普通話詞語,並用普通話讀出。

**這一部分需要注意:**

第一,不需讀出每個詞語之後才選擇普通話詞語,而是直接讀出普通話詞語,其他方言詞語不用讀出。

第二,試題中出現的難以理解的、少見的怪異詞語,一般都不是普通話詞語。

第三,選擇時,如果不熟悉普通話詞彙,則可以先排除自己熟悉的粵方言詞彙之後再做選擇。

對於香港應試人而言,干擾最大的就是粵方言,所以就需要在準備的時候,瞭解粵方言和普通話在詞彙上的主要差異及區別。

# 1. 普通話和廣東話詞彙差別

普通話和廣東話在詞彙上的差別較大,其表現也多種多樣,較常見的包括單雙音節不同、詞序相反、同形異義等等。另外,本節還列舉粵語中特有的避諱詞、古漢語詞、方言詞、同義異形成語,以供對照學習。

## 單雙音節

普通話多用雙音節詞,廣東話多用單音節詞

| 普通話 | 廣東話 | 普通話 | 廣東話 |
| --- | --- | --- | --- |
| 尾巴 | 尾 | 認識 | 識 |
| 耳朵 | 耳 | 容易 | 易 |
| 米飯 | 飯 | 困難 | 難 |
| 女兒 | 女 | 褲子 | 褲 |

| 普通話 | 廣東話 | 普通話 | 廣東話 |
|---|---|---|---|
| 眼睛 | 眼 | 扇子 | 扇 |
| 螞蟻 | 蟻 | 被子 | 被 |
| 螃蟹 | 蟹 | 瘋癲 | 癲 |
| 甘蔗 | 蔗 | 煩悶 | 悶 |
| 知道 | 知 | 承認 | 認 |
| 明白 | 明 | 威風 | 威 |

## 詞序相反

雙音節詞詞序相反。普通話的某些詞語其修飾語在前，中心語在後；廣東話相反

| 普通話 | 廣東話 | 普通話 | 廣東話 |
|---|---|---|---|
| 公雞 | 雞公 | 母牛 | 牛乸 |
| 大月 | 月大 | 客人 | 人客 |
| 早晨 | 晨早 | 素質 | 質素 |
| 擁擠 | 擠擁 | 底下 | 下底 |
| 鞦韆 | 韆鞦 | 夜宵 | 宵夜 |
| 頭銜 | 銜頭 | 責怪 | 怪責 |
| 暖和 | 和暖 | 要緊 | 緊要 |
| 錄取 | 取錄 | 隱私 | 私隱 |
| 代替 | 替代 | 盒飯 | 飯盒 |

## 同形異義

| 粵語詞 | 粵語釋義 | 普通話對應詞 | 普通話釋義 |
|---|---|---|---|
| 地下 | 地面／一樓 | 地面／一樓 | 地面以下 |
| 地牢 | 地下庫房 | 地庫 | 地下監獄 |
| 地盤 | 建築工地 | 工地 | 勢力範圍 |
| 班房 | 教室 | 教室 | 牢房 |

| 粵語詞 | 粵語釋義 | 普通話對應詞 | 普通話釋義 |
|---|---|---|---|
| 爆肚 | 現場發揮 | 現編 | 北京的一種小吃 |
| 大牛 | 500元紙幣 | | 體型較大的牛 |
| 飯盒 | 裝在盒子裏出售的份兒飯 | 盒飯 | 裝飯的盒子 |
| 放水 | 在非法情況下給提示 | 泄漏 | 把水放掉 |
| 戲 | 電影 | 電影 | 戲曲 |
| 返工 | 上班(上課) | 上班(上課) | 因為質量不合要求而重新加工或製作 |
| 反面 | 翻臉 | 翻臉 | 物體的另外一面 |
| 求祈 | 隨便 | 隨便 | 祈求 |
| 大頭蝦 | 馬虎糊塗的人 | 馬大哈 | 頭比較大的蝦子 |
| 打尖 | 插隊 | 插隊(加塞兒) | 旅途中吃飯、休息 |
| 花廳 | 監獄 | 監獄 | 在花園或跨院中的客廳 |
| 熱氣 | 上火的火氣 | 火氣 | 熱的空氣 |
| 沙塵 | 態度自大、傲慢 | 傲慢 | 沙土、灰塵 |

## 避諱

由於避諱(避免某些意思不吉利的同音字,或避免一些不文雅的字眼),選用不同語素

| 普通話 | 廣東話 | 普通話 | 廣東話 |
|---|---|---|---|
| 絲瓜 | 勝瓜 | 乾杯 | 飲勝 |
| 苦瓜 | 涼瓜 | 苦茶 | 涼茶 |
| 豬肝 | 豬潤 | 雞腳 | 鳳爪 |

## 保留古字

詞義相同,但是廣東話保留了很多古漢語或方言詞

| 普通話 | 廣東話 | 普通話 | 廣東話 |
|---|---|---|---|
| 甚麼 | 乜嘢 | 蜘蛛 | 擒擄 |
| 蜻蜓 | 塘尾 | 他(她) | 佢 |

| 普通話 | 廣東話 | 普通話 | 廣東話 |
| --- | --- | --- | --- |
| 對 | 啱 | 看 | 睇 |
| 舌頭 | 脷 | 鐵鍋 | 鑊 |
| 走 | 行 | 喝 | 飲 |
| 漂亮 | 靚 | 粘 | 黐 |
| 給 | 畀 | 肥皂 | 番梘 |
| 消化不良 | 滯 | 站立 | 企 |
| 發愁 | 閉翳 | 討厭 | 憎 |

## 成語表達不同

| 普通話 | 廣東話 | 普通話 | 廣東話 |
| --- | --- | --- | --- |
| 生龍活虎 | 猛龍活虎 | 不知所云 | 不知所謂 |
| 標新立異 | 標奇立異 | 不明所以 | 不知所以 |
| 三心二意 | 三心兩意 | 迫不及待 | 急不及待 |
| 三番五次 | 三番四次 | 四面八方 | 四方八面 |
| 成群結隊 | 聯群結黨 | 坐吃山空 | 坐食山崩 |
| 白手起家 | 白手興家 | 面紅耳赤 | 面紅耳熱 |
| 與眾不同 | 與別不同 | 靈機一動 | 靈機一觸 |
| 捫心自問 | 撫心自問 | 含情脈脈 | 含情默默 |
| 大模大樣 | 大模似樣 | 雞飛狗跳 | 雞飛狗走 |
| 包羅萬象 | 包羅萬有 | 異想天開 | 妙想天開 |
| 不知不覺 | 不經不覺 | 家喻戶曉 | 家傳戶曉 |

# 2. 練習

請從下列每組詞語中選出普通話詞語，並用普通話讀出。

1. 白天 日頭 日上 日時
2. 鼻哥 鼻公 鼻囊 鼻子
3. 不時 久不久 時刻 耐唔耐
4. 裏中 中中 間間 入便 當中
5. 啥地方 哪兒 邊度 邊處
6. 茄瓜 落蘇 茄子 茄裏
7. 熱水瓶 電瓶 電壺 熱水壺
8. 孽韶 翻燦 百厭 淘氣
9. 跳皮 刁皮 調皮
10. 午飯 日晝頓 晏晝飯 日飯
11. 新婦 新抱 心舅 媳婦
12. 落底 不溜 一路來 向來
13. 虧煞 得幸 好彩 幸好
14. 往經 經已 已經 既經
15. 冷親 寒去 冷倒 着涼
16. 影相 映象 照相
17. 爭吵 相爭 爭拗 拗事
18. 腳踏車 單車 自行車 腳車
19. 阿爺 祖父 爹爹 阿公
20. 做夢 發夢 眠夢 連夢

## 第 *2* 節
# 量詞、名詞搭配

**量**詞、名詞搭配的測試目的在於測查應試人是否瞭解普通話量詞與名詞的搭配規則，以及使用量詞名詞搭配的規範程度。本項測試共列舉10個名詞、10個量詞，由應試人搭配並用普通話讀出所選的10個名量搭配短語。

這一部分需要留意三個要點。

第一，掌握普通話量詞與名詞搭配的規則，尤其是和廣東話使用不同的量詞。

第二，注意數詞"一"的變調，因為在選好名量搭配之後，需要用"一＋量詞＋名詞"的方式以普通話讀出。應試人須復習第一部分"一"的變調規則。

第三，考試時，需要按照名詞的順序依次讀出。10個名詞一定要每個都搭配量詞，但是量詞卻不一定是一對一的；而且量詞不是每個都能與名詞搭配，所以一定要按照名詞來搭配量詞。

## 1. 普通話常用量詞、名詞搭配

本表列舉了普通話中常用的名量搭配，以量詞為綱，共45個。有些名詞可以和多個量詞搭配，表中以互見的形式列出。例如在第一個量詞"把"中有"寶劍（口）"，即表示"寶劍"除了可以說"一把寶劍"之外，還可以說"一口寶劍"。

### 普通話量詞搭配表

| 序號 | 量詞 | 拼音 | 名詞 |
|---|---|---|---|
| 1 | 把 | bǎ | 菜刀、剪刀、寶劍（口）、鏟子、鐵鍬、尺子、掃帚、椅子、鎖、鑰匙、傘（頂）、茶壺、扇子、提琴、手槍（支） |
| 2 | 本 | běn | 書（部、套）、著作（部）、字典（部）、雜誌（份）、賬 |
| 3 | 部 | bù | 書（本、套）、著作（本）、字典（本）、電影（場）、電視劇、交響樂（場）、電話機、攝像機（架、臺）、汽車（輛、臺）、畫冊 |

## 普通話量詞搭配表

| 序號 | 量詞 | 拼音 | 名詞 |
|---|---|---|---|
| 4 | 場 | cháng | 雨、雪、冰雹、大風、病、大戰、官司 |
| 5 | 場 | chǎng | 電影(部)、演出(臺)、話劇(臺)、雜技(臺)、節目(臺、套)、交響樂(部)、比賽(節、項)、考試 |
| 6 | 道 | dào | 河(條)、瀑布(條)、山(座)、山脈(條)、閃電、傷痕(條)、門(扇)、牆(面)、命令(項、條)、試題(份、套)、菜(份) |
| 7 | 滴 | dī | 水、血、油、汗水、眼淚 |
| 8 | 頂 | dǐng | 傘(把)、轎子、帽子、蚊帳、帳篷 |
| 9 | 對 | duì | 夫妻、舞伴、耳朵(雙、隻)、眼睛(雙、隻)、翅膀(雙、隻)、球拍(副、隻)、沙發(套)、枕頭、電池(節) |
| 10 | 朵 | duǒ | 花、雲(片)、蘑菇 |
| 11 | 份 | fèn | 菜(道)、午餐、報紙(張)、雜誌(本)、文件、禮物(件)、工作(項)、事(件)、試題(道、套) |
| 12 | 幅 | fú | 布(塊、匹)、被面、彩旗(面)、圖畫(張)、相片(張) |
| 13 | 副 | fù | 對聯、手套(雙、隻)、眼鏡、球拍(對、隻)、臉(張)、撲克牌(張)、圍棋、擔架 |
| 14 | 個 | gè | 人、孩子、盤子、瓶子、梨、桃兒、橘子、蘋果、西瓜、土豆、西紅柿、雞蛋、餃子、饅頭、玩具、皮球、太陽、月亮、白天、上午、國家、社會、故事 |
| 15 | 根 | gēn | 草(棵)、蔥(棵)、藕(節)、甘蔗(節)、鬍鬚、頭髮、羽毛、冰棍兒、黃瓜(條)、香蕉、油條、竹竿、針、火柴、蠟燭(支)、香(支、盤)、筷子(雙、支)、電線、繩子(條)、項鏈(條)、辮子(條) |
| 16 | 家 | jiā | 人家、親戚(門)、工廠(座)、公司、飯店、商店、醫院(所)、銀行(所) |
| 17 | 架 | jià | 飛機、鋼琴(臺)、攝像機(部、臺)、鼓(面) |

## 普通話量詞搭配表

| 序號 | 量詞 | 拼音 | 名詞 |
|------|------|------|------|
| 18 | 間 | jiān | 房子(所、套、座)、屋子、臥室、倉庫 |
| 19 | 件 | jiàn | 禮物(份)、行李、傢俱(套)、大衣、襯衣、毛衣、衣服(套)、西裝(套)、工作(項)、公文、事(份) |
| 20 | 節 | jié | 甘蔗(根)、藕(根)、電池(對)、車廂、課(門)、比賽(場、項) |
| 21 | 棵 | kē | 樹、草(根)、蔥(根)、白菜 |
| 22 | 顆 | kē | 種子(粒)、珍珠(粒)、寶石(粒)、糖(塊)、星星、衛星、牙齒(粒)、心臟、子彈(粒)、炸彈、圖釘、圖章 |
| 23 | 口 | kǒu | 人、豬(頭)、大鍋、大缸、大鐘(座)、井、寶劍(把) |
| 24 | 塊 | kuài | 糖(顆)、橡皮、石頭、磚、肥皂(條)、手錶(隻)、肉(片)、蛋糕、大餅(張)、布(幅、匹)、綢緞(匹)、手絹(條)、地(片)、石碑(座) |
| 25 | 粒 | lì | 米、種子(顆)、珍珠(顆)、寶石(顆)、牙齒(顆)、子彈(顆) |
| 26 | 輛 | liàng | 汽車(部、臺)、自行車、摩托車、三輪車 |
| 27 | 門 | mén | 課(節)、課程、技術(項)、考試(場)、親戚(家)、婚姻、大炮 |
| 28 | 名 | míng | 教師(位)、醫生(位)、犯人 |
| 29 | 面 | miàn | 牆(道)、鏡子、彩旗(幅)、鼓(架)、鑼 |
| 30 | 盤 | pán | 磨(扇)、香(根、支)、磁帶、錄像帶 |
| 31 | 匹 | pǐ | 馬、布(塊、幅)、綢緞(塊) |
| 32 | 片 | piàn | 樹葉、葉片、肉(塊)、陰涼、陽光、雲(朵)、地(塊) |
| 33 | 扇 | shàn | 門(道)、窗戶、屏風、磨(盤) |
| 34 | 雙 | shuāng | 手(隻)、腳(隻)、耳朵(對、隻)、眼睛(對、隻)、翅膀(對、隻)、鞋(隻)、襪子(隻)、手套(副、隻)、筷子(根、支) |

## 普通話量詞搭配表

| 序號 | 量詞 | 拼音 | 名詞 |
|---|---|---|---|
| 35 | 所 | suǒ | 學校、醫院(家)、銀行(家)、房子(間、套、座) |
| 36 | 臺 | tái | 計算機、醫療設備(套)、汽車(部、輛)、鋼琴(架)、攝像機(部、架)、演出(場)、話劇(場)、雜技(場)、節目(場、套) |
| 37 | 套 | tào | 衣服(件)、西裝(件)、房子(間、所、座)、傢具(件)、沙發(對)、食具、書(本、部)、郵票(張)、醫療設備(臺)、節目(場、臺)、試題(道、份) |
| 38 | 條 | tiáo | 繩子(根)、項鏈(根)、辮子(根)、褲子、毛巾、手絹兒(塊)、肥皂(塊)、船(隻)、遊艇(隻)、蛇、魚、狗(隻)、牛(頭、隻)、驢(頭、隻)、黃瓜(根)、河(道)、瀑布(道)、山脈(道)、道路、胡同兒、傷痕(道)、新聞、資訊、措施(項)、命令(道、項) |
| 39 | 頭 | tóu | 牛(條、隻)、驢(條、隻)、駱駝(隻)、羊(隻)、豬(口)、蒜 |
| 40 | 位 | wèi | 客人、朋友、作家(名) |
| 41 | 項 | xiàng | 措施(條)、制度、工作(份)、任務、技術(門)、運動、命令(道、條)、比賽(場、節) |
| 42 | 張 | zhāng | 報紙(份)、圖畫(幅)、相片(幅)、郵票(套)、撲克牌(副)、光盤、大餅(塊)、臉(副)、嘴、網、弓、床、桌子 |
| 43 | 隻 | zhī | 鳥、雞、鴨、老鼠、兔子、狗(條)、牛(頭、條)、驢(頭、條)、羊(頭)、駱駝(頭)、老虎、蚊子、蒼蠅、蜻蜓、蝴蝶、手錶(塊)、杯子、船(條)、遊艇(條)、鞋(雙)、襪子(雙)、手套(副、雙)、袖子、球拍(對、副)、手(雙)、腳(雙)、耳朵(對、雙)、眼睛(對、雙)、翅膀(對、雙) |
| 44 | 支 | zhī | 筆、手槍(把)、蠟燭(根)、筷子(根、雙)、香(根、盤)、軍隊、歌 |
| 45 | 座 | zuò | 山(道)、島嶼、城市、工廠(家)、學校(所)、房子(間、所、套)、橋、石碑(塊)、雕塑、大鐘(口) |

# 2. 粵普常用量詞搭配差異表

粵語的量詞和普通話的量詞基本相同，但也有一些細微的區別，下表歸納了普通話和廣東話中常見的名量搭配差異。

| 普通話 | 粵語 | 普通話 | 粵語 |
|---|---|---|---|
| 一把香蕉 | 一梳香蕉 | 一把椅子 | 一張椅子 |
| 一把鹽 | 一扎鹽 | 一塊點心 | 一件點心 |
| 一口飯 | 一啖飯 | 一頓飯 | 一餐飯 |
| 一雙鞋 | 一對鞋 | 一座橋 | 一條橋 |
| 一個村子 | 一條村 | 一所學校 | 一間學校 |
| 一道題 | 一條題 | 一把鑰匙 | 一條鑰匙 |
| 一根頭髮 | 一條頭髮 | 一扇門 | 一道門 |
| 一面鏡子 | 一塊鏡 | 一塊手錶 | 一隻手錶 |
| 一輛汽車 | 一部汽車 | 一輛自行車 | 一架電單車 |
| 一艘船 | 一隻船 | 一頭蒜 | 一根蒜 |

# 3. 練習

請選出合適的量詞完成搭配，並用普通話讀出。

| 把 本 部 場 滴 頂 對 朵 副 根 家 節 口 輛 匹 扇 條 項 張 座 |
|---|

| 一＿＿井 | 一＿＿花 | 一＿＿眼淚 | 一＿＿床 | 一＿＿摩托車 |
|---|---|---|---|---|
| 一＿＿夫妻 | 一＿＿車廂 | 一＿＿馬 | 一＿＿電話機 | 一＿＿魚 |
| 一＿＿眼鏡 | 一＿＿雨 | 一＿＿島嶼 | 一＿＿雜誌 | 一＿＿帽子 |
| 一＿＿羽毛 | 一＿＿任務 | 一＿＿椅子 | 一＿＿窗戶 | 一＿＿飯店 |

# 第*3*節
# 語序或表達形式判斷

**普**通話和粵方言在語法上的差異主要體現在兩個方面：語序和句式。下面分別加以討論。

## 1. 語序

與普通話相比，粵方言的一些很常用的修飾性成分，一般是置於被修飾的成分之後。比如：

### 先

| 粵方言副詞"先"用在動詞之後，表示動作的先後次序 | 普通話的"先"應該位於動詞之前。 |
| --- | --- |
| 你行先喇！ | 你先走吧！ |
| 我睇下先。 | 我先看看。 |

### 多

| 粵方言表示數量的形容詞"多"和"少"置於動詞之後，表示動作的次數 | 普通話的"多"和"少"置於動詞之前。 |
| --- | --- |
| 又要我行多幾轉。 | 又要我多走幾趟。 |
| 飲少一杯。 | 少喝一杯。 |
| 瞓多一陣間。 | 多睡一會兒。 |

# 2. 句式

## "有 + 動詞" 句式

| | |
|---|---|
| 粵方言 "有 + 動詞" 的句式多用來表示完成或説話者有過某種經歷 | 普通話一般用 "了" 或 "過" 來表示這種語法意義。 |
| 我有帶書。 | 我帶書了。 |
| 她有做完功課。 | 她做完了功課。 |
| 這個電影我有看。 | 我看過這個電影。 |
| 這款蛋糕我有吃。 | 我吃過這款蛋糕。 |

## 比較句

| | |
|---|---|
| 粵方言比較句的格式是 "A+ 形容詞 + 過 +B" | 普通話為 "A+ 比 +B+ 形容詞" |
| 狗大過貓。 | 狗比貓大。 |
| 哥哥高過我。 | 哥哥比我高。 |
| 肯德基好吃過麥當勞。 | 肯德基比麥當勞好吃。 |

## 雙賓語句

| | |
|---|---|
| 粵方言表示給予意義的動詞帶兩個賓語時，其格式是 "動詞 + 物 + 人" | 普通話的格式是 "動詞 + 人 + 物" |
| 你借本書我。 | 你借給我一本書。 |
| 畀件衫我。 | 給我一件衣服。 |

## 謂主結構

| | |
|---|---|
| 粵方言有一種 "謂語 + 主語" 的結構，這種結構裏的謂語一般由形容詞充當，表示主語的性質或狀態 | 普通話裏則是 "主語 + 謂語" 的格式 |
| 呢個人大眼。 | 這個人眼睛大。 |
| 呢隻雞長尾。 | 這隻雞尾巴長。 |

# 第四章 4

# 朗讀短文

　　我們在這一部分中，主要是研討、練習第四測試項：朗讀短文。本測試項測查應試人使用普通話朗讀書面作品的水平。在測查聲母、韻母、聲調讀音標準程度的同時，重點測查連讀音變、停連、語調以及流暢程度。

　　考生須朗讀一篇短文，共400個音節。限時4分鐘，共30分。評分細節如下：

| 評分項 | 評分 | 備註 |
| --- | --- | --- |
| 錯音節 | 每音節 -0.1分 | 包括錯、漏、增讀等 |
| 聲、韻系統性缺陷 | 視程度 -0.5、-1分 | 有一定的量才構成系統性 |
| 語調偏誤 | 視程度 -0.5、-1、-2分 | |
| 停連不當 | 視程度 -0.5、-1、-2分 | |
| 不流暢（包括回讀） | 視程度 -0.5、-1、-2分 | |
| 超時 | -1分 | |

朗讀，是PSC的重點測試項目。PSC的五個測試項中，第一項（朗讀單音節詞語），第二項（朗讀多音節詞語），第三項（直接讀出選擇判斷的答案），以及第四項（朗讀400音節作品），都涉及到朗讀。

朗讀，是人類語言功能中重要、高級的組成部分，是一門學問。社會上普遍存在着不重視朗讀的情況，人們受到朗讀訓練的機會不多。

文字材料（書面語）雖然比口語細緻、規範，條理性和藝術性都強於口語，卻缺少了一個最重要的元素——語音。語言是語音、詞彙、語法三要素的結合體。書面語的這一缺憾，使得語句中的語氣、語調，抑揚頓挫、輕重緩急，不能很充分地表達出來，使語言的功能、效果受到很大的限制和影響。

高水平的朗讀，不但能準確、鮮明地表達原作的內容和思想，還能以語氣、語調、停連、重音、節奏等技巧，更好地體現作品的神彩和風格，進行藝術性地加工，從而加強感染力、提升語言功能。

# 自然流暢：朗讀短文的應考難點

朗讀，是應試者表現不夠理想的一項。原因是多方面的，但普遍存在的問題，主要有以下幾個：

## 1. 朗讀機會太少

這個問題要從兩個方面去解決。第一，平時多讀書、多練習，有意識地提高自己的語言文化水平。目前，可以從熟讀PSC的60篇作品入手，以使自己有一個明顯的進步。第二，通過對"水平測試"的準備，多學朗讀基本知識，為今後進一步提高打下基礎。

## 2. 不敢大膽停頓

多數應試者都有這個問題。句子中沒有標點符號，朗讀者總是怕停錯了："沒有標點符號怎麼能停？"其實，可以説每一個句子中都有停連的問題。不敢停，就意味着你沒能把這個句子的區分組合關係讓聽者聽明白，甚至句子的意思都不清楚。所以，一定要學會停頓，大膽地停頓。

# 3. 語調過平

語調平的主要原因有二：

## 字調（聲調）過平

字調過平，造成由"字"串起來的句子語調平。

我們用"五度標記法"來描繪聲調（見前面語音部分）。

第一聲，應是5 - 5調，你讀成4 - 4或3.5 - 3.5調；

第二聲，應是3 - 5調，你讀成3 - 4或2.5 - 3.5調；

第三聲，應是2 - 1 - 4調，你讀成2 - 1 - 3或2 - 2 - 3調；

第四聲，應是5 - 1調，你讀成4 - 2或4 - 3調，

這樣，正確的調值高低幅度是從1到5，落差有5度；你的幅度基本上是從2到4，落差大約只有3度，組成句子、章節的每個字都是這樣讀，當然整個語調就一定是平的了。

本《教程》在語音部分就已反覆強調，要把聲調讀準確，這是基本功。

## 缺少重音

重音是語調的核心內容，一個句子沒有重音，該重的不重，該輕的不輕，語調一定是平的。語調平，不單是不好聽的問題，還會使人聽不明白句子的意思和思想感情，達不到朗讀的目的。

所以，我們要首先讀準四聲，然後在"重音"上下功夫。

# 4. 朗讀不夠自然流暢

主要原因是不熟練，讀起來磕磕絆絆，經常倒回來重讀。另一個原因是節奏掌握得不好。高低、快慢、停連等都不講究，聽起來就不自然，不流暢。多讀，熟讀，認真體會作品的思想感情，就一定對這個問題有幫助。

# 第2節
# 朗讀的基本要求

## 1. 什麼是朗讀

所謂朗讀，就是把文字語言轉化為有聲語言的行為。其中的"朗"，就是清晰、響亮的發音（當然是標準的普通話發音）；而"讀"，就是準確地（忠實於原作）、樸實地（非表演性）誦讀。一般來說，朗讀的對像，是廣大的社會民眾，範圍大，影響廣。

要區分"朗讀"和"朗誦"的概念。雖然有有很多共同點，但"朗誦"是一種表演，強調感情，可用渲染、誇張、模擬等手法去表現文藝作品；而"朗讀"並非表演，強調忠實於原作，是對原作的表達，強調"莊重"，任何誇張的語氣，類似"角色扮演"的模仿，過分的表情動作，都是不可取的。

例如，在朗讀作品第7號《二十美金的價值》時，有的應試者在讀到"五歲的兒子"說的話時，就用了稚氣尖細的語調，而該"爸爸"說話了，就改用粗聲粗氣的語調，好像在演戲一樣。這顯然是沒有弄清楚"朗讀"與"朗誦"的區別，這種做法背離了朗讀的基本要求，在得分上會大打折扣。

## 2. 朗讀的基礎

朗讀的基礎就是深入瞭解和體會文字作品。如果對作品只是匆匆草草地看過三兩遍，讀都讀不順，談不上把握作品的思想內容、精神和風格，不可能讀得好。應試者很容易把"文"當作"字"來讀，即是"見字發音"。他們全用同一個方法、腔調去讀那些"字"，顯然會失敗。

### 文章的整體性

文章是活動的整體，立體而有生命。組成文章的每個句子、段落都是活的，互有關聯，都"有話要說"，都"有意思要表達"。只讀出400個"字"，不能有效地表達原作的內容和思想感情。

PSC的60篇作品，都是經過反覆篩選推敲，在文體、文風、內容、語音等各方面達到一定的要求，協調集成的。這些不同內容、不同風格、不同色彩、不同語音結構的作品，你全用同一個方法，同一個腔調去讀那些"字"，顯然是失敗的。

即使是兩個字詞相同、結構相同的句子，在不同的語境中，讀出來也是不同的。看下面的簡單例句：

例句1：他沒去。（為什麼我昨天一直沒見着他？）
　　　　△▲

例句2：他沒去。（怎麼少了一個人？你沒去吧？）
　　　　　▲

例句3：他沒去。（我想，他準是去了。）
　　　　　▲△

在這裏，我們用"△"表示次強的重音，用"▲"表示較強的重音。

句子是朗讀作品的基本單位。每個句子都是整篇文章中的有機的組成部分，要根據整篇作品的思想內容，根據句子的語言環境（上下文），理解每個句子的意思。這樣，才能有一個正確的表達。

所以，我們要讀好這些作品，就一定要通過反覆閱讀，熟悉作品，在領會作品的內容、思想、感情上下功夫。

## 作者的態度

通過閱讀，我們可逐漸感受到作者的態度。例如，作者對他筆下的一人一事，是褒還是貶；即便是批評，是嚴厲還是親切；一種要求，是祈求還是命令；這些態度是直接的還是間接的；是堅決的還是猶豫不決的，等等。

例如作品第1號《白楊禮贊》，作者對白楊樹的頌讚縱貫全文；在對白楊樹做出外觀、精神方面的描述、讚頌之後，作者寫了這樣幾個反問句：

……當你在積雪初融的高原上走過，看見平坦的大地上傲然挺立這麼一株或一排白楊樹，難道你就只覺得樹只是樹，難道你就不想到它的樸質，嚴肅，堅強不屈，至少也像徵了北方的農民；難道你竟一點兒也不聯想到，在敵後的廣大土地上，到處有堅強不屈，就像這白楊樹一樣傲然挺立的守衛他們家鄉的哨兵！難道你又不更遠一點想到這樣枝枝葉葉靠緊團結，力求上進的白楊樹，宛然象徵了今天在華北平原縱橫決蕩用血寫出新中國歷史的那種精神和意志。

在此，作者用這些反問句在表達什麼樣的感情，持一種什麼樣的態度？如果認為這是一種嚴厲的詰問，一種強硬的態度，顯然是不對的。反問並不等於敵對的討伐。作者是用這種反問的手法，來進一步讚美白楊樹。"問"的，作者設計成"自己人"，是自己人中聯想不夠豐富、感情不夠充沛的同志。這種反問，沒有強橫的語氣，反而充滿了期望、引導、鼓勵。這並非強烈的反問，但起到了比正面描寫更有效的讚頌的效果。

這些"感受"，就直接影響了你的朗讀。

## 感情色彩

感情色彩有時是微妙的。這裏有個讀者自己去體驗，產生共鳴，甚至加上自己的主觀思維與態度的過程。

例如，作品15號《胡適的白話電報》，寫胡適對白話文的讚賞和推行。文中有這樣一段：

> 一次，胡適正講得得意的時候，一位姓魏的學生突然站了起來，生氣地問："胡先生，難道說白話文就毫無缺點嗎？"胡適微笑着回答說："沒有。"那位學生更加激動了："肯定有！……"

對於胡適回答時的"微笑"，一般讀者認為，這是客觀地描述一位教授學者的謙和、親切的態度，是中性的，略帶褒揚。但是，也有的讀者卻從中感受到褒、貶共存的一點"狡黠"。

為什麼這麼說呢？你看，國學大師胡適比誰都更諳熟文言文，但他大力推行白話文，正是因為白話文通俗、生動、完美，面對四周強大的反白話文的壓力，胡適正想有一個適當的機會做一次有力的反擊，以教育社會、教育學生。

這時，機會來了，一位學生"突然站了起來，生氣地問……白話文就毫無缺點嗎？"這時，胡適大師真要笑了，因為他等的、想要的機會自己送上門來了，適當的反擊，往往比正面的進攻來得有力，來得快。

看着這位批評白話文的魏同學激動、生氣的的樣子，胡教授一邊寬厚地笑着，一邊稍帶戲謔地在心裏說：好小子，你自己送上門來啦，撞到我槍口上啦！這是不是"狡黠"呢？且不說胡適是不是真的有這樣的"潛台詞"，是否真有這樣的"狡黠"之心，讀者如此仔細認真地去"感受"，去"體會"，是應大加讚賞的。

感情色彩，除去"褒意與貶意"之外，還有"愛與恨"、"悲與喜"、"怒與樂"及"熱情與冷漠"、"驚恐與懷疑"、"期望與欲求"等等，這都需要我們從作品中仔細去感受。

在熟讀的基礎上，這些感受，就會轉化成你自己的一種態度，一種"表達"的動力，就會忠實地、準確地、有個性地把作品的內容、思想、感情通過朗讀表達出來，這樣的"朗讀"才是有生命的，才是感人的，才是高水準的。

# 3. 標準的發音

發音是PSC的核心內容。再熟練的朗讀，如果發音錯誤多，語音面貌差，也不可能取得好成績。正音訓練始終是最重要的。應試者有必要逐字、逐詞正音。

# 4. 基本技巧

朗讀是一種語言藝術，非常講究技巧性。也就是説，朗讀，一定要排除簡單"唸字"的現像，在忠於原作的前提下，以技巧性的語音表達，準確、生動，甚至是個性的、再創造性的發揮，充分再現文字材料中的活生生的內容、思想和感情。沒有朗讀的技巧，就沒有內容的活力和生命。

我們要強調一點：所謂"技巧"，不是死板的定義，更不是僵硬的公式，不是千篇一律的東西，而是活的、變化的，是因具體的內容和不同的讀者的個性而異的。那些認為背會一些"技巧"的條文、形式，就可以"放之四海而皆準"，就會讀所有的文章作品的想法，是過於簡單的。

當然，朗讀的技巧，畢竟有它規律性的、共性的東西，有自古以來前人的豐富經驗和總結，我們就是要討論這些共性的東西，分析他們在個性中的具體體現。

讀文章不是讀400個"字"，首先要會讀"句"，再由句組成章節。這些"句"是活的，是立體的，除了有內容之外，還有它獨特的結構，有它的思想、感情色彩，有這個句子要表達什麼這樣一個"目的"。為了準確、生動地表達句子的思想、內容，為了通過朗讀實現句子的"目的"，就需要一定的朗讀技巧。

**PSC朗讀短文所要求的朗讀技巧，主要為：**

① **停連**：句與句之間、句子中結構與結構之間的停頓和連接；

② **重音**：區分句子中各結構的主次，準確表達內容、思想感情的重要手段；

③ **語氣語調**：表達歡快、悲痛、疑問、驚恐等語氣，以及表現這些語氣的聲音形式——語調；

④ **節奏**：朗讀時快慢、緩急、高低等抑揚頓挫的語流行進形式，其中反復出現的佔主導地位的形式，就是節奏。節奏要求適當、流暢、自然、有表現力。

# 注意停連

所謂"停、連",是指朗讀語句中的停頓(語流的暫時中斷)和連接(語句中結構成分的延續、連接)。

"停、連"是朗讀中表達句子內容、思想感情**最基本**的,也是**最重要**的手段。一個句子,特別是在沒有標點符號的情況下,如果讀的時候不知道"停、連",或停連的地方不正確,時間不合適,就不能很好地表達意思,更會發生歧義。

看一個簡單的例句:

我知道他不瞭解你。

如果沒有停連,人們很難明白這句話的意思。我們用"‖"表示停頓,用"⌣"表示連接:

我知道‖他不瞭解你。(我知道的是——他不瞭解你);

我知道他‖不瞭解你。(我知道的是他,而我卻不瞭解你)

其中特別重要的是"停頓"。

# 1. 停頓

## 停頓的作用

停頓是語流中聲音的暫停。大家都知道,標點符號,就意味着停頓,例如頓號(、)停得較短,逗號(,)停得稍長,而句號(。)停得更長,以表示一個完整意思的完成,等等。

但是,特別要重視的,是在句中,成分與成分之間,**在沒有標點符號的情況下,仍然有相當多的停頓**。也可以説,在有兩個基本成分的句子裏,就會有停頓,雖然有的停頓極短。這一點,與"説話"不一樣——説話有當時特定的語言環境,語流較快,隨意性較強,也就是我們所説的"口語化",不一定需要強調"停頓";而朗讀,內容是文字材料,聽者見不到,周圍也沒有"現場"的語言環境,語音需要交代得比較清楚,句子中的結構關係、邏輯關係需要交代得明白,才能準確地傳達原文的內容、思想感情。

看下面的例子。

去年打的糧食都分給了大家。

讀這個句子，沒有適當的停連，意思是不明確的。因為，一種可能是說："去年打下來的糧食"，都已經分給了大家（可能是去年分的，也可能不是去年，而是現在才分的）。另一種可能是說，"在去年"，打下來的糧食都分給了大家，確是"去年"分的，但糧食就未必都是去年打下來的。

前一種說法，"去年打下來"是"糧食"的定語；後一種說法，"去年"，是"分糧食"的時間狀語。同一個句子，前後兩個意思是不同的。

如果懂得運用停頓，就不會發生以上的歧義。

去年打的糧食‖都｜分給了大家。
意思就清楚了，說的是："去年打下來的糧食"，分給了大家。

另一種讀法：
去年‖打的糧食｜都分給了大家。

這樣，意思就變成了，"在去年"，把"打下來的糧食"分給了大家。
（用"｜"表示較短的停頓，用"‖"表示稍長的停頓）
我們再舉一個PSC朗讀作品中的例子。作品4號中，有這樣一句話：
"之後他還想出了許多孩子賺錢的辦法，並把它集結成書……"

上句中，"他（達瑞）"想出的，是"許多""孩子賺錢的辦法"，還是"許多孩子""賺錢的辦法"？不同的停頓，就會導致表達出兩個不同的意思。不能正確掌握"停頓"的技巧，就不能準確地讀出來原作的意思。

這個句子應該這樣讀：
"之後‖他｜還想出了許多‖孩子賺錢的｜辦法，‖並把它｜集結成書……"

## 停頓的位置

這是一個比較複雜的、需要具體分析的問題，很難用一些公式化的條理去做一些規定、限制。有人把停頓區分為"語法結構停頓"、"邏輯關係停頓"以及"心理感情停頓"等幾個類別，停頓位置不盡相同。

例如，"語法結構停頓"說，在"主語部分與謂語部分之間"，會有一個較明顯的停頓。這個說法在大部分情況下是對的，人們的語句（口語的和書面的）大多是說"誰（包括人、事物，有形的、無形的，具體的、抽像的，等等）"，他（它、牠……）"做了什麼、是什麼、怎麼樣了，"等等，也就是說，表達一個完整意思的句子，一般會有主、謂兩大部分。如：

今天‖是｜星期天。
紐約的冬天‖常有｜大風雪。

但並非所有的主謂句都這麼讀。試看下面這個常見的句子：

我狠狠地‖教訓了他一頓！

這時候，我們往往要把"狠狠"這個詞突出出來，除了加重這幾個音節的語調外，還會把停頓放在這個詞的後面，而把主語"我"與"狠狠"這個謂語的狀語緊密結合起來，形成了從語法結構上看很奇特的組合——主語加謂語的狀語為一大部分，後面謂語、賓語加謂語的補語為另一部分。

**其實這一點也不奇怪，這些語法的分析是"寫出來的"，是為了看的，而我們朗讀的"停連"結構，是為了聽的，怎樣組合，怎樣停連，只要有利於表達句子的意思，就是好的、正確的安排。**

所以我們與其說"按語法結構"去分析停、連，不如這樣說：

**具體分析句子，看怎樣組合這些書面語句中的字詞，看用什麼樣的停連安排才能更好地表達文句的內容和思想感情。**

張頌教授的《朗讀學》中有這樣一段論述，他說："……每一句話都有語法問題。……每句話也都有邏輯關係，也都存在心理變化因素。儘管有時某些停連可以在語法基礎上側重表現邏輯關係或側重表現心理活動，但三者的化合卻是更多的情況，硬是把它們拆開，真有些'剪不斷，理還亂'。"……"因此，我們在朗讀的準備及進行中，只應該產生循序漸進、順理成章、情真意切、心領神會的動感，而不應該產生'這裏是語法停頓，這裏是邏輯停頓，那裏是心理停頓'的意識，和孤立考慮一句話的靜感。"

實際上，句子是千變萬化的，在每一個句子裏，都交融着語法結構、心理邏輯、感情個性等複雜的問題，很難整齊地分門別類，區分清楚。

停頓的位置，我們介紹幾種常見的類型：

## (1)為了區分、組合而做的停頓

看下面的例句：

我一看他就不高興。

這個句子的意思是不確定的，要看你怎麼讀。不同的結構有不同的意思。一種意思是："我"是句中的主語，"不高興"是"我"不高興，那麼，就要用**停頓**來表示這個意思：

我｜一看他‖就不高興。

另一種意思是："他"是主體，"不高興"的是"他"，而"我一看"(不管看什麼)是他不高興的原因，那麼，這個句子(是一個緊連型複句)要這樣讀：

我一看‖他就不高興。

這種停頓，是把句中的詞語、結構進行區分組合，為了表達明確的句子意思。

這是最基本的，也是最重要的停頓。

## 朗讀練習（1）

🎧 4001.mp3

**請按停頓符號朗讀下列句子，該停時要大膽地停。**
**（用"｜"表示較短的停頓，用"‖"表示較長的停頓）**

※ 這是｜雖在北方的風雪的壓迫下‖卻保持着倔強挺立的一種樹！

（作品1號）

※ 布魯諾‖很不滿意老闆的｜不公正待遇。

（作品2號）

※ 他｜偶然有一個‖和非常成功的商人談話的機會。

（作品4號）

※ 水‖是一種｜良好的溶劑。

（作品13號）

※ 我在加拿大學習期間‖遇到過｜兩次募捐，那情景‖至今使我｜難以忘懷。

（作品21號）

※ 你們看‖它矮矮地｜長在地上，等到｜成熟了，也不能立刻分辨出來｜它有沒有果實，必須挖出來｜才知道。

（作品26號）

（這句經常被人讀成"你們看它‖矮矮地……"，這種組合是不正確的，要"你們看"的，不是"它"，而是"它矮矮地長在地上……"）

### （2）為了強調而做的停頓

為了表達一定的語氣，為了強調某些音節、詞語，會在這些音節、詞語的前或後做出停或連，以突出它們。例如：

他這麼做只不過是‖自尋煩惱。
　　　　　　　　　▲▲▲▲

用停頓把"自尋煩惱"這個重音突出出來。

請按停頓符號朗讀下列句子。

（用"△"表示次重音，用"▲"表示重音，供朗讀時參考）

### 在被強調詞語前的停頓：

※ 現實的世界｜是‖人人都有的，而後一個世界｜卻為讀書人‖所獨有。
　　△△△△△　▲▲　　　　△△△△△　　▲▲▲　　▲

（作品6號）

---

※ ……所以，當我遇到不幸時，就會‖等待三天，這樣｜一切就恢復正常了。
　　　　　　　　　　　　　　　▲▲▲▲

（作品37號）

---

※ 就在他即將離去的前一個晚上，天｜下起了‖傾盆大雨，並且一下就是‖三天三
　　　　　　　　　　　　　　　　　　▲▲▲▲　　　△△　　　　▲▲▲
夜。
▲

（作品20號）

### 在被強調詞語後的停頓：

※ 小孩兒默默地｜回到自己的房間關上門。
　　　　▲▲

（作品7號）

（這句用"默默地"來描寫小孩兒的情態，在這一重音後停一停，以突出表達句子的重點，在這裏，不能用加強音量的方法。）

※ 我去爬山那天，正趕上個難得的好天，萬里長空，雲彩絲兒‖都不見。
　　　　　　　　　　　　　　　　　　　　　　　▲▲▲

（用"萬里長空，連一絲雲彩都沒有"來說明這個"難得的好天"，如果沒有在"雲彩絲兒"後面停一停，這個重點就不能突出出來了。）

※ 他極其認真地‖想了半天，然後極認真地｜寫，那作文極短……
　　▲▲▲▲　　　　　　　　　▲▲▲

（作品51號）

---

※ 天堂是什麼樣子，我不知道，但是從我的生活經驗去判斷，北平之秋‖便是天堂。
　　　　　　　　　　　　　　　　　　　　　　　　　　　▲▲▲▲

（作品58號）

### (3)統領式語句的停頓

即前是統領性的詞語，後面往往是被領的若干項，這時在統領詞語後面會有停頓，以清楚引出後面的並列項。如：

　　他為人 ‖ 善良、積極、樂觀。

"為人"統領後面的"善良"、"積極"、"樂觀"，如果沒有這個停頓，那"為人"只會和"善良"結合起來。這樣的句子還有另一種停頓方法：

　　他 ‖ 為人善良、積極、樂觀。

效果也一樣。

---

## 朗讀練習（3）　　　　　　　　　　　　　　　🎧 4003.mp3

**請按停頓符號朗讀下面句子，體會領屬關係。**

※ ……每人手捧一大束鮮花，有 ‖ 水仙、石竹、玫瑰及叫不出名字的，一色雪白。

（作品21號）

---

※ 然而，由於地球上的燃燒物增多，二氧化碳的排放量急劇增加，使得地球生態環境
　　急劇惡化，主要表現為 ‖ 全球氣候變暖，水分蒸發加快，改變了氣流的循環，使氣
　　候變化加劇，從而引發 ‖ 熱浪、颱風、暴雨、洪澇和乾旱。

（作品31號）

---

※ 在畫卷中最先露出的是山根底那座明朝建築岱宗坊，慢慢地便現出 ‖ 王母池、斗母
　　宮、經石峪。

（作品38號）

---

※ 與其說它是一種情緒，不如說它是 ‖ 一種智慧、一種超拔、一種悲天憫人的寬容和
　　理解，一種飽經滄桑的充實和自信，一種光明的理性，一種堅定的成熟，一種戰勝
　　了煩惱和庸俗的清明澄澈。

（作品46號）

（這句也有另一種不同的停頓讀法，即：
與其說｜它是一種情緒，不如說｜它是一種智慧……）

---

※ 你可能沒有成為 ‖ 一個美麗的詞，一個引人注目的句子，一個驚嘆號，但你依然是
　　這生命的立體篇章中的 ‖ 一個音節、一個停頓、一個必不可少的組成部分。

（作品55號）

---

※ 島內 ‖ 有緞帶般的瀑布，藍寶石似的湖泊，四季常青的森林和果園，自然風景十分
　　優美。

（作品56號）

這種統領式的句子，也有前邊是被領的各項，而總結式的統領詞語放在後面。同樣，在各項與統領詞之間，以及在統領詞與後面的其他各詞語之間也要用停頓來分開。

朗讀練習（4）　　　🎧 4004.mp3

**請按停頓符號朗讀下面的句子，體會後面的總括關係。**

※ 山川、河流、樹木、房屋，全‖都罩上了一層厚厚的雪，萬里江山，變成了粉妝玉砌的世界。

（作品5號）

（這個句子，用"全"這個詞總括前面的幾項，以後面的停頓來突出這個"全"字，説明他們之間的邏輯關係。）

※ 請閉上眼睛想：一個老城，有山有水，全在天底下曬着陽光，暖和安適地睡着，只等春風來把它們喚醒，這‖是不是理想的境界？

（作品17號）

（這個句子，後面的"這"總括前面的"一個老城……"等幾個內容。）

※ 哦，雄渾的大橋敞開胸懷，汽車的呼嘯、摩托的笛音、自行車的叮鈴，合奏着‖進行交響樂；南來的鋼筋、花布，北往的柑橙、家禽，繪出‖交流歡悦圖……

（作品18號）

※ 水稻、甘蔗、樟腦‖是｜台灣的"三寶"。島上還盛產鮮果和魚蝦。

（作品56號）

※ 它的根往土壤鑽，它的芽往地面挺，這‖是一種不可抗拒的力，阻止它的石塊，結果也被它掀翻，一粒種子的力量之大，如此如此。

（作品49號）

## 停頓的時間

停頓的時間有長有短，全看表現內容的需要。一般來説，區分大的、較重要的結構的，或特別需要強調的，停頓的時間會相對長一些。

※　據統計，十年來‖紐約的公立小學｜只因為超級暴風雪｜停過‖七次課。

（作品23號）

（本句中，"十年來"後面停得長，是因為這是全句的時間狀語，對全句起着制約的作用。最後的"七次課"之前停得長，是因為這個詞語與"十年來"呼應，表示"非常少"的概念，是全句的重點，所以以一個較長的停頓把它突出出來。）

雪 ‖ 紛紛揚揚，下得很大。　　　　　　　　　　　　　　　　（作品5號）
　　▲▲▲▲

（為了描繪漫天大雪的景況，要把"紛紛揚揚"突出出來，停頓會較長。）

　　停頓的時間有很多變化，每個讀者也會有自己的不同的理解和演繹，在這裏我們不做詳細的、統一的論述。

# 2. 連接

　　連接與停頓是一回事，該停的地方停了，不該停的地方就是連接。所以我們重申：該停的地方一定要停；而該連的地方也一定要連。

我抱起老太太手中的被子放到了炕上。

這句話中"老太太"和"手中的被子"一定要連，不然讀成：
我抱起老太太 ‖ 手中的被子放到了炕上。
就會鬧笑話了。

　　我們在這裏要特別強調的，是**"有標點符號的地方的連接"**。
　　一些人讀書，完全按照標點符號讀。對"朗讀"來說，這是不正確的。比如有人讀"她大概十七、八歲"這樣的句子時，就"把標點符號都讀出來"，使人聽得很彆扭，這明顯不符合人們聽、說的習慣。
　　**"標點符號是為了看的，停頓和連接才是為了聽的。"**這是張頌教授在《朗讀學》中說的一個觀點，我們覺得有道理。正如上面的不少例句中顯示的那樣，相當多的句子，只看標點符號不能正確讀出、聽到它的準確意思，或是說，完全按標點讀，對作品表達得不完美。這不一定是作者的錯，是"看"和"聽"的不同接受方法導致的。
　　特別是一些長的、內容複雜的句子，中間沒有標點符號，看就沒問題。因為你看了一遍沒完全明白句中的內容或思想，可以倒回去再看；而聽者就沒這個便利。如果朗讀的人不能通過良好的朗讀技巧，通過停連、重音，通過語調，把句子很好很明白地傳達給聽者，不用說句子中複雜的內容、深刻的含義，就連基本的意思都可能聽不明白。
　　所以，在一些有標點符號的地方，也會有連接的問題。例如：

盼望着，盼望着，東風來了，春天的腳步近了。

　　如果你把每一個"盼望着"當作一個孤立的部分來讀，兩個"盼望着"互不關聯，就跟讀"東一個，西一個"沒什麼分別，就不能表達作者"一直"在盼望的，這種通過兩個相同語句結構來加強深切感情的寫作目的。應該這樣讀：

盼望着，盼望着，東風‖來了，春天的腳步‖近了。
　　　▲▲　　△　　　▲▲　▲▲　　△

　　這表示第一個"盼望着"後面，雖有一個逗號，但聲音和語氣都沒有停下來，把這個"着"拖長一些，並將音高升高半階，以使"音"和"氣"都和後面的另一個"盼望着"連起來。在拖長了的第一個"着"的後面，可以有一個短暫的停頓，但語氣語勢是連着的。這樣，兩個"盼望着"就不是孤立的了，就起到了加重語氣、加深情感的作用。看下面這些例句：

## 朗讀練習（5）　　　　　　　　　🎧 4005.mp3

**按連接符號朗讀下面的句子，即使語音稍斷，語氣也要相連。**

那是力爭上游的一種樹，筆直的幹，筆直的枝。　　　　　　　（作品1號）

（作者在此以"筆直"來描摹白楊樹的枝幹，後面還有椏枝、葉子也是"一律向上"、"片片向上"的描寫，以此來歌頌白楊樹的"力爭上游"，歌頌它的堅強不屈與挺拔。兩個"筆直"的句式，一定不能生硬地分開，一定要在語氣上連起來，把"幹"這個音節拖長一些，以使語氣和下一個"筆直"相連，讀到"枝"字，才可以做一個語氣、語音上的停頓。）

※ 他非常苦惱，堅持自己原先的主張吧，市政官員肯定會另找人修改設計；
　　不堅持吧，又有悖自己為人的準則。
　　　　　　　　　　　　　　　　　　　　　　　　　　　　　（作品19號）

（這兩個語氣助詞"吧"，不是肯定的語氣詞，是表示假設、疑問的不確定語氣詞，要把"吧"這個音節稍稍提高，也可稍稍拖長，以和後面的語句連接起來。）

※ 突然，狗放慢腳步，躡足潛行，好像嗅到了前邊有什麼野物。
　　　　　　　　　　　　　　　　　　　　　　　　　　　　　（作品27號）

（"放慢腳步"與"躡足潛行"是一回事，中間不能停得太長。）

※ 牡丹沒有花謝花敗之時，要麼爛於枝頭，要麼歸於泥土，它跨越萎頓和衰老，由青
　　春而死亡，由美麗而消遁。
　　　　　　　　　　　　　　　　　　　　　　　　　　　　　（作品30號）

※ 母親信服地點點頭，便去掌外套。
　　　　　　　　　　　　　　　　　　　　　　　　　　　　　（作品33號）

※ 媽媽剛剛睜眼醒來，他就笑眯眯地走到媽媽跟前說："媽媽，今天是您的生日……"
　　　　　　　　　　　　　　　　　　　　　　　　　　　　　（作品51號）

# 第4節
# 注意重音

在一個句子中，各個結構，音節，詞和詞組，不會同等重要，為了準確地表達這個句子的內容，一定有的詞語最重要，有的次之，還有的一般或不太重要（從內容表達而言，不是從文法結構而言），等等。

在朗讀中，對這些句子中重要的詞、詞組或音節，用不同的聲音形式顯示他們的重要性，以及重要的程度，就是我們所說的**重音**。

或者說，在朗讀句子的時候，根據內容，需要強調或突出的音節、詞及詞組，就是重音。

重音解決句子中各結構之間，詞與詞、詞組與詞組之間的主次關係，使讀出來的句子所要表達的內容和思想感情更明確，更好地實現這個句子的"目的"。

因此，也可以說，**重音是"語調"的核心內容**。

## 1. 重音是句子的重音

重音是為了更好地實現句子"目的"的，沒有重音，一個句子主要想表達什麼內容是不明確的。這與詞重音（或稱"詞的輕重格"），以及詞組的重音是不同的。

作品19號《堅守你的高貴》中的這個句子，應試者十有七八讀得不對：

他……巧妙地設計了只用一根柱子支撐的大廳天花板。

多數考生習慣性地把重音落在了"柱子"上面。

其實，這句話的重音是明顯的，它強調只用了"一根"柱子，而不是像其他大廳那樣要用很多根柱子，重音明顯地在"一根"上面。應該這樣讀：

他……巧妙地設計了只用一根柱子支撐的大廳天花板。
　　　　　△△　　　　▲▲

我們用△表示次重音，用▲表示重音。"柱子"一詞，連次重音也不是。這個句子的目的是顯示設計師萊伊恩設計水平之高，構思之巧妙，偌大的市政大廳天花板，卻只用"一根"柱子來支撐。"柱子"不用強調，也不能強調，不是柱子是什麼？還能是竹杆？讀錯了重音，這個句子的內容就走了樣，就不能把原句的意思準確地表達出來。

在這裏，我們明顯地看到，這個重音"一根"是為了表達句子的意思，也就是為了實現句子的"目的"服務的，這與"詞的輕重格"不同。"一根"這個結合得很緊密的數量詞組，無論讀成"一根"，還是讀成"一根"，意思都是不變的，這不是我們講的"重音"。
　　　▲△　　　　　　△▲

# 2. 重音的位置

語句是千變萬化的，是活動的，所以表達這些語句"目的"的重音，情況也是複雜的，變化的。

有按句子的結構成分來找重音的，名為"結構重音"；也有按句子的心理感情和邏輯關係來找重音的，叫作"感情重音"、"邏輯重音"，等等。這有一定的道理，但是也有矛盾。看下面的例子：

這是一份非常好的建議書。

按"結構重音"來說，附加成分會讀得重，這句裏的"一份"和"非常好"是附加成分——定語，應該是重音所在，可以這樣表示：

這是一份非常好的建議書。
　　　△　▲▲△　。

但是不一定。當問"哪是一份非常好的建議書？"時，要這樣讀：

這是一份非常好的建議書。
▲

當問"這不是一份非常好的建議書吧？"時，重音轉移了，要這樣讀：

這是一份非常好的建議書。
　　▲

當問"這是一份普通的建議書吧？"時，又變成這樣讀：

這是一份非常好的建議書。
　　　　▲▲△

當問"這是一份非常好的計劃書吧？"時，要變為這樣讀：

這是一份非常好的建議書。
　　　　　　▲▲

顯然，用"結構重音"等概念會碰到不少問題。有人說，根據上下文的語言環境和人的思維、感情而定的"邏輯重音"、"感情重音"優先。這樣，就無異取消了"結構重音"的存在，而且孰先孰後，很難一概而論。

我們主張，要對句子進行具體、細緻的分析，看看這個句子哪裏或哪些是重音，應該怎樣讀。

那麼，重音多用在什麼地方呢？我們舉些例子來說明。

## 需要強調的地方，叫"強調重音"

這些強調重音往往是明顯的，例如：

這種布料特別結實。
　　　　▲▲

明顯地，"特別"是強調的重點。

---

### 朗讀練習(6)　　　　　　　　　　　　🎧 4006.mp3

依據下面的符號，朗讀以下句子，看看怎樣把重音突出出來。
用"△"表示次重音，用"▲"表示重音，用"◆"表示強重音

---

※ 那是力爭上游的一種樹，筆直的幹，筆直的枝。
　　▲▲▲▲　　　　　　　△△　　　　△△

(作品1號)

---

※ 他在我家門前路過，突然發現了這塊石頭，眼光立即就拉直了。
　　　　　▲▲△△　　　　　　　　　　▲▲　△△

(作品3號)

---

※ 大雪整整下了一夜。
　　▲▲　　　△△

(作品5號)

---

※ 胡適的目光頓時變亮了。
　　　　▲▲△△

(作品15號)

---

※ 火光又明又亮，好像就在眼前……
　　▲▲▲▲　　　　▲　　△△

(作品16號)

---

※ 最妙的是下點兒小雪呀。
　　▲▲　　　　　△△

(作品17號)

---

※ ……天下起了傾盆大雨，並且一下就是三天三夜。
　　　　　▲▲△△　　　△△　　▲▲▲▲

(作品20號)

---

※ "我，我什麼也沒有得到。"
　　　▲▲

(作品53號)

---

※ 我們都呆了，回過頭來，看着深褐色的牛隊……
　　△▲

(作品57號)

---

**對比項通常讀得重，可稱"對比重音"。**

如"太陽落下去了，月亮升起來了"。
　　　△△▲　　　　　△△▲

| 朗讀練習（7） | 🎧 4007.mp3 |

**按重音符號朗讀下面的句子，體會對比項的重音情況。**

※ 現實的世界是人人都有的，而後一個世界卻為讀書人所獨有。
　△△△△△　▲▲△△　　　△△△△△　▲▲▲　▲▲

（作品6號）

※ 一根根長長的引線，一頭繫在天上，一頭繫在地上……
　　　　　　　　　　　　▲　　　　　　　　▲

（作品9號）

※ 最大的有九層樓那麼高，最小的還不如一個手掌大。
　△▲　　▲▲▲　　　△▲　　　　　▲▲

（作品29號）

※ 她現在很聽我的話，就像我小時候很聽她的話一樣。
　△△　　　▲　　　　△△△　　　▲

（作品33號）

※ 母親要走大路，大路平順；我的兒子要走小路，小路有意思。
　△△　　▲▲　△△　　　　△△　　▲▲　　　△△△

（同上）

※ 然而，恰恰是這座不留姓名的墳墓，比所有挖空心思用大理石和奢華裝飾建造的墳
　　　▲▲　△△▲▲▲▲　　　　△△▲▲▲▲　▲▲▲　▲▲▲▲
墓更扣人心弦。
▲△△△△

（作品35號）

※ ……別人寫作文能寫二三百字，他卻只能寫三五行。
　　　△△　　　▲▲▲▲　△　　▲▲▲

（作品51號）

**一些並列、排比的語句，其中的並列項往往是重音，叫"並列重音"。**

如：列車經過廣州、武昌、鄭州，一直到北京。
　　　　△△　　　△△　△△　　　　　△△

## 朗讀練習（8）　　　🎧 4008.mp3

**按重音符號朗讀下面的句子，注意並列項的讀法。**

※它沒有婆娑的姿態，沒有屈曲盤旋的虯枝，也許你要説它不美麗……
　　　▲▲　△△　　　　▲▲▲▲　△△

但是它卻是偉岸，正直，樸質，嚴肅，也不缺乏溫和，更不用提它的堅強
　　　　▲▲　▲▲　▲▲　▲▲　　　　△△　　　　　　　▲▲

不屈與挺拔，它是樹中的偉丈夫！
▲▲　▲▲　　　　▲▲▲

（作品1號）

---

※他們滿頭銀髮，身穿各種老式軍裝，上面布滿了大大小小形形色色的徽章、獎章，
　　　　　　　　　　　　　　　　　　　　　△△△△△△△△　△△　△△

每人手捧一大束鮮花，有水仙、石竹、玫瑰及叫不出名字的，一色雪白。
　　　　　△△　　　△△　△△　△△△△　　　　△△△△

（作品21號）

---

※沒有一片綠葉，沒有一縷炊煙，沒有一粒泥土，沒有一絲花香，只有水
　▲▲△△　　　▲▲△△　　　　▲▲△△　　　▲▲△△　　　▲

的世界，雲的海洋。
△△　▲　△△

（作品22號）

---

※莫高窟壁畫的內容豐富多彩，有的是描繪古代勞動人民打獵、捕魚、耕田、收割的
　　　　　　　　　　　　　　　　　　△△　　　　　△△　△△　△△　△△

情景，有的是描繪人們奏樂、舞蹈、演雜技的場面，還有的是描繪大自然的美麗風光。
△△　　　　　△△　△△　△△　　　　　　△△　　　　　　　　　△△

其中最引人注目的是飛天。壁畫上的飛天，有的臂挎花籃，採摘鮮花；
　　　　　　　　　　　　　　　　　　△△△△　△△△△

有的反彈琵琶，輕撥銀弦；有的倒懸身子，自天而降；有的彩帶飄拂，漫天遨遊；
△△△△　△△△△　　　△△△△　△△△△　　　△△△△　△△△△

有的舒展着雙臂，翩翩起舞。
△△△△△　△△△△

（作品29號）

---

※它不苟且、不俯就、不妥協、不媚俗，甘願自己冷落自己。
　△△△　△△△　△△△　△△△

（作品30號）

按重音符號朗讀下面的句子，注意並列項的讀法。

---

※年少的時候，我們差不多都在為別人而活，為苦口婆心的父母活，
　　　　　　　　　　▲▲　　　　　△△△△　▲▲

　為循循善誘的師長活，為許多觀念、許多傳統的約束力而活。
　△△△△　▲▲　　　△△△△　△△△△　▲▲▲

（作品32號）

---

※我們在田野散步：我，我的母親，我的妻子和兒子。
　　　　　△　　　△△　　　△△　　　△

（作品33號）

---

※它只是樹林中的一個小小的長方形土丘，上面開滿鮮花——沒有十字架，沒有墓
　　　　　　　　　　　　　　　　　　△△△△△△　　△△△

　碑，沒有墓誌銘，連托爾斯泰這個名字也沒有。
　△　　△△△△△　　△△△△△▲▲▲▲△

（作品35號）

---

※世上有預報颱風的，有預報蝗災的，有預報瘟疫的，有預報地震的。沒有人預報幸福。
　　△△▲▲　　　△△△▲▲　　　△△△▲▲　　　△△△▲▲　　△△△▲▲▲▲

（作品40號）

---

※春天，我將要住在杭州。……
　▲▲　　△△△　　▲▲

　夏天，我想青城山應當算作最理想的地方。……
　▲▲　　　▲▲▲　　　　　△△△

　秋天一定要住北平。……
　▲▲▲▲　　▲▲

　冬天，我還沒有打好主意，成都或者相當的合適……
　▲▲　　　　　　　▲▲　　△△

（作品58號）

---

※論天氣，不冷不熱。論吃的，蘋果、梨、柿子、棗兒、葡萄，每樣都有若干種。
　△▲▲　△△△△△　△▲▲　△△　△　△△　△　　△△

　論花草，菊花種類之多，花式之奇，可以甲天下。西山有紅葉可見，
　△▲▲　　△△△△　　△△△△　△△△△△　▲▲　△△△△

　北海可以划船——雖然荷花已殘，荷葉可還有一片清香。
　▲▲△△△△　　　　　▲▲　　　▲▲

（同上）

**一些前後呼應的句式，呼應的內容讀重音，謂之"呼應重音"。**

如：童年的記憶是最深刻的；到今天我還清清楚楚地記得小學上的
　　△△　　△△　▲▲▲　　　△△　　△△△△　　　△△

　　第一堂課學的是"開學了"三個字。
　　△△△△　　　　▲▲▲　△△△

以"小學""第一堂課"的"開學了"三個字，去"應"前邊童年記憶"最深刻"這個"呼"。

---

### 朗讀練習（9）　　　　　　　　　　🎧 4010.mp3

**按重音符號朗讀句子，體會前後呼應的重音讀法。**

※世界盃怎麼會有如此巨大的吸引力？除去足球本身的魅力之外，還有
　△△△　　　　　▲▲▲▲　△△△

　什麼超乎其上而更偉大的東西？
　△△△△　▲▲▲　△△

　近來觀看世界盃，忽然從中得到了答案：是由於一種無上崇高的精神
　　　　　　　　　　　　　　　　　　　　　　　　　▲▲▲▲　△△

　情感──國家榮譽感！
　△△　　　▲▲▲▲▲

（作品11號）

---

※對於一個在北平住慣的人，像我，冬天要是不刮風，便覺得是奇迹；濟南的冬天是
　　　　　　　　　　　　　　　　　　　△△△　　　　　　△△

　沒有風聲的。
　△△△△

（作品17號）

---

※在它看來，狗該是多麼龐大的怪物啊！然而，它還是不能站在自己高高的、安全的
　　　　　▲▲　　　　　　　　　　　　　　▲▲△△　　　△△　　△△

　樹枝上⋯⋯一種比它的理智更強烈的力量，使它從那兒撲下身來。
　▲▲▲　△△　　　　　　　　　△△△

（作品27號）

在一些遞進、轉折、選擇等關係的語句中，也都有相應的重音。

## 朗讀練習（10）

按重音符號朗讀句子，注意不同的邏輯語法關係。

遞進關係的：　　　　　　　　　　　　🎧 4011.mp3

※更為重要的是，讀書加惠於人們的不僅是知識的增廣，而且還在於
　△△△△　　　　　　　　　　　△△　▲▲　△△　△△△

精神的感化與陶冶。
▲▲　△△　△△

（作品6號）

※紐約的冬天常有大風雪，撲面的雪花不但令人難以睜開眼睛，甚至
　　　　　　　　　　　　　　　　　△△△△　　△△

呼吸都會吸入冰冷的雪花。
▲▲　　　△△　△△

（作品23號）

※於是，就是這篇作文，深深地打動了他的老師，那位媽媽式的老師
　　　　　　△　　　　　△△　　　　　　　　　△△

不僅給了他最高分，在班上帶感情地朗讀了這篇作文，還一筆一劃地
△△　　　△△△　　　△△△　　　　　　　　　△▲▲▲▲

批道：你很聰明，你的作文寫得非常感人，請放心，媽媽肯定會格外
　　　　▲▲▲　　　　　　▲▲▲▲　　　　　△△▲▲▲▲▲

喜歡你的，老師肯定會格外喜歡你的，大家肯定會格外喜歡你的。
△△△　　△△▲▲▲▲▲△△△　　△△▲▲▲▲▲△△△

（作品51號）

選擇關係的：　　　　　　　　　　　　🎧 4012.mp3

※因為沒有錢，他想是向爸媽要錢，還是自己掙錢。
　　　　　　　　△△△△▲△　　△△△△▲△

（作品4號）

※他非常苦惱，堅持自己原先的主張吧，市政官員肯定會另找人修改
　　　　　△△　　　△△　　　　　　　　　△△△

設計；不堅持吧，又有悖自己為人的準則。
　　　▲△△

（作品19號）

※喜悅，它是一種帶有形而上色彩的修養和境界。與其說它是一種
　　　　　　　　　　　　　　　　　　　　　　　△△

情緒，不如說它是一種智慧、一種超拔、一種悲天憫人的寬容和理解，
△△　△△△　　　△△　　　△△　　△△△△　△△　△△

一種飽經滄桑的充實和自信，一種光明的理性，一種堅定的成熟，一種
　△△△△　△△　△△　　　△△△　　　　　△△

戰勝了煩惱和庸俗的清明澄澈。
△△　△△　△△　△△△△

（作品46號）

## 朗讀練習（10）

按重音符號朗讀句子，注意不同的邏輯語法關係。

轉折關係的： 🎧 4013.mp3

※ 這就是白楊樹，西北極普通的一種樹，然而決不是平凡的樹！
　　　　　▲▲▲　　　　　　　　　　△△△▲▲▲▲

（作品1號）

---

※ 作為一名建築師，萊伊恩並不是最出色的。但作為一個人，他
　　　　　△△△　　　　　　　　　　　　　　　　　　　△

　無疑非常偉大，這種偉大表現在……
　　▲▲▲▲

（作品19號）

---

※ 這位比誰都感到受自己的聲名所累的偉人，卻像偶爾被發現的流浪漢，
　　　△　　　　△△△　△△△△　△△　　　　△△△△△　　▲▲▲

　不為人知的士兵，不留名姓地被人埋葬了。
　△△△△　　▲▲　　▲▲▲▲

（作品35號）

---

※ 然而，恰恰是這座不留姓名的墳墓，比所有挖空心思用大理石和奢華
　　▲▲　　　　△△△△　　　　　△△▲▲▲▲△△△△

　裝飾建造的墳墓更扣人心弦。
　△△　　　　▲△△△△

（同上）

---

※ 人們喜愛回味幸福的標本，卻忽略它披着露水散發清香的時刻。
　　　　　　△△　　　　　△△△△△△△△

（作品40號）

---

※ "鳥的天堂"裏沒有一隻鳥，我這樣想到。
　　▲　　△△　　　　▲▲▲

（作品48號）

---

※ 是的，春天是美好的，那藍天白雲，那綠樹紅花，那鶯歌燕舞，那
　　　　△△　△△　　　△△△△　　　△△△△　　　△△△△

　流水人家，怎麼不叫人陶醉呢？但這良辰美景，對於一個雙目失明的
　△△△△　▲▲　　　△△　△△△△　　　　　　△△△△

　人來説，只是一片漆黑。
　　　　△△▲▲▲▲▲

（作品53號）

# 3. 怎樣讀重音

有人認為，重音就是讀得重，就是加大"音強"。這種看法是錯誤的。

重音，就是根據需要"突出出來"的音節、詞語。要"突出"，不一定要靠"大聲"來達到。有時減弱"音強"也能起到突出的作用。看下面的例子：

小老鼠一步一步地接近睡着了的小花貓，悄悄地把爆竹拴在了它的尾巴上。
　　▲▲▲▲　　　　　　　　　　　　　▲▲

明顯地，這兩處重音，不但不能加強音量，相反，還要減弱，拖長、放緩，以使它們突出出來。所以，不能把重音簡單地理解為把聲音加大加重。

要想把重音突出出來，就必然涉及到在一個句子中，重音與非重音的關係。

怎樣突出重音呢？

## 加強音量

這是人們普遍認識的、採用的方法。

由於重音在一個句子中不一定是一個、一處，這幾個、幾處不一定都同等重要的，有的是最重要的，有的次之，還有的再次一級，我們可以用次重音(△)，重音(▲)和強重音(◆)來表達。

相對重音，非重音也有一般的，也有較輕的(o)，也有最輕的，即聲調中的"輕聲"(˚)。

次重音－△　　　重音－▲　　　強重音－◆　　　次輕音－o　　　輕聲－˚

---

### 朗讀練習（11）

**按不同的重音符號朗讀句子，體會不同的重音的讀法。**　　　🎧 4014.mp3

※ 這就是白楊樹，西北極普通的一種樹，然而決不是平凡的樹！
　▲△△△△　　　　▲▲▲˚△△△　　　　△△△▲▲˚△　　　　　　　　（作品1號）

---

※ 他在我家門前路過，突然發現了這塊石頭，眼光立即就拉直了。
　　▲▲△△˚　　　˚　　　▲▲　　△△˚　　　　（作品3號）

---

※ 外祖母永遠不會回來了。
　▲▲　　　o˚　　　（作品14號）

---

※ "好啦，謝天謝地！"我高興地說，"馬上就到過夜的地方啦！"
　△△　▲▲▲▲　　　˚　　　▲▲　　△△˚△△△　　　（作品16號）

---

※ 我們都呆了，回過頭來，看着深褐色的牛隊，在路的盡頭消失，忽然
　△▲˚　　　　　　　　　　　△△

覺得自己受了很大的恩惠。
˚　　　▲▲˚△△　　　（作品57號）

108

## 減弱音量

在一定的語言環境下，比其他非重音讀得輕，減弱音強，也一樣可以達到"突出"的目的，也是重音。如：

我不忍看到母親那失望的目光，只得悄悄背過身，在心裏責罵自己。
　　　　　　○○○○○　　　　○○○○○○

---

### 朗讀練習（12）

按輕、重音符號朗讀句子，體會用減弱音量來突出重音的方法。
（註：我們暫用 o 符號來表示減弱音量，其實它們仍是重音）　🎧 4015.mp3

※"哦，"小孩兒低下了頭，接着又說，"爸，可以借我十美金嗎？"
　 o　　 o o　 o o　 o

（作品7號）

---

※海上的夜是柔和的，是靜寂的，是夢幻的。我望着許多認識的星，
　　　　　　 o o　　　　 o o　　　　 o o

我仿佛看見它們在對我眨眼，我仿佛聽見它們在小聲說話。這時我
　　　　　 o o o o o　　　　　　　　 o o o o o o

忘記了一切。
o o o o o

（作品8號）

---

※在這幽美的夜色中，我踏着軟綿綿的沙灘，沿着海邊，慢慢地向前
　　　　　　　　 o o o o o o o　　　　　　　　 o o　 o o

走去。海水，輕輕地撫摸着細軟的沙灘，發出溫柔的刷刷聲。
o o　　　　　　 o o o o　　　　　 o o o o　 o o o

（作品12號）

---

※我們在漆黑如墨的河上又划了很久。……而火光卻依然停在前頭，

閃閃發亮，令人神往——依然是這麼近，又依然是那麼遠……
　　　　　　　　　　　　 o o o　　　　　 o o o

（作品16號）

---

※我怯生生地點點頭，答道："我要回家了。"
　 o o o　　　　　　　 o o o o o

（作品28號）

## 減緩語速，延長音節

在正常的語速中，有些音節、詞語為了表達內容的需要，延長音節，拖慢了速度，也一樣突出出來，也是重音的表達方式。如：

我不怕吃苦，不管到了哪兒，不管條件多差，我一到那兒就會落地生根。
　　　　　　　　　　　　　　　　　　　　　　　　　　▲▲▲▲

在這裏，"落地生根"這個重音，除了加重音強音高外，還要延長音節，以表示堅定的決心。

---

### 朗讀練習（13）

朗讀下面的句子，把句中標明的重音用減緩語速、延長音節的方法讀出來。

🎧 4016.mp3

※ 雪紛紛揚揚，下得很大。
　　▲▲▲▲
　　　　　　　　　　　　　　　　　　　　　　　　　　　（作品5號）

---

※ 推開門一看，嗬！好大的雪啊！山川、河流、樹木、房屋，全都
　　　　　◆　　　　　　　　△△　△△　△△　△△　▲

罩上了一層厚厚的雪，萬里江山，變成了粉妝玉砌的世界。
　　　△△　　　　　　　　　　　△△△△
　　　　　　　　　　　　　　　　　　　　　　　　　　　（同上）

---

※ 外祖母生前最疼愛我，我無法排除自己的憂傷，每天在學校的操場上

一圈兒又一圈兒地跑着，跑得累倒在地上，撲在草坪上痛哭。
△△　　△△△　　　　　　　　　　　　　　　△△
　　　　　　　　　　　　　　　　　　　　　　　　　　（作品14號）

---

※ 火光又明又亮，好像就在眼前……
　　▲▲▲▲

"好啦，謝天謝地！"我高興地说，"馬上就到過夜的地方啦！"
　△　▲▲▲▲　　　　　　　　　　　　　　　△
　　　　　　　　　　　　　　　　　　　　　　　　　　（作品16號）

---

※ 我和妻子都慢慢地，穩穩地，走得很仔細，好像我背上的同她背上的
　　　　　　△△　　△△　　　△△△

加起來，就是整個世界。
　▲▲▲▲
　　　　　　　　　　　　　　　　　　　　　　　　　　（作品33號）

## 用"停頓"的手法

在重音詞語的前或後做適當的停頓，以突出重音。

（我們用"｜、‖、▌"來表示較短、中等以及較長的停頓）

例如：他這種做法‖誰也不同意。
　　　▲△△△△

朗讀練習（14）

按標出的停頓和重音符號，朗讀下面的句子，體會用停頓的方法突出重音。

🎧 4017.mp3

※雪▌紛紛揚揚，下得很大。
　▲▲▲▲

（作品5號）

※就在他即將離去的前一個晚上，天下起了｜傾盆大雨，並且一下
　　　　　　　　　　　　　　　　　　　△△△△

　就是‖三天三夜。
　　　▲▲▲▲

（作品20號）

※花生做的食品都吃完了，父親的話｜卻深深地‖印在我的心上。
　　　　　　　　　　　　　　　△▲▲

（作品26號）

※牡丹沒有花謝花敗之時，要麼｜爍於枝頭，要麼｜歸於泥土，它跨越
　　　　　　　　　　　　△△△△　　　　　△△△△

　萎頓和衰老，由青春｜而死亡，由美麗｜而消遁。它雖美卻不吝惜生
　　　　　　△△△　△△△　　△△△　△△△

　命，即使告別也要展示給人最後一次的‖驚心動魄。
　　　　　　　　　　　　　　　　　　△△△△

（作品30號）

※這可真是一種瀟灑的‖人生態度，這可真是一種心境爽朗的‖情感風貌。
　　　　　　△△　　　　　　　　　　　　　△△△△

（作品55號）

以上是一些重音表達方法的例子和練習。重音的種類和表達方法多種多樣，要靠大家平時多練習，多思考，多分析，讀好重音。

# 第 *5* 節
# 注意語氣語調

句子，是作品的基本單位，也是朗讀的基本單位。句子進而連接成章節。所以我們討論的"語氣、語調"，基本上就是指句子的語氣、語調。

## 1. 語氣

語氣是朗讀的根本問題，句子的不同內容、不同思想，不同的感情色彩，要用不同的語氣去表達。

每個句子都有它的內容，有它的思想感情，也就是有通過這些內容想表達什麼這個"目的"。為了準確地表達這些內容、思想感情，實現這個"目的"，就要用高低、升降、強弱、快慢、抑揚……等不同聲音形式把這個句子讀出來，以表達"親切"、"嚴厲"、"肯定"、"沉痛"、"懷疑"等等不同內容和感情。

表達不同的、特定的句子的這些不同的聲音形式，就是語氣。

語氣是個綜合的問題，要表達這些不同的句子，這些不同的聲音形式，要用各種朗讀技巧(停連、重音、節奏等)配合起來實現。

雖然語氣的單位是句子，但是"句子"是"章節"中的句子，不是孤立的。這個句子中的內容、思想，這個句子的"目的"，都是跟這個句子的語言環境，也就是説，都是跟上下文有關的。脫離開這個具體的語言環境，句子的"語氣"很難捉摸。看下面這個例句：

它為什麼不拒絕寒冷？

這是作品30號中的一個句子。句末是個問號。孤立地看這個句子，是疑問還是反問？很難判斷，它的語氣也就不能確定。這篇作品歌頌了牡丹的奇風傲骨，它"不苟且、不俯就、不妥協、不媚俗"，它"遵循自己的花期自己的規律"，"在這陰冷的四月裏"，它當然不會為了討人歡心而提前開花——它為什麼不拒絕寒冷？你才能判定這是一個反問語氣的句子。

# 2. 語調

## 語調就是"語氣"的聲音形式

朗讀中，用不同的停連，不同的輕重格式，不同的高低、快慢、強弱等聲音的變化，來形成不同的語氣。這些聲音的變化綜合起來，就是一個句子的語調。

語調是整體性的，與"字調"和"詞調（輕重格）"不同，它是整句的調。

語調是變化的，沒有一個固定的模式，因不同的句子，不同的內容而變化。

語調是綜合的，是升降、停連、重音、節奏等方面融滙而成的總合。

## 語調都是曲折的

傳統上，對語調有"平直"、"上揚"、"降抑"等説法。其實，很難把這些模式套到具體的句子上。每一個句子都是獨特的。如前所述，即使是兩個字詞、結構完全一樣的句子。由於他們語言環境不同，上下句不同，"目的"不同，所以，讀出來也是不同的。

句子越長，所包含的內容越多，語調越複雜，越曲折，絕不是"平直"、"上揚"、"下降"、"曲折"等幾個樣式所能涵蓋的。所以説，語調是曲折的，複雜的。

語調向來有"**抑揚頓銼**"之説。語調有高低、強弱、緩急、快慢、停連等分別，我們以上講述的停連、重音、節奏等內容，共同構成了語調。其中，**重音**，又是語調的核心內容。

# 如何朗讀

## 1. 朗讀技巧組合運用

　　PSC 的第四測試項——朗讀 400 音節的文字作品，是要應試者用標準的普通話語音，清晰、響亮地把該篇文字作品讀出來。

　　除去"語音"這個大前題外，還要測試你對這篇作品的理解和朗讀的熟練程度，以及朗讀的技巧。

　　以上講到的朗讀技巧，不是死板僵化的條文，也不是獨立存在的單一形式，它是有生命的、活動的、有個性的，而且是互相配合，組合起來使用的，往往在一個簡短的句子裏，就需要兩三種朗讀技巧聯合起來進行語音表達。

　　例如，下面這個句子：

雪 ‖ 紛紛揚揚，下得很大。

　　這個句子，用到了停、連、重音，形成了起伏、有個性的語調，來表現對這膠東半島上第一場雪的驚喜、讚美的語氣。那麼，"雪"後面的停頓，是"區分結構"的停頓呢，還是為了強調後面的"紛紛揚揚"而做的停頓呢？

　　我們説：都是。既是區分組合"主、謂"的，又是強調動態的，並不需要分清這是符合哪一條，那又是符合哪一條的。停連、重音、語調、節奏等等，同時存在，你中有我，我中有你，配合起來完成朗讀。

## 2. 朗讀示範

　　從以上各節講述和練習中我們可以明白，要想在"朗讀作品"這一測試項做得好，表現出自己的水平，得到理想的分數，除了"語音"這一重要因素外，我們應該在熟讀、理解作品和提高朗讀技巧這兩大方面下功夫。

　　其中，"不敢大膽停頓"和"重音不突出"、"語調不自然"是較普遍存在的問題，值得大家重視，加強練習。

下面，我們就用對PSC測試用作品第5號做的全篇分析，來示範怎樣朗讀。

| 朗讀分析符號 | 該符號所代表的內容、意義 |
| --- | --- |
| \| | 停頓符號，表示較短的停頓 |
| ‖ | 停頓符號，表示較長的停頓 |
| ▌ | 停頓符號，表示很長的停頓 |
| ^ | 換氣符號，表示應在這裏換氣 |
| ⌣ | 連接符號，表示聲音及語氣上的連接 |
| △ | 重音符號，表示次重音 |
| ▲ | 重音符號，表示重音 |
| ◆ | 重音符號，表示強重音 |
| ο | 輕讀符號，表示較輕的讀音或次輕聲 |
| ° | 輕聲符號，表示聲調上的輕聲 |

| PSC測試作品第5號原文 | 分析解釋 |
|---|---|

**PSC測試作品第5號原文**

這是‖入冬以來，膠東半島上｜第一場雪。

雪█ 紛紛揚揚，下得很大。開始｜還伴着一陣兒小雨，

不久｜就只見｜大片大片的雪花，從｜彤雲密布

的天空中｜飄落下來。地面上｜一會兒｜就白了。

冬天的山村，到了夜裏就｜萬籟俱寂，只聽得雪花｜簌

簌地｜不斷往下落，樹木的枯枝｜被雪壓斷了，偶爾

咯吱｜一聲響。

大雪｜整整下了一夜。今天早晨，天｜放晴了，

太陽｜出來了。推開門一看，嗬！好大的雪啊！山

川、河流、樹木、房屋，全‖都罩上了一層｜厚厚的

雪，萬里江山，變成了｜粉妝玉砌的｜世界。落光了

葉子的柳樹上｜掛滿了｜毛茸茸亮晶晶的銀條兒；而

那些冬夏常青的松樹和栢樹上，則掛滿了｜蓬鬆鬆

沉甸甸的雪球兒。一陣風｜吹來，樹枝｜輕輕地搖晃，

美麗的銀條兒和雪球兒｜簌簌地｜落下來，玉屑似的

雪末兒｜隨風飄揚，映着清晨的陽光，顯出一道道｜

五光｜色的彩虹。

**分析解釋**

※ 這裏緊扣題目，突出"第一"一詞，在"這是"與"入冬"之間有一個稍長的停頓，但語氣又要連，所以採取一種把"是"拖長，造成分隔，但又相連的效果；

※ 第二段，"雪"這一全文的主題，在這裏用一個長停頓突出出來，這一停頓也可使後面的"紛紛揚揚"這一重音突出；兩個都用加大音強效果不好，所以"雪"用長停頓突出，而"紛紛揚揚"用重音突出；

※ 重音要分輕重主次，像"大雪整整下了一夜"中，"整整"和"一夜"哪個主哪個次呢？通過分析，"一夜"是重音，但"整整"是進一步強調時間之長的，比"一夜"更重要，所以"整整"是主重音，而"一夜"是次重音；

※ 像"山川、河流……"這類的句子，這幾個並列項不能生硬地斷開，要用提高階、拖長一些音節來和下面的並列項相連，即使語音稍稍斷開，語氣也一定要相連；

4

朗讀短文

| PSC測試作品第5號原文 | 分析解釋 |
|---|---|
| 大街上的積雪｜足有一尺多深，人｜踩上去，腳底下發出｜咯吱咯吱的響聲。一群群孩子｜在雪地裏堆雪人，擲雪球兒。那歡樂的叫喊聲，把樹枝上的雪｜都震落下來了。<br><br>俗話説，"瑞雪兆豐年"。這個話｜有充分的科學根據，並不是一句迷信的成語。寒冬大雪，可以凍死一部分｜越冬的害蟲；融化了的水｜滲進土層深處，又能供應｜莊稼生長的需要。 | ※ "……都震落下來了"這樣的動詞加趨向補語，這些趨向補語一定要輕讀，雖然原文上把"下來"標成重讀或可輕可重，但是這不符合句意，也不符合讀音的規律，所以一定要輕讀；<br><br>※ 一些描摹雪景的句子，其中的重音，不能簡單地用加大音量的方法去表達，而要用輕、緩的語調，表達出作者的深深讚美之情，如"一陣風吹來，樹枝輕輕地搖晃"等句子；<br><br>※ 這篇範文分析只是一家之言，並不需要照此背誦，要掌握其中的精神和方法，自己通過體會、分析，提高朗讀水平。 |

附：

# 測試用朗讀六十篇作品

藍字是本篇作品的重點詞語。

## 作品1號

🎧 4019.mp3

那是力爭上游的一種樹,筆直的幹,筆直的枝。它的幹呢,通常是丈把高,像是加以人工似的,一丈以內,絕無旁枝;它所有的椏枝呢,一律向上,而且緊緊靠攏,也像是加以人工似的,成為一束,絕無橫斜逸出;它的寬大的葉子也是片片向上,幾乎沒有斜生的,更不用說倒垂了;它的皮,光滑而有銀色的暈圈,微微泛出淡青色。這是雖在北方的風雪的壓迫下卻保持着倔強挺立的一種樹!哪怕只有碗來粗細罷,它卻努力向上發展,高到丈許,兩丈,參天聳立,不折不撓,對抗着西北風。

這就是白楊樹,西北極普通的一種樹,然而決不是平凡的樹!

它沒有婆娑的姿態,沒有屈曲盤旋的虬枝,也許你要說它不美麗,——如果美是專指"婆娑"或"橫斜逸出"之類而言,那麼白楊樹算不得樹中的好女子;但是它卻是偉岸,正直,樸質,嚴肅,也不缺乏溫和,更不用提它的堅強不屈與挺拔,它是樹中的偉丈夫!當你在積雪初融的高原上走過,看見平坦的大地上傲然挺立這麼一株或一排白楊樹,難道你就只覺得樹只是樹,難道你就不想到它的樸質,嚴肅,堅強不屈,至少也象徵了北方的農民;難道你竟一點兒也不聯想到,在敵後的廣大土//地上,到處有堅強不屈,就像這白楊樹一樣傲然挺立的守衛他們家鄉的哨兵!難道你又不更遠一點想到這樣枝枝葉葉靠緊團結,力求上進的白楊樹,宛然象徵了今天在華北平原縱橫決蕩用血寫出新中國歷史的那種精神和意志。

節選自茅盾《白楊禮贊》

兩個同齡的年輕人同時受僱於一家店舖，並且拿同樣的薪水。

可是一段時間後，叫阿諾德的那個小夥子青雲直上，而那個叫布魯諾的小夥子卻仍在原地踏步。布魯諾很不滿意老闆的不公正待遇。終於有一天他到老闆那兒發牢騷了。老闆一邊耐心地聽着他的抱怨，一邊在心裏盤算着怎樣向他解釋清楚他和阿諾德之間的差別。

"布魯諾先生，"老闆開口說話了，"您現在到集市上去一下，看看今天早上有什麼賣的。"

布魯諾從集市上回來向老闆彙報說，今早集市上只有一個農民拉了一車土豆在賣。

"有多少？"老闆問。

布魯諾趕快戴上帽子又跑到集上，然後回來告訴老闆一共四十袋土豆。

"價格是多少？"

布魯諾又第三次跑到集上問來了價格。

"好吧，"老闆對他說，"現在請您坐到這把椅子上一句話也不要說，看看阿諾德怎麼說。"

阿諾德很快就從集市上回來了。向老闆彙報說到現在為止只有一個農民在賣土豆，一共四十口袋，價格是多少多少；土豆質量很不錯，他帶回來一個讓老闆看看。這個農民一個鐘頭以後還會弄來幾箱西紅柿，據他看價格非常公道。昨天他們舖子的西紅柿賣得很快，庫存已經不//多了。他想這麼便宜的西紅柿，老闆肯定會要進一些的，所以他不僅帶回了一個西紅柿做樣品，而且把那個農民也帶來了，他現在正在外面等回話呢。

此時老闆轉向了布魯諾，說："現在您肯定知道為什麼阿諾德的薪水比您高了吧！"

節選自張健鵬、胡足青主編《故事時代》中《差別》

我常常遺憾我家門前的那塊醜石：它黑黝黝地臥在那裏，牛似的模樣；誰也不知道是什麼時候留在這裏的，誰也不去理會它。只是麥收時節，門前攤了麥子，奶奶總是說：這塊醜石，多佔地面呀，抽空把它搬走吧。

它不像漢白玉那樣的細膩，可以刻字雕花，也不像大青石那樣的光滑，可以供來浣紗捶布。它靜靜地臥在那裏，院邊的槐陰沒有庇覆它，花兒也不再在它身邊生長。荒草便繁衍出來，枝蔓上下，慢慢地，它竟鏽上了綠苔、黑斑。我們這些做孩子的，也討厭起它來，曾合夥要搬走它，但力氣又不足；雖時時咒罵它，嫌棄它，也無可奈何，只好任它留在那裏了。

終有一日，村子裏來了一個天文學家。他在我家門前路過，突然發現了這塊石頭，眼光立即就拉直了。他再沒有離開，就住了下來；以後又來了好些人，都說這是一塊隕石，從天上落下來已經有二三百年了，是一件了不起的東西。不久便來了車，小心翼翼地將它運走了。

這使我們都很驚奇！這又怪又醜的石頭，原來是天上的啊！它補過天，在天上發過熱、閃過光，我們的先祖或許仰望過它，它給了他們光明、嚮往、憧憬；而它落下來了，在污土裏，荒草裏，一躺就//是幾百年了！

我感到自己的無知，也感到了醜石的偉大，我甚至怨恨它這麼多年竟會默默地忍受着這一切！而我又立即深深地感到它那種不屈於誤解、寂寞的生存的偉大。

節選自賈平凹《醜石》

在達瑞八歲的時候，有一天他想去看電影。因為沒有錢，他想是向爸媽要錢，還是自己掙錢。最後他選擇了後者。他自己調製了一種汽水，向過路的行人出售。可那時正是寒冷的冬天，沒有人買，只有兩個人例外——他的爸爸和媽媽。

他偶然有一個和非常成功的商人談話的機會。當他對商人講述了自己的"破產史"後，商人給了他兩個重要的建議：一是嘗試為別人解決一個難題；二是把精力集中在你知道的、你會的和你擁有的東西上。

這兩個建議很關鍵。因為對於一個八歲的孩子而言，他不會做的事情很多。於是他穿過大街小巷，不停地思考：人們會有什麼難題，他又如何利用這個機會？

一天，吃早飯時父親讓達瑞去取報紙。美國的送報員總是把報紙從花園籬笆的一個特製的管子裏塞進來。假如你想穿着睡衣※舒舒服服地吃早飯和看報紙，就必須離開溫暖的房間，冒着寒風，到花園去取。雖然路短，但十分麻煩。

當達瑞為父親取報紙的時候，一個主意誕生了。當天他就按響鄰居的門鈴，對他們説，每個月只需付給他一美元，他就每天早上把報紙塞到他們的房門底下。大多數人都同意了，很快他有//了七十多個顧客。一個月後，當他拿到自己賺的錢時，覺得自己簡直是飛上了天。

很快他又有了新的機會，他讓他的顧客每天把垃圾袋放在門前，然後由他早上運到垃圾桶裏，每個月加一美元。之後他還想出了許多孩子賺錢的辦法，並把它集結成書，書名為《兒童掙錢的二百五十個主意》。為此，達瑞十二歲時就成了暢銷書作家，十五歲有了自己的談話節目，十七歲就擁有了幾百萬美元。

節選自[德]博多·舍費爾《達瑞的故事》，劉志明譯

※口語一般讀：shūshu-fūfū

這是入冬以來，膠東半島上第一場雪。

雪紛紛揚揚，下得很大。開始還伴着一陣兒小雨，不久就只見大片大片的雪花，從彤雲密佈的天空中飄落下來。地面上一會兒就白了。冬天的山村，到了夜裏就萬籟俱寂，只聽得雪花簌簌地不斷往下落，樹木的枯枝被雪壓斷了，偶爾咯吱一聲響。

大雪整整下了一夜。今天早晨，天放晴了，太陽出來了。推開門一看，嗬！好大的雪啊！山川、河流、樹木、房屋，全都罩上了一層厚厚的雪，萬里江山，變成了粉妝玉砌的世界。落光了葉子的柳樹上掛滿了毛茸茸亮晶晶的銀條兒；而那些冬夏常青的松樹和柏樹上，則掛滿了蓬鬆鬆沉甸甸的雪球兒。一陣風吹來，樹枝輕輕地搖晃，美麗的銀條兒和雪球兒簌簌地落下來，玉屑似的雪末兒隨風飄揚，映着清晨的陽光，顯出一道道五光十色的彩虹。

大街上的積雪足有一尺多深，人踩上去，腳底下發出咯吱咯吱的響聲。一群群孩子在雪地裏堆雪人，擲雪球兒。那歡樂的叫喊聲，把樹枝上的雪都震落下來了。

俗話說，"瑞雪兆豐年"。這個話有充分的科學根據，並不是一句迷信的成語。寒冬大雪，可以凍死一部分越冬的害蟲；融化了的水滲進土層深處，又能供應 // 莊稼生長的需要。我相信這一場十分及時的大雪，一定會促進明年春季作物，尤其是小麥的豐收。有經驗的老農把雪比做是"麥子的棉被"。冬天"棉被"蓋得越厚，明春麥子就長得越好，所以又有這樣一句諺語："冬天麥蓋三層被，來年枕着饅頭睡。"

我想，這就是人們為什麼把及時的大雪稱為"瑞雪"的道理吧。

節選自峻青《第一場雪》

我常想讀書人是世間幸福人，因為他除了擁有現實的世界之外，還擁有另一個更為浩瀚也更為豐富的世界。現實的世界是人人都有的，而後一個世界卻為讀書人所獨有。由此我想，那些失去或不能閱讀的人是多麼的不幸，他們的喪失是不可補償的。世間有諸多的不平等，財富的不平等，權力的不平等，而閱讀能力的擁有或喪失卻體現為精神的不平等。

一個人的一生，只能經歷自己擁有的那一份欣悅，那一份苦難，也許再加上他親自聞知的那一些關於自身以外的經歷和經驗。然而，人們通過閱讀，卻能進入不同時空的諸多他人的世界。這樣，具有閱讀能力的人，無形間獲得了超越有限生命的無限可能性。閱讀不僅使他多識了草木蟲魚之名，而且可以上溯遠古下及未來，飽覽存在的與非存在的奇風異俗。

更為重要的是，讀書加惠於人們的不僅是知識的增廣，而且還在於精神的感化與陶冶。人們從讀書學做人，從那些往哲先賢以及當代才俊的著述中學得他們的人格。人們從《論語》中學得智慧的思考，從《史記》中學得嚴肅的歷史精神，從《正氣歌》中學得人格的剛烈，從馬克思學得人世 // 的激情，從魯迅學得批判精神，從托爾斯泰學得道德的執着。歌德的詩句刻寫着睿智的人生，拜倫的詩句呼喚着奮鬥的熱情。一個讀書人，一個有機會擁有超乎個人生命體驗的幸運人。

節選自謝冕《讀書人是幸福人》

一天，爸爸下班回到家已經很晚了，他很累也有點兒煩，他發現五歲的兒子靠在門旁正等着他。

"爸，我可以問您一個問題嗎？"

"什麼問題？""爸，您一小時可以賺多少錢？""這與你無關，你為什麼問這個問題？"父親生氣地説。"我只是想知道，請告訴我，您一小時賺多少錢？"小孩兒哀求道。"假如你一定要知道的話，我一小時賺二十美金。"

"哦，"小孩兒低下了頭，接着又説，"爸，可以借我十美金嗎？"父親發怒了："如果你只是要借錢去買毫無意義的玩具的話，給我回到你的房間睡覺去。好好想想為什麼你會那麼自私。我每天辛苦工作，沒時間和你玩兒小孩子的遊戲。"

小孩兒默默地回到自己的房間關上門。

父親坐下來還在生氣。後來，他平靜下來了。心想他可能對孩子太兇了——或許孩子真的很想買什麼東西，再説他平時很少要過錢。

父親走進孩子的房間："你睡了嗎？""爸，還沒有，我還醒着。"孩子回答。

"我剛才可能對你太兇了，"父親説，"我不應該發那麼大的火兒——這是你要的十美金。""爸，謝謝您。"孩子高興地從枕頭下拿出一些被弄皺的鈔票，慢慢地數着。

"為什麼你已經有錢了還要？"父親不解地問。

"因為原來不夠，但現在湊夠了。"孩子回答："爸，我現在有 // 二十美金了，我可以向您買一個小時的時間嗎？明天請早一點兒回家——我想和您一起吃晚餐。"

節選自唐繼柳編譯《二十美金的價值》

Wǒ ài yuè yè　dàn wǒ yě ài xīng tiān　　Cóng qián zài jiā xiāng qī bā yuè de yè wǎn zài tíng yuàn·lǐ
我 愛 月 夜 ，但 我 也 愛 星 天 。 從 前 在 家 鄉 七 八 月 的 夜 晚 在 庭 院 裏
nà liáng de shí hou　wǒ zuì ài kàn tiān·shàng mì mì má má de fán xīng　Wàng zhe xīng tiān　wǒ jiù huì
納 涼 的 時 候 ，我 最 愛 看 天 上 密 密 麻 麻 的 繁 星 。 望 着 星 天 ，我 就 會
wàng jì yī qiè　fǎng fú huí dào le mǔ·qīn de huái·lǐ shì de
忘 記 一 切 ，仿 佛 回 到 了 母 親 的 懷 裏 似 的 。

Sān nián qián zài Nán Jīng wǒ zhù de dì fang yǒu yī dào hòu mén　měi wǎn wǒ dǎ kāi hòu mén　biàn kàn·
三 年 前 在 南 京 我 住 的 地 方 有 一 道 後 門 ，每 晚 我 打 開 後 門 ，便 看
jiàn yī gè jìng jì de yè　Xià·miàn shì yī piàn cài yuán　shàng·miàn shì xīng qún mì bù de lán tiān　Xīng
見 一 個 靜 寂 的 夜 。 下 面 是 一 片 菜 園 ，上 面 是 星 群 密 佈 的 藍 天 。 星
guāng zài wǒ men de ròu yǎn lǐ suī rán wēi xiǎo　rán ér tā shǐ wǒ men jué·dé guāng míng wú chù bù zài　Nà
光 在 我 們 的 肉 眼 裏 雖 然 微 小 ，然 而 它 使 我 們 覺 得 光 明 無 處 不 在 。 那
shí hou wǒ zhèng zài dú yī xiē tiān wén xué de shū　yě rèn de yī xiē xīng xing　hǎo xiàng tā men jiù shì wǒ de
時 候 我 正 在 讀 一 些 天 文 學 的 書 ，也 認 得 一 些 星 星 ，好 像 它 們 就 是 我 的
péng you　tā men cháng cháng zài hé wǒ tán huà yī yàng
朋 友 ，它 們 常 常 在 和 我 談 話 一 樣 。

Rú jīn zài hǎi·shàng　měi wǎn hé fán xīng xiāng duì　wǒ bǎ tā men rèn de hěn shú le　Wǒ tǎng zài
如 今 在 海 上 ，每 晚 和 繁 星 相 對 ，我 把 它 們 認 得 很 熟 了 。 我 躺 在
cāng miàn·shàng　yǎng wàng tiān kōng　Shēn lán sè de tiān kōng·lǐ xuán zhe wú shù bàn míng bàn mèi de
艙 面 上 ，仰 望 天 空 。 深 藍 色 的 天 空 裏 懸 着 無 數 半 明 半 昧 的
xīng　Chuán zài dòng　xīng yě zài dòng　tā men shì zhè yàng dī　zhēn shi yáo yáo yù zhuì ne　Jiàn jiàn de
星 。 船 在 動 ，星 也 在 動 ，它 們 是 這 樣 低 ，真 是 搖 搖 欲 墜 呢 ！ 漸 漸 地
wǒ de yǎn jing mó hu le　wǒ hǎo xiàng kàn·jiàn wú shù yíng huǒ chóng zài wǒ de zhōu wéi fēi wǔ　Hǎi·shang
我 的 眼 睛 模 糊 了 ，我 好 像 看 見 無 數 螢 火 蟲 在 我 的 周 圍 飛 舞 。 海 上
de yè shì róu hé de　shì jìng jì de　shì mèng huàn de　Wǒ wàng zhe xǔ duō rèn shi de xīng　wǒ fǎng fú
的 夜 是 柔 和 的 ，是 靜 寂 的 ，是 夢 幻 的 。 我 望 着 許 多 認 識 的 星 ，我 仿 佛
kàn·jiàn tā men zài duì wǒ zhǎ yǎn　wǒ fǎng fú tīng·jiàn tā men zài xiǎo shēng shuō huà　Zhè shí wǒ wàng
看 見 它 們 在 對 我 眨 眼 ，我 仿 佛 聽 見 它 們 在 小 聲 說 話 。 這 時 我 忘
jì le yī qiè　Zài xīng de huái bào zhōng wǒ wēi xiào zhe　wǒ chén shuì zhe　Wǒ jué·dé zì jǐ shì yī gè
記 了 一 切 。 在 星 的 懷 抱 中 我 微 笑 着 ，我 沉 睡 着 。 我 覺 得 自 己 是 一 個
xiǎo hái zi　xiàn zài shuì zài mǔ·qīn de huái·lǐ le
小 孩 子 ，現 在 睡 在 母 親 的 懷 裏 了 。

Yǒu yī yè　nà ge zài Gē Lún Bō shàng chuán de yīng guó rén zhǐ gěi wǒ kàn tiān·shàng de jù rén
有 一 夜 ，那 個 在 哥 倫 波 上 船 的 英 國 人 指 給 我 看 天 上 的 巨 人 。
Tā yòng shǒu zhǐ zhe　　Nà sì kē míng liàng de xīng shì tóu　xià·miàn de jǐ kē shì shēn zi　zhè jǐ kē
他 用 手 指 着 ://那 四 顆 明 亮 的 星 是 頭 ，下 面 的 幾 顆 是 身 子 ，這 幾 顆
shì shǒu　nà jǐ kē shì tuǐ hé jiǎo　hái yǒu sān kē xīng suàn shì yāo dài　Jīng tā zhè yī fān zhǐ diǎn　wǒ
是 手 ，那 幾 顆 是 腿 和 腳 ，還 有 三 顆 星 算 是 腰 帶 。 經 他 這 一 番 指 點 ，我
guǒ rán kàn qīng chu le nà ge tiān·shàng de jù rén　Kàn　nà ge jù rén hái zài pǎo ne
果 然 看 清 楚 了 那 個 天 上 的 巨 人 。 看 ，那 個 巨 人 還 在 跑 呢 ！

節 選 自 巴 金《 繁 星 》

125

假日到河灘上轉轉，看見許多孩子在放風箏。一根根長長的引線，一頭繫在天上，一頭繫在地上，孩子同風箏都在天與地之間悠蕩，連心也被悠蕩得恍恍惚惚了，好像又回到了童年。

兒時放的風箏，大多是自己的長輩或家人編紮的，幾根削得很薄的篾，用細紗線紮成各種鳥獸的造型，糊上雪白的紙片，再用彩筆勾勒出面孔與翅膀的圖案。通常紮得最多的是"老雕""美人兒""花蝴蝶"等。

我們家前院就有位叔叔，擅紮風箏，遠近聞名。他紮的風箏不只體形好看，色彩豔麗，放飛得高遠，還在風箏上繃一葉用蒲葦削成的膜片，經風一吹，發出"嗡嗡"的聲響，仿佛是風箏的歌唱，在藍天下播揚，給開闊的天地增添了無盡的韻味，給馳蕩的童心帶來幾分瘋狂。

我們那條胡同的左鄰右舍的孩子們放的風箏幾乎都是叔叔編紮的。他的風箏不賣錢，誰上門去要，就給誰，他樂意自己貼錢買材料。

後來，這位叔叔去了海外，放風箏也漸與孩子們遠離了。不過年年叔叔給家鄉寫信，總不忘提起兒時的放風箏。香港回歸之後，他的家信中說到，他這隻被故鄉放飛到海外的風箏，儘管飄蕩遊弋，經沐風雨，可那線頭兒一直在故鄉和//親人手中牽着，如今飄得太累了，也該要回歸到家鄉和親人身邊來了。

是的。我想，不光是叔叔，我們每個人都是風箏，在媽媽手中牽着，從小放到大，再從家鄉放到祖國最需要的地方去啊！

節選自李恒瑞《風箏暢想曲》

爸不懂得怎樣表達愛，使我們一家人融洽相處的是我媽。他只是每天上班下班，而媽則把我們做過的錯事開列清單，然後由他來責罵我們。

有一次我偷了一塊糖果，他要我把它送回去，告訴賣糖的說是我偷來的，說我願意替他拆箱卸貨作為賠償。但媽媽卻明白我只是個孩子。

我在運動場打鞦韆跌斷了腿，在前往醫院途中一直抱着我的，是我媽。爸把汽車停在急診室門口，他們叫他駛開，說那空位是留給緊急車輛停放的。爸聽了便叫嚷道：「你以為這是什麼車？旅遊車？」

在我生日會上，爸總是顯得有些不大相稱。他只是忙於吹氣球，佈置餐桌，做雜務。把插着蠟燭的蛋糕推過來讓我吹的，是我媽。

我翻閱照相冊時，人們總是問：「你爸爸是什麼樣子的？」天曉得！他老是忙着替別人拍照。媽和我笑容可掬地一起拍的照片，多得不可勝數。

我記得媽有一次叫他教我騎自行車。我叫他別放手，但他卻說是應該放手的時候了。我摔倒之後，媽跑過來扶我，爸卻揮手要她走開。我當時生氣極了，決心要給他點兒顏色看。於是我馬上爬上自行車，而且自己騎給他看。他只是微笑。

我念大學時，所有的家信都是媽寫的。他 // 除了寄支票外，還寄過一封短束給我，說因為我不在草坪上踢足球了，所以他的草坪長得很美。

每次我打電話回家，他似乎都想跟我說話，但結果總是說：「我叫你媽來接。」我結婚時，掉眼淚的是我媽。他只是大聲擤了一下鼻子，便走出房間。我從小到大都聽他說：「你到哪裏去？什麼時候回家？汽車有沒有汽油？不，不准去。」爸完全不知道怎樣表達愛。除非……

會不會是他已經表達了，而我卻未能察覺？

節選自[美]艾爾瑪·邦貝克《父親的愛》

一個大問題一直盤踞在我腦袋裏：

世界盃怎麼會有如此巨大的吸引力？除去足球本身的魅力之外，還有什麼超乎其上而更偉大的東西？近來觀看世界盃，忽然從中得到了答案：是由於一種無上崇高的精神情感－國家榮譽感！

地球上的人都會有國家的概念，但未必時時都有國家的感情。往往人到異國，思念家鄉，心懷故國，這國家概念就變得有血有肉，愛國之情來得非常具體。而現代社會，科技昌達，信息快捷，事事上網，世界真是太小太小，國家的界限似乎也不那麼清晰了。再說足球正在快速世界化，平日裏各國球員頻繁轉會，往來隨意，致使越來越多的國家聯賽都具有國際的因素。球員們不論國籍，只效力於自己的俱樂部，他們比賽時的激情中完全沒有愛國主義的因子。

然而，到了世界盃大賽，天下大變。各國球員都回國效力，穿上與光榮的國旗同樣色彩的服裝。在每一場比賽前，還高唱國歌以宣誓對自己祖國的摯愛與忠誠。一種血緣情感開始在全身的血管裏燃燒起來，而且立刻熱血沸騰。

在歷史時代，國家間經常發生對抗，好男兒戎裝衛國。國家的榮譽往往需要以自己的生命去//換取。但在和平時代，唯有這種國家之間大規模對抗性的大賽，才可以喚起那種遙遠而神聖的情感，那就是：為祖國而戰！

節選自馮驥才《國家榮譽感》

夕陽落山不久，西方的天空，還燃燒着一片橘紅色的晚霞。大海，也被這霞光染成了紅色，而且比天空的景色更要壯觀。因為它是活動的，每當一排排波浪湧起的時候，那映照在浪峰上的霞光，又紅又亮，簡直就像一片片霍霍燃燒着的火焰，閃爍着，消失了。而後面的一排，又閃爍着，滾動着，湧了過來。

天空的霞光漸漸地淡下去了，深紅的顏色變成了緋紅，緋紅又變成淺紅。最後，當這一切紅光都消失了的時候，那突然顯得高而遠了的天空，則呈現出一片肅穆的神色。最早出現的啟明星，在這藍色的天幕上閃爍起來了。它是那麼大，那麼亮，整個廣漠的天幕上只有它在那裏放射着令人注目的光輝，活像一盞懸掛在高空的明燈。

夜色加濃，蒼空中的"明燈"越來越多了。而城市各處的真的燈火也次第亮了起來，尤其是圍繞在海港周圍山坡上的那一片燈光，從半空倒映在烏藍的海面上，隨着波浪，晃動着，閃爍着，像一串流動着的珍珠，和那一片片密佈在蒼穹裏的星斗互相輝映，煞是好看。

在這幽美的夜色中，我踏着軟綿綿的沙灘，沿着海邊，慢慢地向前走去。海水，輕輕地撫摸着細軟的沙灘，發出溫柔的 // 刷刷聲。晚來的海風，清新而又涼爽。我的心裏，有着説不出的興奮和愉快。

夜風輕飄飄地吹拂着，空氣中飄蕩着一種大海和田禾相混合的香味兒，柔軟的沙灘上還殘留着白天太陽炙曬的餘溫。那些在各個工作崗位上勞動了一天的人們，三三兩兩地來到這軟綿綿的沙灘上，他們浴着涼爽的海風，望着那綴滿了星星的夜空，盡情的説笑，盡情的休憩。

選自峻青《海濱仲夏夜》

生命在海洋裏誕生絕不是偶然的，海洋的物理和化學性質，使它成為孕育原始生命的搖籃。

我們知道，水是生物的重要組成部分，許多動物組織的含水量在百分之八十以上，而一些海洋生物的含水量高達百分之九十五。水是新陳代謝的重要媒介，沒有它，體內的一系列生理和生物化學反應就無法進行，生命也就停止。因此，在短時期內動物缺水要比缺少食物更加危險。水對今天的生命是如此重要，它對脆弱的原始生命，更是舉足輕重了。生命在海洋裏誕生，就不會有缺水之憂。

水是一種良好的溶劑。海洋中含有許多生命所必需的無機鹽，如氯化鈉、氯化鉀、碳酸鹽、磷酸鹽，還有溶解氧，原始生命可以毫不費力地從中吸取它所需要的元素。

水具有很高的熱容量，加之海洋浩大，任憑夏季烈日曝曬，冬季寒風掃蕩，它的溫度變化卻比較小。因此，巨大的海洋就像是天然的"溫箱"，是孕育原始生命的溫床。

陽光雖然為生命所必需，但是陽光中的紫外線卻有扼殺原始生命的危險。水能有效地吸收紫外線，因而又為原始生命提供了天然的"屏障"。

這一切都是原始生命得以產生和發展的必要條件。//

節選自童裳亮《海洋與生命》

讀小學的時候，我的外祖母去世了。外祖母生前最疼我，我無法排除自己的憂傷，每天在學校的操場上一圈兒又一圈兒地跑着，跑得累倒在地上，撲在草坪上痛哭。

那哀痛的日子，**斷斷續續**地持續了很久，爸爸媽媽也不知道如何安慰我。他們知道與其騙我說外祖母睡着了，還不如對我說實話：外祖母永遠不會回來了。

"什麼是永遠不會回來呢？"我問着。

"所有時間裏的事物，都永遠不會回來。你的昨天過去，它就永遠變成昨天，你不能再回到昨天。爸爸以前也和你一樣小，現在也不能回到你這麼小的童年了；有一天你會長大，你會像外祖母一樣老；有一天你度過了你的時間，就永遠不會回來了。"爸爸說。

爸爸等於給我一個謎語，這謎語比課本上的"日曆掛在牆壁，一天撕去一頁，使我心裏着急"和"一寸光陰一寸金，寸金難買寸光陰"還讓我感到可怕；也比作文本上的"光陰似箭，日月如梭"更讓我覺得有一種說不出的滋味。

時間過得那麼飛快，使我的小心眼兒裏不只是着急，還有悲傷。有一天我放學回家，看到太陽快落山了，就下決心說："我要比太陽更快地回家。"我狂奔回去，站在庭院前喘氣的時候，看到太陽//還露着半邊臉，我高興地跳躍起來，那一天我跑贏了太陽。以後我就時常做那樣的遊戲，有時和太陽賽跑，有時和西北風比快，有時一個暑假才能做完的作業，我十天就做完了；那時我三年級，常常把哥哥五年級的作業拿來做。每一次比賽勝過時間，我就快樂得不知道怎麼形容。

如果將來我有什麼要教給我的孩子，我會告訴他：假若你一直和時間比賽，你就可以成功！

節選自（台灣）林清玄《和時間賽跑》

131

三十年代初，胡適在北京大學任教授。講課時他常常對白話文大加稱讚，引起一些只喜歡文言文而不喜歡白話文的學生的不滿。

一次，胡適正講得得意的時候，一位姓魏的學生突然站了起來，生氣地問："胡先生，難道說白話文就毫無缺點嗎？"胡適微笑着回答說："沒有。"那位學生更加激動了："肯定有！白話文廢話太多，打電報用字多，花錢多。"胡適的目光頓時變亮了。輕聲地解釋說："不一定吧！前幾天有位朋友給我打來電報，請我去政府部門工作，我決定不去，就回電拒絕了。復電是用白話寫的，看來也很省字。請同學們根據我這個意思，用文言文寫一個回電，看看究竟是白話文省字，還是文言文省字？"胡教授剛說完，同學們立刻認真地寫了起來。

十五分鐘過去，胡適讓同學舉手，報告用字的數目，然後挑了一份用字最少的文言電報稿，電文是這樣寫的："才疏學淺，恐難勝任，不堪從命。"白話文的意思是：學問不深，恐怕很難擔任這個工作，不能服從安排。

胡適說，這份寫得確實不錯，僅用了十二個字。但我的白話電報卻只用了五個字："幹不了，謝謝！"

胡適又解釋說："幹不了"就有才疏學淺、恐難勝任的意思；"謝謝"既//對朋友的介紹表示感謝，又有拒絕的意思。所以，廢話多不多，並不看它是文言文還是白話文，只要注意選用字詞，白話文是可以比文言文更省字的。

節選自陳灼主編《實用漢語中級教程》（上）中《胡適的白話電報》

132

很久以前，在一個漆黑的秋天的夜晚，我泛舟在西伯利亞一條陰森森的河上。船到一個轉彎處，只見前面黑黢黢的山峰下面一星火光驀地一閃。

火光又明又亮，好像就在眼前……

"好啦，謝天謝地！"我高興地說，"馬上就到過夜的地方啦！"船夫扭頭朝身後的火光望了一眼，又不以為然地划起槳來。

"遠着呢！"

我不相信他的話，因為火光衝破朦朧的夜色，明明在那兒閃爍。不過船夫是對的，事實上，火光的確還遠着呢。

這些黑夜的火光的特點是：驅散黑暗，閃閃發亮，近在眼前，令人神往。乍一看，再划幾下就到了……其實卻還遠着呢！……

我們在漆黑如墨的河上又划了很久。一個個峽谷和懸崖，迎面駛來，又向後移去，仿佛消失在茫茫的遠方，而火光卻依然停在前頭，閃閃發亮，令人神往——依然是這麼近，又依然是那麼遠……

現在，無論是這條被懸崖峭壁的陰影籠罩的漆黑的河流，還是那一星明亮的火光，都經常浮現在我的腦際，在這以前和在這以後，曾有許多火光，似乎近在咫尺，不止使我一人心馳神往。可是生活之河卻仍然在那陰森森的兩岸之間流着，而火光也依舊非常遙遠。因此，必須加勁划槳……

然而，火光啊……畢竟……畢竟就//在前頭！……

節選自（俄）柯羅連科《火光》，張鐵夫譯

對於一個在北平住慣的人，像我，冬天要是不颳風，便覺得是奇跡；濟南的冬天是沒有風聲的。對於一個剛由倫敦回來的人，像我，冬天要能看得見日光，便覺得是怪事；濟南的冬天是響晴的。自然，在熱帶的地方，日光永遠是那麼毒，響亮的天氣，反有點兒叫人害怕。可是，在北方的冬天，而能有溫晴的天氣，濟南真得算個寶地。

設若單單是有陽光，那也算不了出奇。請閉上眼睛想：一個老城，有山有水，全在天底下曬着陽光，暖和安適地睡着，只等春風來把它們喚醒，這是不是理想的境界？小山整把濟南圍了個圈兒，只有北邊缺着點口兒。這一圈小山在冬天特別可愛，好像是把濟南放在一個小搖籃裏，它們安靜不動地低聲地說："你們放心吧，這兒准保暖和。"真的，濟南的人們在冬天是面上含笑的。他們一看那些小山，心中便覺得有了着落，有了依靠。他們由天上看到山上，便不知不覺地想起：明天也許就是春天了吧？這樣的溫暖，今天夜裏山草也許就綠起來了吧？就是這點兒幻想不能一時實現，他們也並不着急，因為這樣慈善的冬天，幹什麼還希望別的呢！

最妙的是下點小雪呀。看吧，山上的矮松越發的青黑，樹尖兒上頂着一髻兒白花，好像日本看護婦。山尖兒全白了，給藍天鑲上一道銀邊。山坡上，有的地方雪厚點兒，有的地方草色還露着；這樣，一道兒白，一道兒暗黃，給山們穿上一件帶水紋兒的花衣；看着看着，這件花衣好像被風兒吹動，叫你希望看見一點兒更美的山的肌膚。等到快日落的時候，微黃的陽光斜射在山腰上，那點兒薄雪好像忽然害羞，微微露出點兒粉色。就是下小雪吧，濟南是受不住大雪的，那些小山太秀氣。

節選自老舍《濟南的冬天》

134

純樸的家鄉村邊有一條河，曲曲彎彎，河中架一彎石橋，弓樣的小橋橫跨兩岸。

每天，不管是雞鳴曉月，日麗中天，還是月華瀉地，小橋都印下串串足跡，灑落串串汗珠。那是鄉親為了追求多棱的希望，兌現美好的遐想。彎彎小橋，不時蕩過輕吟低唱，不時露出舒心的笑容。

因而，我稚小的心靈，曾將心聲獻給小橋：你是一彎銀色的新月，給人間普照光輝；你是一把閃亮的鐮刀，割刈着歡笑的花果；你是一根晃悠悠的扁擔，挑起了彩色的明天！哦，小橋走進我的夢中。

我在飄泊他鄉的歲月，心中總湧動着故鄉的河水，夢中總看到弓樣的小橋。當我訪南疆探北國，眼簾闖進座座雄偉的長橋時，我的夢變得豐滿了，增添了赤橙黃綠青藍紫。

三十多年過去，我帶着滿頭霜花回到故鄉，第一緊要的便是去看望小橋。

啊！小橋呢？它躲起來了？河中一道長虹，浴着朝霞熠熠閃光。哦，雄渾的大橋敞開胸懷，汽車的呼嘯、摩托的笛音、自行車的叮鈴，合奏着進行交響樂；南來的鋼筋、花布，北往的柑橙、家禽，繪出交流歡悅圖……

啊！蛻變的橋，傳遞了家鄉進步的消息，透露了家鄉富裕的聲音。時代的春風，美好的追求，我驀地記起兒時唱 // 給小橋的歌，哦，明豔豔的太陽照耀了，芳香甜蜜的花果捧來了，五彩斑斕的歲月拉開了！

我心中湧動的河水，激蕩起甜美的浪花。我仰望一碧藍天，心底輕聲呼喊：家鄉的橋啊，我夢中的橋！

節選自鄭瑩《家鄉的橋》

　　三百多年前，建築設計師萊伊恩受命設計了英國溫澤市政府大廳。他運用工程力學的知識，依據自己多年的實踐，巧妙地設計了只用一根柱子支撐的大廳天花板。一年以後，市政府權威人士進行工程驗收時，卻說只用一根柱子支撐天花板太危險，要求萊伊恩再多加幾根柱子。

　　萊伊恩自信只要一根堅固的柱子足以保證大廳安全，他的"固執"惹惱了市政官員，險些被送上法庭。他非常苦惱：堅持自己原先的主張吧，市政官員肯定會另找人修改設計；不堅持吧，又有悖自己為人的準則。矛盾了很長一段時間，萊伊恩終於想出了一條妙計，他在大廳裏增加了四根柱子，不過這些柱子並未與天花板接觸，只不過是裝裝樣子。

　　三百多年過去了，這個秘密始終沒有被人發現。直到前兩年，市政府準備修繕大廳的天花板，才發現萊伊恩當年的"弄虛作假"。消息傳出後，世界各國的建築專家和遊客雲集，當地政府對此也不加掩飾，在新世紀到來之際，特意將大廳作為一個旅遊景點對外開放，旨在引導人們崇尚和相信科學。

　　作為一名建築師，萊伊恩並不是最出色的。但作為一個人，他無疑非常偉大。這種 // 偉大表現在他始終恪守着自己的原則，給高貴的心靈一個美麗的住所，哪怕是遭遇到最大的阻力，也要想辦法抵達勝利。

節選自遊宇明《堅守你的高貴》

自從傳言有人在薩文河畔散步時無意發現了金子後，這裏便常有來自四面八方的淘金者。他們都想成為富翁，於是尋遍了整個河床，還在河床上挖出很多大坑，希望借助它們找到更多的金子。的確，有一些人找到了，但另外一些人因為一無所得而只好掃興歸去。

也有不甘心落空的，便駐紮在這裏，繼續尋找。彼得·弗雷特就是其中一員。他在河床附近買了一塊沒人要的土地，一個人默默地工作。他為了找金子，已把所有的錢都押在這塊土地上。他埋頭苦幹了幾個月，直到土地全變成了坑坑窪窪，他失望了——他翻遍了整塊土地，但連一丁點兒金子都沒看見。

六個月後，他連買麵包的錢都沒有了。於是他準備離開這兒到別處去謀生。

就在他即將離去的前一個晚上，天下起了傾盆大雨，並且一下就是三天三夜。雨終於停了，彼得走出小木屋，發現眼前的土地看上去好像和以前不一樣：坑坑窪窪已被大水沖刷平整，鬆軟的土地上長出一層綠茸茸的小草。

"這裏沒找到金子，"彼得忽有所悟地說，"但這土地很肥沃，我可以用來種花，並且拿到鎮上去賣給那些富人，他們一定會買些花裝扮他們華麗的客廳。// 如果真是這樣的話，那麼我一定會賺許多錢。有朝一日我也會成為富人……"

於是他留了下來。彼得花了不少精力培育花苗，不久田地裏長滿了美麗嬌豔的各色鮮花。

五年以後，彼得終於實現了他的夢想——成了一個富翁。"我是唯一的一個找到真金的人！"他時常不無驕傲地告訴別人，"別人在這兒找不到金子後便遠遠地離開，而我的'金子'是在這塊土地裏，只有誠實的人用勤勞才能採集到。"

節選自陶猛譯《金子》

我在加拿大學習期間遇到過兩次募捐，那情景至今使我難以忘懷。

一天，我在渥太華的街上被兩個男孩子攔住去路。他們十來歲，穿得整整齊齊，每人頭上戴着個做工精巧、色彩鮮豔的紙帽，上面寫着"為幫助患小兒麻痹的夥伴募捐。"其中的一個，不由分說就坐在小凳上給我擦起皮鞋來，另一個則彬彬有禮地發問："小姐，您是哪國人？喜歡渥太華嗎？""小姐，在你們國家有沒有小孩兒患小兒麻痹？誰給他們醫療費？"一連串的問題，使我這個有生以來頭一次在眾目睽睽之下讓別人擦鞋的異鄉人，從近乎狼狽的窘態中解脫出來。我們像朋友一樣聊起天兒來……

幾個月之後，也是在街上。一些十字路口處或車站坐着幾位老人。他們滿頭銀髮，身穿各種老式軍裝，上面佈滿了大大小小形形色色的徽章、獎章，每人手捧一大束鮮花，有水仙、石竹、玫瑰及叫不出名字的，一色雪白。匆匆過往的行人紛紛止步，把錢投進這些老人身旁的白色木箱內，然後向他們微微鞠躬，從他們手中接過一朵花。我看了一會兒，有人投一兩元，有人投幾百元，還有人掏出支票填好後投進木箱。那些老軍人毫不注意人們捐多少錢，一直不//停地向人們低聲道謝。同行的朋友告訴我，這是為紀念二次大戰中參戰的勇士，募捐救濟殘廢軍人和烈士遺孀，每年一次；認捐的人可謂踴躍，而且秩序井然，氣氛莊嚴。有些地方，人們還耐心地排着隊。我想，這是因為他們都知道：正是這些老人們的流血犧牲換來了包括他們信仰自由在內的許許多多。

我兩次把那微不足道的一點兒錢捧給他們，只想對他們説聲"謝謝"。

節選自青白《捐誠》

138

沒有一片綠葉，沒有一縷炊煙，沒有一粒泥土，沒有一絲花香，只有水的世界，雲的海洋。

一陣颱風襲過，一隻孤單的小鳥無家可歸，落到被捲到洋裏的木板上，乘流而下，姍姍而來，近了，近了！……

忽然，小鳥張開翅膀，在人們頭頂盤旋了幾圈兒，"噗啦"一聲落到了船上。許是累了？還是發現了"新大陸"？水手攆它它不走，抓它，它乖乖地落在掌心。可愛的小鳥和善良的水手結成了朋友。

瞧，它多美麗，嬌巧的小嘴，啄理着綠色的羽毛，鴨子樣的扁腳，呈現出春草的鵝黃。水手們把它帶到艙裏，給它"搭鋪"，讓它在船上安家落戶，每天，把分到的一塑料筒淡水勻給它喝，把從祖國帶來的鮮美的魚肉分給它吃，天長日久，小鳥和水手的感情日趨篤厚。清晨，當第一束陽光射進舷窗時，它便敞開美麗的歌喉，唱啊唱，嚶嚶有韻，宛如春水淙淙。人類給它以生命，它毫不慳吝地把自己的藝術青春奉獻給了哺育它的人。可能都是這樣？藝術家們的青春只會獻給尊敬他們的人。

小鳥給遠航生活蒙上了一層浪漫色調。返航時，人們愛不釋手，戀戀不捨地想把它帶到異鄉。可小鳥憔悴了，給水，不喝！餵肉，不吃！油亮的羽毛失去了光澤。是啊，我 // 們有自己的祖國，小鳥也有它的歸宿，人和動物都是一樣啊，哪兒也不如故鄉好！

慈愛的水手們決定放開它，讓它回到大海的搖籃去，回到藍色的故鄉去。離別前，這個大自然的朋友與水手們留影紀念。它站在許多人的頭上，肩上，掌上，胳膊上，與餵養過它的人們，一起融進那藍色的畫面……

節選自王文傑《可愛的小鳥》

紐約的冬天常有大風雪，撲面的雪花不但令人難以睜開眼睛，甚至呼吸都會吸入冰冷的雪花。有時前一天晚上還是一片晴朗，第二天拉開窗簾，卻已經積雪盈尺，連門都推不開了。

遇到這樣的情況，公司、商店常會停止上班，學校也通過廣播，宣佈停課。但令人不解的是，惟有公立小學，仍然開放。只見黃色的校車，艱難地在路邊接孩子，老師則一大早就口中噴着熱氣，鏟去車子前後的積雪，小心翼翼地開車去學校。

據統計，十年來紐約的公立小學只因為超級暴風雪停過七次課。這是多麼令人驚訝的事。犯得着在大人都無須上班的時候讓孩子去學校嗎？小學的老師也太倒楣了吧？

於是，每逢大雪而小學不停課時，都有家長打電話去罵。妙的是，每個打電話的人，反應全一樣——先是怒氣沖沖地責問，然後滿口道歉，最後笑容滿面地掛上電話。原因是，學校告訴家長：

在紐約有許多百萬富翁，但也有不少貧困的家庭。後者白天開不起暖氣，供不起午餐，孩子的營養全靠學校裏免費的中飯，甚至可以多拿些回家當晚餐。學校停課一天，窮孩子就受一天凍，挨一天餓，所以老師們寧願自己苦一點兒，也不能停 // 課。

或許有家長會說：何不讓富裕的孩子在家裏，讓貧窮的孩子去學校享受暖氣和營養午餐呢？

學校的答覆是：我們不願讓那些窮苦的孩子感到他們是在接受救濟，因為施捨的最高原則是保持受施者的尊嚴。

節選自（台灣）劉墉《課不能停》

十年，在歷史上不過是一瞬間。只要稍加注意，人們就會發現：在這一瞬間裏，各種事物都悄悄經歷了自己的千變萬化。

這次重新訪日，我處處感到親切和熟悉，也在許多方面發覺了日本的變化。就拿奈良的一個角落來說吧，我重遊了為之感受很深的唐招提寺，在寺內各處匆匆走了一遍，庭院依舊，但意想不到還看到了一些新的東西。其中之一，就是近幾年從中國移植來的"友誼之蓮"。

在存放鑒真遺像的那個院子裏，幾株中國蓮昂然挺立，翠綠的寬大荷葉正迎風而舞，顯得十分愉快。開花的季節已過，荷花朵朵已變為蓮蓬累累。蓮子的顏色正在由青轉紫，看來已經成熟了。

我禁不住想："因"已轉化為"果"。

中國的蓮花開在日本，日本的櫻花開在中國，這不是偶然。我希望這樣一種盛況延續不衰。可能有人不欣賞花，但決不會有人欣賞落在自己面前的炮彈。

在這些日子裏，我看到了不少多年不見的老朋友，又結識了一些新朋友。大家喜歡涉及的話題之一，就是古長安和古奈良。那還用得着問嗎，朋友們緬懷過去，正是矚望未來。矚目於未來的人們必將獲得未來。

我不例外，也希望一個美好的未來。

為//了中日人民之間的友誼，我將不浪費今後生命的每一瞬間。

節選自嚴文井《蓮花和櫻花》

梅雨潭閃閃的綠色招引着我們；我們開始追捉她那離合的神光了。揪着草，攀着亂石，小心探身下去，又鞠躬過了一個石穹門，便到了汪汪一碧的潭邊了。

瀑布在襟袖之間；但是我的心中已沒有瀑布了。我的心隨潭水的綠而搖盪。那醉人的綠呀！仿佛一張極大極大的荷葉鋪着，滿是奇異的綠呀。我想張開兩臂抱住她；但這是怎樣一個妄想啊。

站在水邊，望到那面，居然覺着有些遠呢！這平鋪着，厚積着的綠，着實可愛。她鬆鬆的皺纈着，像少婦拖着的裙幅；她滑滑的明亮着，像塗了明油一般，有雞蛋清那樣軟，那樣嫩；她又不雜些塵滓，宛然一塊溫潤的碧玉，只清清的一色——但你卻看不透她！

我曾見過北京什剎海拂地的綠楊，脫不了鵝黃的底子，似乎太淡了。我又曾見過杭州虎跑寺近旁高峻而深密的綠壁，叢疊着無窮的碧草與綠葉的，那又似乎太濃了。其餘呢，西湖的波太明了，秦淮河的也太暗了。可愛的，我將什麼來比擬你呢？我怎麼比擬得出呢？大約潭是很深的，故能蘊蓄着這樣奇異的綠；仿佛蔚藍的天融了一塊在裏面似的，這才這般的鮮潤啊。

那醉人的綠呀！我若能裁你以為帶，我將贈給那輕盈的//舞女；她必能臨風飄舉了。我若能挹你以為眼，我將贈給那善歌的盲妹；她必能明眸善睞了。我捨不得你；我怎捨得你呢？我用手拍着你，撫摩着你，如同一個十二三歲的小姑娘。我又掬你入口，便是吻着她了。我送你一個名字，我從此叫你女兒綠，好嗎？

第二次到仙岩的時候，我不禁驚詫於梅雨潭的綠了。

節選自朱自清《綠》

142

　　我們家的後園有半畝空地，母親說："讓它荒着怪可惜的，你們那麼愛吃花生，就開闢出來種花生吧。"我們姐弟幾個都很高興，買種，翻地，播種，澆水，沒過幾個月，居然收穫了。

　　母親說："今晚我們過一個收穫節，請你們父親也來嘗嘗我們的新花生，好不好？"我們都說好。母親把花生做成了好幾樣食品，還吩咐就在後園的茅亭裏過這個節。

　　晚上天色不太好，可是父親也來了，實在很難得。

　　父親說："你們愛吃花生嗎？"

　　我們爭着答應："愛！"

　　"誰能把花生的好處說出來？"

　　姐姐說："花生的味美。"

　　哥哥說："花生可以榨油。"

　　我說："花生的價錢便宜，誰都可以買來吃，都喜歡吃。這就是它的好處。"

　　父親說："花生的好處很多，有一樣最可貴，它的果實埋在地裏，不像桃子、石榴、蘋果那樣，把鮮紅嫩綠的果實高高地掛在枝頭上，使人一見就生愛慕之心。你們看它矮矮地長在地上，等到成熟了，也不能立刻分辨出來它有沒有果實，必須挖出來才知道。"

　　我們都說是，母親也點點頭。

　　父親接下去說："所以你們要像花生，它雖然不好看，可是很有用，不是外表好看而沒有實用的東西。"

　　我說："那麼，人要做有用的人，不要做只講體面，而對別人沒有好處的人了。"//

　　父親說："對。這是我對你們的希望。"

　　我們談到夜深才散。花生做的食品都吃完了，父親的話卻深深地印在我的心上。

　　　　　　　　　　　　　　　　　　　　　節選自許地山《落花生》

143

Wǒ dǎ liè guī lái　yán zhe huā yuán de lín yīn lù zǒu zhe　gǒu pǎo zài wǒ de qián·biān
我打獵歸來，沿着花園的林蔭路走着，狗跑在我的前邊。

Hū rán　gǒu fàng màn jiǎo bù　niè zú qián xíng　hǎo xiàng xiù dào le qián·biān yǒu shén me yě wù
忽然，狗放慢腳步，躡足潛行，好像嗅到了前邊有什麼野物。

Wǒ shùn zhe lín yīn lù wàng·qù　kàn·jiàn le yī zhī zuǐ biān hái dài huáng sè　tóu·shàng shēng zhe
我順着林蔭路望去，看見了一隻嘴邊還帶黃色、頭上生着
róu máo de xiǎo má què　Fēng měng liè de chuī dǎ zhe lín yīn lù·shàng de bái huà shù　má què cóng cháo·
柔毛的小麻雀。風猛烈地吹打着林蔭路上的白樺樹，麻雀從巢
lǐ diē luò xià·lái　dāi dāi de fú zài dì·shàng　gū lì wú yuán de zhāng kāi liǎng zhī yǔ máo hái wèi fēng mǎn
裏跌落下來，呆呆地伏在地上，孤立無援地張開兩隻羽毛還未豐滿
de xiǎo chì bǎng
的小翅膀。

Wǒ de gǒu màn màn xiàng tā kào jìn　hū rán　cóng fù jìn yī kē shù·shàng fēi·xià yī zhī hēi xiōng pú
我的狗慢慢向它靠近，忽然，從附近一棵樹上飛下一隻黑胸脯
de lǎo má què　xiàng yī kē shí zǐ shì de luò dào gǒu de gēn·qián　Lǎo má què quán shēn dào shù zhe yǔ
的老麻雀，像一顆石子似的落到狗的跟前。老麻雀全身倒豎着羽
máo　jīng kǒng wàn zhuàng　fā chū jué wàng　qī cǎn de jiào shēng　jiē zhe xiàng lòu chū yá chǐ　dà
毛，驚恐萬狀，發出絕望、淒慘的叫聲，接着向露出牙齒、大
zhāng zhe de gǒu zuǐ pū·qù
張着的狗嘴撲去。

Lǎo má què shì měng pū xià·lái jiù hù yòu què de　Tā yòng shēn tǐ yǎn hù zhe zì jǐ de yòu ér
老麻雀是猛撲下來救護幼雀的。它用身體掩護着自己的幼兒……
Dàn tā zhěng gè xiǎo xiǎo de shēn tǐ yīn kǒng bù ér zhàn lì zhe　Tā xiǎo xiǎo de shēng yīn yě biàn de cū
但它整個小小的身體因恐怖而戰慄着！它小小的聲音也變得粗
bào sī yǎ　Tā zài xī shēng zì jǐ
暴嘶啞。它在犧牲自己！

Zài tā kàn lái　gǒu gāi shì duō me páng dà de guài wu a　Rán ér tā hái shì bù néng zhàn zài zì jǐ
在它看來，狗該是多麼龐大的怪物啊！然而它還是不能站在自己
gāo gāo de ān quán de shù zhī·shàng　Yī zhǒng bǐ tā de lǐ zhì gèng qiáng liè de lì·liàng　shǐ tā
高高的安全的樹枝上……一種比它的理智更強烈的力量，使它
cóng nàr pū·xià shēn·lái
從那兒撲下身來。

Wǒ de gǒu zhàn zhù le　xiàng hòu tuì le tuì　Kàn lái　tā yě gǎn dào le zhè zhǒng lì·liàng
我的狗站住了，向後退了退……看來，它也感到了這種力量。

Wǒ gǎn jǐn huàn zhù jīng huāng shī cuò de gǒu　rán hòu wǒ huái zhe chóng jìng de xīn qíng　zǒu kāi le
我趕緊喚住驚惶失措的狗，然後我懷着崇敬的心情，走開了。

Shì a　qǐng bù yào jiàn xiào　Wǒ chóng jìng nà zhī xiǎo xiǎo de　yīng yǒng de niǎo'ér　wǒ chóng jìng
是啊，請不要見笑。我崇敬那隻小小的、英勇的鳥兒，我崇敬
tā nà zhǒng ài de chōng dòng hé lì·liàng
它那種愛的衝動和力量。

Ài　wǒ xiǎng　bǐ sǐ hé sǐ de kǒng jù gèng qiáng dà　zhǐ yǒu yī kào tā　yī kào zhè zhǒng ài
愛，我//想，比死和死的恐懼更強大，只有依靠它，依靠這種愛，
shēng mìng cái néng wéi chí xià·qù　fā zhǎn xià·qù
生命才能維持下去，發展下去。

節選自（俄）屠格涅夫《麻雀》，巴金譯

144

那年我六歲。離我家僅一箭之遙的小山坡旁，有一個早已被廢棄的採石場，雙親從來不准我去那兒，其實那兒風景十分迷人。

一個夏季的下午，我隨着一群小夥伴偷偷上那兒去了。就在我們穿越了一條孤寂的小路後，他們卻把我一個人留在原地，然後奔向"更危險的地帶"了。

等他們走後，我驚慌失措地發現，再也找不到要回家的那條孤寂的小道了。像隻無頭的蒼蠅，我到處亂鑽，衣褲上掛滿了芒刺。太陽已經落山，而此時此刻，家裏一定開始吃晚餐了，雙親正盼着我回家……想着想着，我不由得背靠着一棵樹，傷心地嗚嗚大哭起來……

突然，不遠處傳來了聲聲柳笛。我像找到了救星，急忙循聲走去。一條小道邊的樹椿上坐着一位吹笛人，手裏還正削着什麼。走近細看，他不就是被大家稱為"鄉巴佬兒"的卡廷嗎？

"你好，小像夥兒，"卡廷說，"看天氣多美，你是出來散步的吧？"

我怯生生地點點頭，答道："我要回家了。"

"請耐心等上幾分鐘，"卡廷說，"瞧，我正在削一支柳笛，差不多就要做好了，完工後就送給你吧！"

卡廷邊削邊不時把尚未成形的柳笛放在嘴裏試吹一下。沒過多久，一支柳笛便遞到我手中。我倆在一陣陣清脆悅耳的笛音//中，踏上了歸途……

當時，我心中只充滿感激，而今天，當我自己也成了祖父時，卻突然領悟到他用心之良苦！那天當他聽到我的哭聲時，便判定我一定迷了路，但他並不想在孩子面前扮演"救星"的角色，於是吹響柳笛以便讓我能發現他，並跟着他走出困境！就這樣，卡廷先生以鄉下人的純樸，保護了一個小男孩兒強烈的自尊。

節選自唐若水譯《迷途笛音》

在浩瀚無垠的沙漠裏，有一片美麗的綠洲，綠洲裏藏着一顆閃光的珍珠。這顆珍珠就是敦煌莫高窟。它坐落在我國甘肅省敦煌市三危山和鳴沙山的懷抱中。

鳴沙山東麓是平均高度為十七米的崖壁。在一千六百多米長的崖壁上，鑿有大小洞窟七百餘個，形成了規模宏偉的石窟群。其中四百九十二個洞窟中，共有彩色塑像兩千一百餘尊，各種壁畫共四萬五千多平方米。莫高窟是我國古代無數藝術匠師留給人類的珍貴文化遺產。

莫高窟的彩塑，每一尊都是一件精美的藝術品。最大的有九層樓那麼高，最小的還不如一個手掌大。這些彩塑個性鮮明，神態各異。有慈眉善目的菩薩，有威風凜凜的天王，還有強壯勇猛的力士……

莫高窟壁畫的內容豐富多彩，有的是描繪古代勞動人民打獵、捕魚、耕田、收割的情景，有的是描繪人們奏樂、舞蹈、演雜技的場面，還有的是描繪大自然的美麗風光。其中最引人注目的是飛天。壁畫上的飛天，有的臂挎花籃，採摘鮮花；有的反彈琵琶，輕撥銀弦；有的倒懸身子，自天而降；有的彩帶飄拂，漫天遨遊；有的舒展着雙臂，翩翩起舞。看着這些精美動人的壁畫，就像走進了//燦爛輝煌的藝術殿堂。

莫高窟裏還有一個面積不大的洞窟——藏經洞。洞裏曾藏有我國古代的各種經卷、文書、帛畫、刺繡、銅像等共六萬多件。由於清朝政府腐敗無能，大量珍貴的文物被外國強盜掠走。僅存的部分經卷，現在陳列於北京故宮等處。

莫高窟是舉世聞名的藝術寶庫。這裏的每一尊彩塑、每一幅壁畫、每一件文物，都是中國古代人民智慧的結晶。

節選自小學《語文》第六冊中《莫高窟》

其實你在很久以前並不喜歡牡丹，因為它總被人作為富貴膜拜。後來你目睹了一次牡丹的落花，你相信所有的人都會為之感動：一陣清風徐來，嬌豔鮮嫩的盛期牡丹忽然整朵整朵地墜落，鋪撒一地絢麗的花瓣。那花瓣落地時依然鮮豔奪目，如同一隻奉上祭壇的大鳥脫落的羽毛，低吟着壯烈的悲歌離去。

牡丹沒有花謝花敗之時，要麼爍於枝頭，要麼歸於泥土，它跨越萎頓和衰老，由青春而死亡，由美麗而消遁。它雖美卻不吝惜生命，即使告別也要展示給人最後一次的驚心動魄。

所以在這陰冷的四月裏，奇跡不會發生。任憑遊人掃興和詛咒，牡丹依然安之若素。它不苟且、不俯就、不妥協、不媚俗，甘願自己冷落自己。它遵循自己的花期自己的規律，它有權利為自己選擇每年一度的盛大節日。它為什麼不拒絕寒冷？

天南海北的看花人，依然絡繹不絕地湧入洛陽城。人們不會因牡丹的拒絕而拒絕它的美。如果它再被貶謫十次，也許它就會繁衍出十個洛陽牡丹城。

於是你在無言的遺憾中感悟到，富貴與高貴只是一字之差。同人一樣，花兒也是有靈性的，更有品位之高低。品位這東西為氣為魂為 // 筋骨為神韻，只可意會。你嘆服牡丹卓而不群之姿，方知品位是多麼容易被世人忽略或是漠視的美。

節選自張抗抗《牡丹的拒絕》

森林涵養水源，保持水土，防止水旱災害的作用非常大。據專家測算，一片十萬畝面積的森林，相當於一個兩百萬立方米的水庫，這正如農諺所說的："山上多栽樹，等於修水庫。雨多它能吞，雨少它能吐。"

說起森林的功勞，那還多得很。它除了為人類提供木材及許多種生產、生活的原料之外，在維護生態環境方面也是功勞卓著，它用另一種"能吞能吐"的特殊功能孕育了人類。因為地球在形成之初，大氣中的二氧化碳含量很高，氧氣很少，氣溫也高，生物是難以生存的。大約在四億年之前，陸地才產生了森林。森林慢慢將大氣中的二氧化碳吸收，同時吐出新鮮氧氣，調節氣溫：這才具備了人類生存的條件，地球上才最終有了人類。

森林，是地球生態系統的主體，是大自然的總調度室，是地球的綠色之肺。森林維護地球生態環境的這種"能吞能吐"的特殊功能是其他任何物體都不能取代的。然而，由於地球上的燃燒物增多，二氧化碳的排放量急劇增加，使得地球生態環境急劇惡化，主要表現為全球氣候變暖，水分蒸發加快，改變了氣流的循環，使氣候變化加劇，從而引發熱浪、颱風、暴雨、洪澇及乾旱。

為了//使地球的這個"能吞能吐"的綠色之肺恢復健壯，以改善生態環境，抑制全球變暖，減少水旱等自然災害，我們應該大力造林、護林，使每一座荒山都綠起來。

　　　　　　節選自《中考語文課外閱讀試題精選》中《"能吞能吐"的森林》

Péng you jí jiāng yuǎn xíng
朋友即將遠行。

Mù chūn shí jié　yòu yāo le jǐ wèi péng you zài jiā xiǎo jù　suī rán dōu shì jí shú de péng you　què
暮春時節，又邀了幾位朋友在家小聚，雖然都是極熟的朋友，卻
shì zhōng nián nán dé yī jiàn　ǒu ěr diàn huà lǐ xiāng yù　yě wú fēi shì jǐ jù xún cháng huà　Yī guō
是終年難得一見，偶爾電話裏相遇，也無非是幾句尋常話。一鍋
xiǎo mǐ xī fàn　yī dié dà tóu cài　yī pán zì jiā niàng zhì de pào cài　yī zhī xiàng kǒu mǎi huí de kǎo
小米稀飯，一碟大頭菜，一盤自家釀制的泡菜，一隻巷口買回的烤
yā　jiǎn jiǎn dān dān　bù xiàng qǐng kè　dào xiàng jiā rén tuán jù
鴨，簡簡單單，不像請客，倒像家人團聚。

Qí shí　yǒu qíng yě hǎo　ài qíng yě hǎo　jiǔ ér jiǔ zhī dōu huì zhuǎn huà wéi qīn qíng
其實，友情也好，愛情也好，久而久之都會轉化為親情。

Shuō yě qí guài　hé xīn péng you huì tán wén xué　tán zhé xué　tán rén shēng dào lǐ děng děng　hé
說也奇怪，和新朋友會談文學、談哲學、談人生道理等等，和
lǎo péng you què zhǐ huà jiā cháng　chái mǐ yóu yán　xì xì suì suì　zhǒng zhǒng suǒ shì　Hěn duō shí hou
老朋友卻只話家常，柴米油鹽，細細碎碎，種種瑣事。很多時候，
xīn líng de qì hé yǐ jīng bù xū yào tài duō de yán yǔ lái biǎo dá
心靈的契合已經不需要太多的言語來表達。

Péng you xīn tàng le gè tóu　bù gǎn huí jiā jiàn mǔ qīn　kǒng pà jīng hài le lǎo rén jiā　què huān tiān
朋友新燙了個頭，不敢回家見母親，恐怕驚駭了老人家，卻歡天
xǐ dì lái jiàn wǒ men　lǎo péng you pō néng yǐ yī zhǒng qù wèi xìng de yǎn guāng xīn shǎng zhè ge gǎi biàn
喜地來見我們，老朋友頗能以一種趣味性的眼光欣賞這個改變。

Nián shào de shí hou　wǒ men chà bù duō dōu zài wèi bié rén ér huó　wèi kǔ kǒu pó xīn de fù mǔ huó
年少的時候，我們差不多都在為別人而活，為苦口婆心的父母活，
wèi xún xún shàn yòu de shī zhǎng huó　wèi xǔ duō guān niàn　xǔ duō chuán tǒng de yuē shù lì ér huó　Nián
為循循善誘的師長活，為許多觀念、許多傳統的約束力而活。年
suì zhú zēng　jiàn jiàn zhèng tuō wài zài de xiàn zhì yǔ shù fù　kāi shǐ dǒng dé wèi zì jǐ huó　zhào zì jǐ
歲逐增，漸漸掙脫外在的限制與束縛，開始懂得為自己活，照自己
de fāng shì zuò yī xiē zì jǐ xǐ huan de shì　bù zài hu bié rén de pī píng yì jiàn　bù zài hu bié rén de
的方式做一些自己喜歡的事，不在乎別人的批評意見，不在乎別人的
dǐ huǐ liú yán　zhǐ zài hu nà yī fèn suí xīn suǒ yù de shū tan zì rán　Ǒu ěr　yě néng gòu zòng róng zì
詆毀流言，只在乎那一份隨心所欲的舒坦自然。偶爾，也能夠縱容自
jǐ fàng làng yī xià　bìng qiě yǒu yī zhǒng è zuò jù de qiè xǐ
己放浪一下，並且有一種惡作劇的竊喜。

Jiù ràng shēng mìng shùn qí zì rán　shuǐ dào qú chéng ba　yóu rú chuāng qián de wū jiù　zì shēng
就讓生命順其自然，水到渠成吧，猶如窗前的//烏桕，自生
zì luò zhī jiān　zì yǒu yī fèn yuán róng fēng mǎn de xǐ yuè　Chūn yǔ qīng qīng luò zhe　méi yǒu shī
自落之間，自有一份圓融豐滿的喜悅。春雨輕輕落着，沒有詩，
méi yǒu jiǔ　yǒu de zhǐ shì yī fèn xiāng zhī xiāng zhǔ de zì zài zì dé
沒有酒，有的只是一份相知相屬的自在自得。

Yè sè zài xiào yǔ zhōng jiàn jiàn chén luò　péng you qǐ shēn gào cí　méi yǒu wǎn liú　méi yǒu sòng
夜色在笑語中漸漸沉落，朋友起身告辭，沒有挽留，沒有送
bié　shèn zhì yě méi yǒu wèn guī qī
別，甚至也沒有問歸期。

Yǐ jīng guò le dà xǐ dà bēi de suì yuè　yǐ jīng guò le shāng gǎn liú lèi de nián huá　zhī dào le jù
已經過了大喜大悲的歲月，已經過了傷感流淚的年華，知道了聚
sàn yuán lái shì zhè yàng de zì rán hé shùn lǐ chéng zhāng　dǒng dé zhè diǎn　biàn dǒng dé zhēn xī měi
散原來是這樣的自然和順理成章，懂得這點，便懂得珍惜每
yī cì xiāng jù de wēn xīn　lí bié biàn yě huān xǐ
一次相聚的溫馨，離別便也歡喜。

　　　　　　　　　　節選自（台灣）杏林子《朋友和其他》

Wǒ men zài tián yě sàn bù　Wǒ　wǒ de mǔ·qīn　wǒ de qī·zǐ hé ér zi
我 們 在 田 野 散 步：我，我 的 母 親，我 的 妻 子 和 兒 子。

Mǔ·qīn běn bù yuàn chū·lái de　Tā lǎo le　shēn tǐ bù hǎo　zǒu yuǎn yī diǎnr　jiù jué·dé hěn
母 親 本 不 願 出 來 的。她 老 了，身 體 不 好，走 遠 一 點 兒 就 覺 得 很
lèi　Wǒ shuō　zhèng yīn·wèi rú cǐ　cái yīng gāi duō zǒu zou　Mǔ·qīn xìn fú de diǎn diǎn tóu　biàn qù
累。我 説，正 因 為 如 此，才 應 該 多 走 走。母 親 信 服 地 點 點 頭，便 去
ná wài tào　Tā xiàn zài hěn tīng wǒ de huà　jiù xiàng wǒ xiǎo shí hou hěn tīng tā de huà yī yàng
拿 外 套。她 現 在 很 聽 我 的 話，就 像 我 小 時 候 很 聽 她 的 話 一 樣。

Zhè nán fāng chū chūn de tián yě　dà kuài xiǎo kuài de xīn lù suí yì de pū zhe　yǒu de nóng　yǒu de
這 南 方 初 春 的 田 野，大 塊 小 塊 的 新 綠 隨 意 地 鋪 着，有 的 濃，有 的
dàn　shù·shàng de nèn yá yě mì le　tián·lǐ de dōng shuǐ yě gū gū de qǐ zhe shuǐ pào　Zhè yī qiè
淡，樹 上 的 嫩 芽 也 密 了，田 裏 的 冬 水 也 咕 咕 地 起 着 水 泡。這 一 切
dōu shǐ rén xiǎng zhe yī yàng dōng xi　　shēng mìng
都 使 人 想 着 一 樣 東 西 —— 生 命。

Wǒ hé mǔ·qīn zǒu zài qián·miàn　wǒ de qī·zǐ hé ér zi zǒu zài hòu·miàn　Xiǎo jiā huo tū rán jiào
我 和 母 親 走 在 前 面，我 的 妻 子 和 兒 子 走 在 後 面。小 傢 夥 突 然 叫
qǐ·lái　Qián·miàn shì mā ma hé ér zi　hòu·miàn yě shì mā ma hé ér zi　Wǒ men dōu xiào le
起 來：" 前 面 是 媽 媽 和 兒 子，後 面 也 是 媽 媽 和 兒 子。" 我 們 都 笑 了。

Hòu lái fā shēng le fēn qí　mǔ·qīn yào zǒu dà lù　dà lù píng shùn　wǒ de ér zi yào zǒu xiǎo lù
後 來 發 生 了 分 歧，母 親 要 走 大 路，大 路 平 順；我 的 兒 子 要 走 小 路，
xiǎo lù yǒu yì si　Bù guò　yī qiè dōu qǔ jué yú wǒ　Wǒ de mǔ·qīn lǎo le　tā zǎo yǐ xí guàn tīng
小 路 有 意 思。不 過，一 切 都 取 決 於 我。我 的 母 親 老 了，她 早 已 習 慣 聽
cóng tā qiáng zhuàng de ér zi　wǒ de ér zi hái xiǎo　tā huán xí guàn tīng cóng tā gāo dà de fù·qīn　qī
從 她 強 壯 的 兒 子；我 的 兒 子 還 小，他 還 習 慣 聽 從 他 高 大 的 父 親；妻
zǐ ne　zài wài·miàn　tā zǒng shì tīng wǒ de　Yī shà shí wǒ gǎn dào le zé rèn de zhòng dà　Wǒ xiǎng
子 呢，在 外 面，她 總 是 聽 我 的。一 霎 時 我 感 到 了 責 任 的 重 大。我 想
zhǎo yī gè liǎng quán de bàn fǎ　zhǎo bù chū　wǒ xiǎng chāi sàn yī jiā rén　fēn chéng liǎng lù　gè dé qí
找 一 個 兩 全 的 辦 法，找 不 出；我 想 拆 散 一 家 人，分 成 兩 路，各 得 其
suǒ　zhōng bù yuàn·yì　Wǒ jué dìng wěi qu ér zi　yīn·wèi wǒ bàn tóng tā de shí rì hái cháng　Wǒ
所，終 不 願 意。我 決 定 委 屈 兒 子，因 為 我 伴 同 他 的 時 日 還 長。我
shuō　Zǒu dà lù
説："走 大 路。"

Dàn shì mǔ·qīn mō mo sūn ér de xiǎo nǎo guā　biàn le zhǔ yi　Hái shì zǒu xiǎo lù ba　Tā de
但 是 母 親 摸 摸 孫 兒 的 小 腦 瓜，變 了 主 意："還 是 走 小 路 吧。" 她 的
yǎn suí xiǎo lù wàng·qù　Nà·lǐ yǒu jīn sè de cài huā　liǎng háng zhěng qí de sāng shù　jìn tóu yī kǒu
眼 隨 小 路 望 去：那 裏 有 金 色 的 菜 花，兩 行 整 齊 的 桑 樹，// 盡 頭 一 口
shuǐ bō lín lín de yú táng　Wǒ zǒu bù guò·qù de dì fang　nǐ jiù bēi zhe wǒ　Mǔ·qīn duì wǒ shuō
水 波 粼 粼 的 魚 塘。" 我 走 不 過 去 的 地 方，你 就 背 着 我。" 母 親 對 我 説。

Zhè yàng　wǒ men zài yáng guāng·xià　xiàng zhe nà cài huā　sāng shù hé yú táng zǒu·qù　Dào le
這 樣，我 們 在 陽 光 下，向 着 那 菜 花、桑 樹 和 魚 塘 走 去。到 了
yī chù　wǒ dūn xià·lái　bēi qǐ le mǔ·qīn　qī·zǐ yě dūn xià·lái　bēi qǐ le ér zi　Wǒ hé qī·zǐ
一 處，我 蹲 下 來，背 起 了 母 親；妻 子 也 蹲 下 來，背 起 了 兒 子。我 和 妻 子
dōu shì màn màn de　wěn wěn de　zǒu de hěn zǐ xì　hǎo xiàng wǒ bèi·shàng de tóng tā bèi·shàng de jiā
都 是 慢 慢 地，穩 穩 地，走 得 很 仔 細，好 像 我 背 上 的 同 她 背 上 的 加
qǐ·lái　jiù shì zhěng gè shì jiè
起 來，就 是 整 個 世 界。

節 選 自 莫 懷 戚《散 步》

地球上是否真的存在"無底洞"？按説地球是圓的，由地殼、地幔和地核三層組成，真正的"無底洞"是不應存在的，我們所看到的各種山洞、裂口、裂縫，甚至火山口也都只是地殼淺部的一種現象。然而中國一些古籍卻多次提到海外有個深奧莫測的無底洞。事實上地球上確實有這樣一個"無底洞"。

它位於希臘亞各斯古城的海濱。由於瀕臨大海，大漲潮時，洶湧的海水便會排山倒海般地湧入洞中，形成一股湍湍的急流。據測，每天流入洞內的海水量達三萬多噸。奇怪的是，如此大量的海水灌入洞中，卻從來沒有把洞灌滿。曾有人懷疑，這個"無底洞"會不會就像石灰岩地區的漏斗、豎井、落水洞一類的地形。然而從二十世紀三十年代以來，人們就做了多種努力企圖尋找它的出口，卻都是枉費心機。

為了揭開這個秘密，一九五八年美國地理學會派出一支考察隊，他們把一種經久不變的帶色染料溶解在海水中，觀察染料是如何隨着海水一起沉下去。接着又察看了附近海面以及島上的各條河、湖，滿懷希望地尋找這種帶顏色的水，結果令人失望。難道是海水量太大把有色水稀釋得太淡，以致無法發現？//

至今誰也不知道為什麼這裏的海水會沒完沒了地"漏"下去，這個"無底洞"的出口又在哪裏，每天大量的海水究竟都流到哪裏去了？

節選自羅伯特·羅威爾《神秘的"無底洞"》

我在俄國見到的景物再沒有比托爾斯泰墓更宏偉、更感人的。

完全按照托爾斯泰的願望；他的墳墓成了世間最美的、給人印象最深刻的墳墓。它只是樹林中的一個小小的長方形土丘，上面開滿鮮花——沒有十字架，沒有墓碑，沒有墓誌銘，連托爾斯泰這個名字也沒有。

這位比誰都感到受自己的聲名所累的偉人，卻像偶爾被發現的流浪漢，不為人知的士兵，不留名姓地被人埋葬了。誰都可以踏進他最後的安息地，圍在四周的稀疏的木柵欄是不關閉的——保護列夫·托爾斯泰得以安息的沒有任何別的東西，惟有人們的敬意；而通常，人們卻總是懷着好奇，去破壞偉人基地的寧靜。

這裏，逼人的樸素禁錮住任何一種觀賞的閒情，並且不容許你大聲説話。風兒俯臨，在這座無名者之墓的樹木之間颯颯響着，和暖的陽光在墳頭嬉戲；冬天，白雪溫柔地覆蓋這片幽暗的圭土地。無論你在夏天或冬天經過這兒，你都想像不到，這個小小的、隆起的長方體裏安放着一位當代最偉大的人物。

然而，恰恰是這座不留姓名的墳墓，比所有挖空心思用大理石和奢華裝飾建造的墳墓更扣人心弦。在今天這個特殊的日子//裏，到他的安息地來的成百上千人中間，沒有一個有勇氣，哪怕僅僅從這幽暗的土丘上摘下一朵花留作紀念。人們重新感到，世界上再沒有比托爾斯泰最後留下的、這座紀念碑式的樸素墳墓，更打動人心的了。

節選自（奧）茨威格《世間最美的墳墓》，張厚仁譯

我國的建築，從古代的宮殿到近代的一般住房，絕大部分是對稱的，左邊怎麼樣，右邊怎麼樣。蘇州園林可絕不講究對稱，好像故意避免似的。東邊有了一個亭子或者一道迴廊，西邊決不會來一個同樣的亭子或者一道同樣的迴廊。這是為什麼？我想，用圖畫來比方，對稱的建築是圖案畫，不是美術畫，而園林是美術畫，美術畫要求自然之趣，是不講究對稱的。

蘇州園林裏都有假山和池沼。

假山的堆疊，可以說是一項藝術而不僅是技術。或者是重巒疊嶂，或者是幾座小山配合着竹子花木，全在乎設計者和匠師們生平多閱歷，胸中有丘壑，才能使遊覽者攀登的時候忘卻蘇州城市，只覺得身在山間。

至於池沼，大多引用活水。有些園林池沼寬敞，就把池沼作為全園的中心，其他景物配合着佈置。水面假如成河道模樣，往往安排橋樑。假如安排兩座以上的橋樑，那就一座一個樣，決不雷同。

池沼或河道的邊沿很少砌齊整的石岸，總是高低屈曲任其自然。還在那兒佈置幾塊玲瓏的石頭，或者種些花草。這也是為了取得從各個角度看都成一幅畫的效果。池沼裏養着金魚或各色鯉魚，夏秋季節荷花或睡蓮開//放，遊覽者看"魚戲蓮葉間"，又是入畫的一景。

節選自葉聖陶《蘇州園林》

一位訪美中國女作家，在紐約遇到一位賣花的老太太。老太太穿着破舊，身體虛弱，但臉上的神情卻是那樣祥和興奮。女作家挑了一朵花說：“看起來，你很高興。”老太太面帶微笑地說：“是的，一切都這麼美好，我為什麼不高興呢？”“對煩惱，你倒真能看得開。”女作家又說了一句。沒料到，老太太的回答更令女作家大吃一驚：“耶穌在星期五被釘上十字架時，是全世界最糟糕的一天，可三天後就是復活節。所以，當我遇到不幸時，就會等待三天，這樣一切就恢復正常了。”

“等待三天”，多麼富於哲理的話語，多麼樂觀的生活方式。它把煩惱和痛苦拋下，全力去收穫快樂。

沈從文在“文革”期間，陷入了非人的境地。可他毫不在意，他在咸寧時給他的表侄、畫家黃永玉寫信說：“這裏的荷花真好，你若來……”身陷苦難卻仍為荷花的盛開欣喜讚歎不已，這是一種趨於澄明的境界，一種曠達灑脫的胸襟，一種面臨磨難坦蕩從容的氣度。一種對生活童子般的熱愛和對美好事物無限嚮往的生命情感。

由此可見，影響一個人快樂的，有時並不是困境及磨難，而是一個人的心態。如果把自己浸泡在積極、樂觀、向上的心態中，快樂必然會// 佔據你的每一天。

節選自《態度創造快樂》

154

Tài Shān jí dǐng kàn rì chū　lì lái bèi miáo huì chéng shí fēn zhuàng guān de qí jǐng　Yǒu rén shuō
　　泰山極頂看日出，歷來被描繪成十分壯觀的奇景。有人説：

Dēng Tài Shān ér kàn·bù dào rì chū　jiù xiàng yī chū dà xì méi·yǒu xì yǎn　wèir　zhōng jiū yǒu diǎn guǎ
登泰山而看不到日出，就像一齣大戲沒有戲眼，味兒終究有點寡

dàn
淡。

Wǒ qù pá shān nà tiān　zhèng gǎn·shàng gè nán dé de hǎo tiān　wàn lǐ zhǎng kōng　yún cǎi sīr dōu
　　我去爬山那天，正趕上個難得的好天，萬里長空，雲彩絲兒都

bù jiàn　sù cháng　yān wù téng téng de shān tóu　xiǎn·dé méi·mù fēn míng　Tóng bàn men dōu xīn xǐ de
不見，素常，煙霧騰騰的山頭，顯得眉目分明。同伴們都欣喜的

shuō　Míng tiān zǎo·chén zhǔn kě yǐ kàn·jiàn rì chū le　Wǒ yě shì bào zhe zhè zhǒng xiǎng tou　pá·
説："明天早晨準可以看見日出了。"我也是抱着這種想頭，爬

shàng shān·qù
上山去。

Yī lù cóng shān jiǎo wǎng shàng pá　xì kàn shān jǐng　wǒ jué·dé guà zài yǎn qián de bù shi Wǔ Yuè
　　一路從山腳往上爬，細看山景，我覺得掛在眼前的不是五嶽

dú zūn de Tài Shān　què xiàng yī fú guī mó jīng rén de qīng lù shān shuǐ huà　cóng xià·miàn dào zhǎn kāi·
獨尊的泰山，卻像一幅規模驚人的青綠山水畫，從下面倒展開

lái　Zài huà juàn zhōng zuì xiān lòu chū de shì shān gēnr dǐ nà zuò Míng Cháo jiàn zhù Dài Zōng Fāng　màn
來。在畫卷中最先露出的是山根底那座明朝建築岱宗坊，慢

màn de biàn xiàn chū Wáng Mǔ Chí　Dǒu Mǔ Gōng　Jīng Shí Yù　Shān shì yī céng bǐ yī céng shēn　yī dié
慢地便現出王母池、斗母宮、經石峪。山是一層比一層深，一疊

bǐ yī dié qí　céng céng dié dié　bù zhī hái huì yǒu duō shēn duō qí　Wàn shān cóng zhōng　shí ér diǎn
比一疊奇，層層疊疊，不知還會有多深多奇。萬山叢中，時而點

rǎn zhe jí qí gōng xì de rén wù　Wáng Mǔ Chí páng de Lǚ Zǔ Diàn·lǐ yǒu bù shǎo zūn míng sù　sù zhe
染着極其工細的人物。王母池旁的呂祖殿裏有不少尊明塑，塑着

Lǚ Dòng Bīn děng yī xiē rén　zī tài shén qíng shì nà yàng yǒu shēng qì　nǐ kàn le　bù jīn huì tuō kǒu zàn
呂洞賓等一些人，姿態神情是那樣有生氣，你看了，不禁會脱口讚

tàn shuō　Huó la
歎説："活啦。"

Huà juàn jì xù zhǎn kāi　lǜ yīn sēn sēn de Bǎi Dòng lòu miàn bù tài jiǔ　biàn lái dào Duì Sōng Shān
　　畫卷繼續展開，綠蔭森森的柏洞露面不太久，便來到對松山。

Liǎng miàn qí fēng duì zhì zhe　mǎn shān fēng dōu shì qí xíng guài zhuàng de lǎo sōng　nián jì pà dōu yǒu
兩面奇峰對峙着，滿山峰都是奇形怪狀的老松，年紀怕都有

shàng qiān suì le　yán sè jìng nà me nóng　nóng·dé hǎo xiàng yào liú xià·lái shì de　Lái dào zhèr nǐ bù
上千歲了，顏色竟那麼濃，濃得好像要流下來似的。來到這兒你不

fáng quán dāng yī cì huà·lǐ de xiě yì rén wù　zuò zài lù páng de Duì Sōng Tíng·lǐ　kàn kan shān sè
妨權當一次畫裏的寫意人物，坐在路旁的對松亭裏，看看山色，

tīng ting liú　shuǐ hé sōng tāo
聽聽流//水和松濤。

Yī shí jiān　wǒ yòu jué·dé zì jǐ bù jǐn shì zài kàn huà juàn　què yòu xiàng shì zài líng líng luàn luàn
　　一時間，我又覺得自己不僅是在看畫卷，卻又像是在零零亂亂

fān zhe yī juàn lì shǐ gǎo běn
翻着一卷歷史稿本。

節選自楊朔《泰山極頂》

育才小學校長陶行知在校園看到學生王友用泥塊砸自己班上的同學，陶行知當即喝止了他，並令他放學後到校長室去。無疑，陶行知是要好好教育這個"頑皮"的學生。那麼他是如何教育的呢？

放學後，陶行知來到校長室，王友已經等在門口準備挨訓了。可一見面，陶行知卻掏出一塊糖果送給王友，並說："這是獎給你的，因為你按時來到這裏，而我卻遲到了。"王友驚疑地接過糖果。

隨後，陶行知又掏出一塊糖果放到他手裏，說："這第二塊糖果也是獎給你的，因為當我不讓你再打人時，你立即就住手了，這說明你很尊重我，我應該獎你。"王友更驚疑了，他眼睛睜得大大的。

陶行知又掏出第三塊糖果塞到王友手裏，說："我調查過了，你用泥塊砸那些男生，是因為他們不守遊戲規則，欺負女生；你砸他們，說明你很正直善良，且有批評不良行為的勇氣，應該獎勵你啊！"王友感動極了，他流着眼淚後悔地喊道："陶……陶校長你打我兩下吧！我砸的不是壞人，而是自己的同學啊……"

陶行知滿意地笑了，他隨即掏出第四塊糖果遞給王友，說："為你正確地認識錯誤，我再獎給你一塊糖果，只可惜我只有這一塊糖果了。我的糖果//沒有了，我看我們的談話也該結束了吧！"說完，就走出了校長室。

節選自《教師博覽·百期精華》中《陶行知的"四塊糖果"》

156

享受幸福是需要學習的，當它即將來臨的時刻需要提醒。人可以自然而然地學會感官的享樂，卻無法天生地掌握幸福的韻律。靈魂的快意同器官的舒適像一對孿生兄弟，時而相傍相依，時而南轅北轍。

幸福是一種心靈的震顫。它像會傾聽音樂的耳朵一樣，需要不斷地訓練。

簡而言之，幸福就是沒有痛苦的時刻。它出現的頻率並不像我們想像的那樣少。人們常常只是在幸福的金馬車已經駛過去很遠時，才撿起地上的金鬃毛說，原來我見過它。

人們喜愛回味幸福的標本，卻忽略它披着露水散發清香的時刻。那時候我們往往步履匆匆，瞻前顧後不知在忙着什麼。

世上有預報颱風的，有預報蝗災的，有預報瘟疫的，有預報地震的。沒有人預報幸福。

其實幸福和世界萬物一樣，有它的徵兆。

幸福常常是朦朧的，很有節制地向我們噴灑甘霖。你不要總希望轟轟烈烈的幸福，它多半只是悄悄地撲面而來。你也不要企圖把水龍頭擰得更大，那樣它會很快地流失。你需要靜靜地以平和之心，體驗它的真諦。

幸福絕大多數是樸素的。它不會像信號彈似的，在很高的天際閃爍紅色的光芒。它披着本色的外//衣，親切溫暖地包裹起我們。

幸福不喜歡喧囂浮華，它常常在暗淡中降臨。貧困中相濡以沫的一塊糕餅，患難中心心相印的一個眼神，父親一次粗糙的撫摸，女友一張溫馨的字條……這都是千金難買的幸福啊。像一粒粒綴在舊綢子上的紅寶石，在淒涼中愈發熠熠奪目。

節選自畢淑敏《提醒幸福》

157

在里約熱內盧的一個貧民窟裏，有一個男孩子，他非常喜歡足球，可是又買不起，於是就踢塑料盒，踢汽水瓶，踢從垃圾箱裏揀來的椰子殼。他在胡同裏踢，在能找到的任何一片空地上踢。

有一天，當他在一處乾涸的水塘裏猛踢一個豬膀胱時，被一位足球教練看見了。他發現這個男孩兒踢得很像是那麼回事，就主動提出要送給他一個足球。小男孩兒得到足球後踢得更賣勁了。不久，他就能準確地把球踢進遠處隨意擺放的一個水桶裏。

聖誕節到了，孩子的媽媽說："我們沒有錢買聖誕禮物送給我們的恩人，就讓我們為他祈禱吧。"

小男孩兒跟隨媽媽祈禱完畢，向媽媽要了一把鏟子便跑了出去。他來到一座別墅前的花園裏，開始挖坑。

就在他快要挖好坑的時候，從別墅裏走出一個人來，問小孩兒在幹什麼，孩子抬起滿是汗珠的臉蛋兒，說："教練，聖誕節到了，我沒有禮物送給您，我願給您的聖誕樹挖一個樹坑。"教練把小男孩兒從樹坑裏拉上來，說，我今天得到了世界上最好的禮物。明天你就到我的訓練場去吧。

三年後，這位十七歲的男孩兒在第六屆足球錦標賽上獨進二十一球，為巴西第一次捧回了金杯。一個原來不//為世人所知的名字——貝利，隨之傳遍世界。

節選自劉燕敏《天才的造就》

記得我十三歲時，和母親住在法國東南部的耐斯城。母親沒有丈夫，也沒有親戚，夠清苦的，但她經常能拿出令人吃驚的東西，擺在我面前。她從來不吃肉，一再說自己是素食者。然而有一天，我發現母親正仔細地用一小塊碎麵包擦那給我煎牛排用的油鍋。我明白了她稱自己為素食者的真正原因。

我十六歲時，母親成了耐斯市美蒙旅館的女經理。這時，她更忙碌了。一天，她癱在椅子上，臉色蒼白，嘴唇發灰。馬上找來醫生，做出診斷：她攝取了過多的胰島素。直到這時我才知道母親多年一直對我隱瞞的疾痛——糖尿病。

她的頭歪向枕頭一邊，痛苦地用手抓撓胸口。床架上方，則掛着一枚我一九三二年贏得耐斯市少年乒乓球冠軍的銀質獎章。

啊，是對我的美好前途的憧憬支撐着她活下去，為了給她那荒唐的夢至少加一點真實的色彩，我祇能繼續努力，與時間競爭，直至一九三八年我被徵入空軍。巴黎很快失陷，我輾轉調到英國皇家空軍。剛到英國就接到了母親的來信。這些信是由在瑞士的一個朋友秘密地轉到倫敦，送到我手中的。

現在我要回家了，胸前佩帶着醒目的綠黑兩色的解放十字綬//帶，上面掛着五六枚我終身難忘的勳章，肩上還佩帶着軍官肩章。到達旅館時，沒有一個人跟我打招呼。原來，我母親在三年半以前就已經離開人間了。

在她死前的幾天中，她寫了近二百五十封信，把這些信交給她在瑞士的朋友，請這個朋友定時寄給我。就這樣，在母親死後的三年半的時間裏，我一直從她身上吸取着力量和勇氣——這使我能夠繼續戰鬥到勝利那一天。

節選自（法）羅曼·加里《我的母親獨一無二》

生活對於任何人都非易事，我們必須有堅韌不拔的精神。最要緊的，還是我們自己要有信心。我們必須相信，我們對每一件事情都具有天賦的才能，並且，無論付出任何代價，都要把這件事完成，當事情結束的時候，你要能問心無愧地說："我已經盡我所能了。"

有一年的春天，我因病被迫在家裏休息數週。我注視着我的女兒們所養的蠶正在結繭，這使我很感興趣。望着這些蠶執着地、勤奮地工作，我感到我和它們非常相似。像它們一樣，我總是耐心地把自己的努力集中在一個目標上。我之所以如此，或許是因為有某種力量在鞭策着我——正如蠶被鞭策着去結繭一般。

近五十年來，我致力於科學研究，而研究，就是對真理的探討。我有許多美好快樂的記憶。少女時期我在巴黎大學，孤獨地過着求學的歲月；在後來獻身科學的整個時期，我丈夫和我專心致志，像在夢幻中一般，坐在簡陋的書房裏艱辛地研究，後來我們就在那裏發現了鐳。

我永遠追求安靜的工作和簡單的家庭生活。為了實現這個理想，我竭力保持寧靜的環境，以免受人事的干擾和盛名的拖累。

我深信，在科學方面我們有對事業而不是//對財富的興趣。我的惟一奢望是在一個自由國家中，以一個自由學者的身份從事研究工作。

我一直沉醉於世界的優美之中，我所熱愛的科學也不斷增加它嶄新的遠景。我認定科學本身就具有偉大的美。

節選自（波蘭）瑪麗居里《我的信念》，劍捷譯

我為什麼非要教書不可？是因為我喜歡當教師的時間安排表和生活節奏。七、八、九三個月給我提供了進行回顧、研究、寫作的良機，並將三者有機融合，而善於回顧、研究和總結正是優秀教師素質中不可缺少的成分。

幹這行給了我多種多樣的"甘泉"去品嘗，找優秀的書籍去研讀，到"象牙塔"和實際世界裏去發現。教學工作給我提供了繼續學習的時間保證，以及多種途徑、機遇和挑戰。

然而，我愛這一行的真正原因，是愛我的學生。學生們在我的眼前成長、變化。當教師意味着親歷"創造"過程的發生——恰似親手賦予一團泥土以生命，沒有什麼比目睹它開始呼吸更激動人心的了。

權利我也有了：我有權利去啟發誘導，去激發智慧的火花，去問費心思考的問題，去讚揚回答的嘗試，去推薦書籍，去指點迷津。還有什麼別的權利能與之相比呢？

而且，教書還給我金錢和權利之外的東西，那就是愛心。不僅有對學生的愛，對書籍的愛，對知識的愛，還有老師才能感受到的對"特別"學生的愛。這些學生，有如冥頑不靈的泥塊，由於接受了老師的熾愛才勃發了生機。

所以，我愛教書，還因為，在那些勃發生機的"特//別"學生身上，我有時發現自己和他們呼吸相通，憂樂與共。

　　　　　　　　　　　節選自（美）彼得基貝得勒《我為什麼當教師》

中國西部我們通常是指黃河與秦嶺相連一線以西，包括西北和西南的十二個省、市、自治區。這塊廣袤的土地面積為五百四十六萬平方公里，佔國土總面積的百分之五十七；人口二點八億，佔全國總人口的百分之二十三。

西部是華夏文明的源頭。華夏祖先的腳步是順着水邊走的：長江上游出土過元謀人牙齒化石，距今約一百七十萬年；黃河中游出土過藍田人頭蓋骨，距今約七十萬年。這兩處古人類都比距今約五十萬年的北京猿人資格更老。

西部地區是華夏文明的重要發源地。秦皇漢武以後，東西方文化在這裏交匯融合，從而有了絲綢之路的駝鈴聲聲，佛院深寺的暮鼓晨鐘。敦煌莫高窟是世界文化史上的一個奇迹，它在繼承漢晉藝術傳統的基礎上，形成了自己兼收並蓄的恢宏氣度，展現出精美絕倫的藝術形式和博大精深的文化內涵。秦始皇兵馬俑、西夏王陵、樓蘭古國、布達拉宮、三星堆、大足石刻等歷史文化遺產，同樣為世界所矚目，成為中華文化重要的象徵。

西部地區又是少數民族及其文化的集萃地，幾乎包括了我國所有的少數民族。在一些偏遠的少數民族地區，仍保留//了一些久遠時代的藝術品種，成為珍貴的"活化石"，如納西古樂、戲曲、剪紙、刺繡、岩畫等民間藝術和宗教藝術。特色鮮明、豐富多彩，猶如一個巨大的民族民間文化藝術寶庫。

我們要充分重視和利用這些得天獨厚的資源優勢，建立良好的民族民間文化生態環境，為西部大開發做出貢獻。

節選自《中考語文課外閱讀試題精選》中《西部文化和西部開發》

　　高興，這是一種具體的被看得到摸得着的事物所喚起的情緒。它是心理的，更是生理的。它容易來也容易去，誰也不應該對它視而不見失之交臂，誰也不應該總是做那些使自己不高興也使旁人不高興的事。讓我們說一件最容易做也最令人高興的事吧，尊重你自己，也尊重別人，這是每一個人的權利，我還要說這是每一個人的義務。

　　快樂，它是一種富有概括性的生存狀態、工作狀態。它幾乎是先驗的，它來自生命本身的活力，來自宇宙、地球和人間的吸引，它是世界的豐富、絢麗、闊大、悠久的體現。快樂還是一種力量，是埋在地下的根脉。消滅一個人的快樂比挖掘掉一棵大樹的根要難得多。

　　歡欣，這是一種青春的、詩意的情感。它來自面向着未來伸開雙臂奔跑的衝力，它來自一種輕鬆而又神秘、朦朧而又隱秘的激動，它是激情即將到來的預兆，它又是大雨過後的比下雨還要美妙得多也久遠得多的回味……

　　喜悅，它是一種帶有形而上的修養和境界。與其說它是一種情緒，不如說它是一種智慧、一種超拔、一種悲天憫人的寬容和理解，一種飽經滄桑的充實和自信，一種光明的理性、一種堅定//的成熟，一種戰勝了煩惱和庸俗的清明澄澈。它是一潭清水，它是一抹朝霞，它是無邊的平原，它是沉默的地平線。多一點兒、再多一點兒喜悅吧，它是翅膀，也是歸巢。它是一杯美酒，也是一朵永遠開不敗的蓮花。

節選自王蒙《喜悅》

163

在灣仔，香港最熱鬧的地方，有一棵榕樹，它是最貴的一棵樹，不光在香港，在全世界，都是最貴的。

樹，活的樹，又不賣何言其貴？只因它老，它粗，是香港百年滄桑的活見證，香港人不忍看着它被砍伐，或者被移走，便跟要佔用這片山坡的建築者談條件：可以在這兒建大樓蓋商廈，但一不准砍樹，二不准挪樹，必須把它原地精心養起來，成為香港鬧市中的一景。太古大廈的建設者最後簽了合同，佔用這個大山坡建豪華商廈的先決條件是同意保護這棵老樹。

樹長在半山坡上，計劃將樹下面的成千上萬噸山石全部掏空取走，騰出地方來蓋樓。把樹架在大樓上面，仿佛它原本是長在樓頂上似的。建設者就地造了一個直徑十八米、深十米的大花盆，先固定好這棵老樹，再在大花盆底下蓋樓。光這一項就花了兩千三百八十九萬港幣，堪稱是最昂貴的保護措施了。

太古大廈落成之後，人們可以乘滾動扶梯一次到位，來到太古大廈的頂層，出後門，那兒是一片自然景色。一棵大樹出現在人們面前，樹幹有一米半粗，樹冠直徑足有二十多米，獨木成林，非常壯觀，形成一座以它為中心的小公園，取名叫“榕圃”。樹前面//插着銅牌，説明原由。此情此景，如不看銅牌的説明，絕對想不到巨樹根底下還有一座宏偉的現代大樓。

節選自舒乙《香港：最貴的一棵樹》

我們的船漸漸地逼近榕樹了。我有機會看清它的真面目：是一棵大樹，有數不清的椏枝，枝上又生根，有許多根一直垂到地上，伸進泥土裏。一部分樹枝垂到水面，從遠處看，就像一棵大樹斜躺在水面上一樣。

現在正是枝繁葉茂的時節。這棵榕樹好像在把它的全部生命力展示給我們看。那麼多的綠葉，一簇堆在另一簇的上面，不留一點縫隙。翠綠的顏色明亮地在我們的眼前閃耀，似乎每一片樹葉上都有一個新的生命在顫動，這美麗的南國的樹！

船在樹下泊了片刻，岸上很濕，我們沒有上去。朋友說這裏是"鳥的天堂"，有許多鳥在這棵樹上做窩，農民不許人去捉它們。我仿佛聽見幾隻鳥撲翅的聲音，但是等到我的眼睛注意地看那裏時，我卻看不見一隻鳥的影子。祇有無數的樹根立在地上，像許多根木樁。地是濕的，大概漲潮時河水常常沖上岸去。"鳥的天堂"裏沒有一隻鳥，我這樣想到。船開了，一個朋友撥着船，緩緩地流到河中間去。

第二天，我們划着船到一個朋友的家鄉去，就是那個有山有塔的地方。從學校出發，我們又經過那"鳥的天堂"。

這一次是在早晨，陽光照在水面上，也照在樹梢上。一切都// 顯得非常光明。我們的船也在樹下泊了片刻。

起初四周圍非常清靜。後來忽然起了一聲鳥叫。我們把手一拍，便看見一隻大鳥飛了起來，接着又看見第二隻，第三隻。我們繼續拍掌，很快地這個樹林就變得很熱鬧了。到處都是鳥聲，到處都是鳥影。大的，小的，花的，黑的，有的站在枝上叫，有的飛起來，在撲翅膀。

節選自巴金《鳥的天堂》

有這樣一個故事。

有人問：世界上什麼東西的氣力最大？回答紛紜的很，有的說"象"，有的說"獅"，有人開玩笑似的說：是"金剛"，金剛有多少氣力，當然大家全不知道。

結果，這一切答案完全不對，世界上氣力最大的，是植物的種子。一粒種子所可以顯現出來的力，簡直是超越一切。

人的頭蓋骨，結合得非常緻密與堅固，生理學家和解剖學者用盡了一切的方法，要把它完整地分出來，都沒有這種力氣。後來忽然有人發明了一個方法，就是把一些植物的種子放在要剖析的頭蓋骨裏，給它以溫度與濕度，使它發芽，一發芽，這些種子便以可怕的力量，將一切機械力所不能分開的骨骼，完整地分開了。植物種子力量之大，如此如此。

這，也許特殊了一點兒，常人不容易理解，那麼，你看見過筍的成長嗎？你看見過被壓在瓦礫和石塊下面的一顆小草的生長嗎？它為着嚮往陽光，為着達成它的生之意志，不管上面的石塊如何重，石與石之間如何狹，它必定要曲曲折折地，但是頑強不屈地透到地面上來，它的根往土壤鑽，它的芽往地面挺，這是一種不可抗拒的力，阻止它的石塊，結果也被它掀翻，一粒種子的力量之大，如 // 此如此。

沒有一個人將小草叫做"大力士"，但是它的力量之大，的確是世界無比。這種力是一般人看不見的生命力。只要生命存在，這種力就要顯現。卜面的石塊，絲毫不足以阻擋。因為它是一種"長期抗戰"的力；有彈性，能屈能伸的力；有韌性，不達目的不止的力。

節選自夏衍《野草》

著名教育家班傑明曾經接到一個青年人的求救電話，並與那個嚮往成功、渴望指點的青年人約好了見面的時間和地點。

待那位青年人如約而至時，班傑明的房門敞開着，眼前的景象卻令青年人頗感意外——班傑明的房間裏亂七八糟、狼藉一片。

沒等青年人開口，班傑明就招呼道：「你看我這房間，太不整潔了，請你在門外等候一分鐘，我收拾一下，你再進來吧。」一邊說着，班傑明就輕輕地關上了房門。

不到一分鐘的時間，班傑明就又打開了房門並熱情地把青年人讓進客廳。這時，青年人的眼前展現出另一番景象——房間內的一切已變得井然有序，而且有兩杯剛剛倒好的紅酒，在淡淡的香水氣息裏還漾着微波。

可是，沒等青年人把滿腹的有關人生和事業的疑難問題向班傑明講出來，班傑明就非常客氣地說道：「乾杯。你可以走了。」

青年人手持酒杯一下子愣住了，既尷尬又非常遺憾地說：「可是，我……我還沒向您請教呢……」

「這些……難道還不夠嗎？」班傑明一邊微笑着，一邊掃視着自己的房間，輕言細語地說，「你進來又有一分鐘了。」

「一分鐘……一分鐘……」青年人若有所思地說，「我懂了，您讓我明白了一分鐘的時間可以做許多事情，可以改變許多事情的深刻道理。」

班傑明舒心地笑了。青年人把杯裏的紅酒一飲而盡，向班傑明連連道謝後，開心地走了。

其實，祇要把握好生命的每一分鐘，也就把握了理想的人生。

節選自紀廣洋《一分鐘》

167

有個塌鼻子的小男孩兒，因為兩歲時得過腦炎，智力受損，學習起來很吃力。打個比方，別人寫作文能寫二三百字，他卻只能寫三五行。但即便這樣的作文，他同樣能寫得很動人。

那是一次作文課，題目是《願望》。他極其認真地想了半天，然後極認真地寫，那作文極短。只有三句話：我有兩個願望，第一個是，媽媽天天笑眯眯地看着我說："你真聰明。"第二個是，老師天天笑眯眯地看着我說："你一點兒也不笨。"

於是，就是這篇作文，深深地打動了他的老師，那位媽媽式的老師不僅給了他最高分，在班上帶感情地朗讀了這篇作文，還一筆一畫地批道：你很聰明，你的作文寫得非常感人，請放心，媽媽肯定會格外喜歡你的，老師肯定會格外喜歡你的，大家肯定會格外喜歡你的。

捧着作文本，他笑了，蹦蹦跳跳地回家了，像隻喜鵲。但他並沒有把作文本拿給媽媽看，他是在等待，等待着一個美好的時刻。

那個時刻終於到了，是媽媽的生日——一個陽光燦爛的星期天：那天，他起得特別早，把作文本裝在一個親手做的美麗的大信封裏，等着媽媽醒來。媽媽剛剛睜眼醒來，他就笑眯眯地走到媽媽跟前說："媽媽，今天是您的生日，我要// 送給您一件禮物。"

果然，看着這篇作文，媽媽甜甜地湧出了兩行熱淚，一把摟住小男孩兒，摟得很緊很緊。

是的，智力可以受損，但愛永遠不會。

節選自張玉庭《一個美麗的故事》

小學的時候，有一次我們去海邊遠足，媽媽沒有做便飯，給了我十塊錢買午餐。好像走了很久，很久，終於到海邊了，大家坐下來便吃飯，荒涼的海邊沒有商店，我一個人跑到防風林外面去，級任老師要大家把吃剩的飯菜分給我一點兒。有兩三個男生留下一點兒給我，還有一個女生，她的米飯拌了醬油，很香。我吃完的時候，她笑眯眯地看着我，短頭髮，臉圓圓的。

她的名字叫翁香玉。

每天放學的時候，她走的是經過我們家的一條小路，帶着一位比她小的男孩兒，可能是弟弟。小路邊是一條清澈見底的小溪，兩旁竹陰覆蓋，我總是遠遠地跟在她後面。夏日的午後特別炎熱，走到半路她會停下來，拿手帕在溪水裏浸濕，為小男孩兒擦臉。我也在後面停下來，把骯髒的手帕弄濕了擦臉，再一路遠遠跟着她回家。

後來我們家搬到鎮上去了，過幾年我也上了中學。有一天放學回家，在火車上，看見斜對面一位短頭髮、圓圓臉的女孩兒，一身素淨的白衣黑裙。我想她一定不認識我了。火車很快到站了，我隨着人群擠向門口，她也走近了，叫我的名字。這是她第一次和我說話。

她笑眯眯的，和我一起走過月臺。以後就沒有再見過//她了。

這篇文章收在我出版的《少年心事》這本書裏。

書出版後半年，有一天我忽然收到出版社轉來的一封信，信封上是陌生的字迹，但清楚地寫着我的本名。

信裏面說她看到了這篇文章心裏非常激動，沒想到在離開家鄉，漂泊異地這麼久之後，會看見自己仍然在一個人的記憶裏，她自己也深深記得這其中的每一幕，只是沒想到越過遙遠的時空，竟然另一個人也深深記得。

節選自苦伶《永遠的記憶》

在繁華的巴黎大街的路旁，站着一個衣衫襤褸、頭髮斑白、雙目失明的老人。他不像其他乞丐那樣伸手向過路行人乞討，而是在身旁立一塊木牌，上面寫着："我什麼也看不見！"街上過往的行人很多，看了木牌上的字都無動於衷，有的還淡淡一笑，便姍姍而去了。

這天中午，法國著名詩人讓·彼浩勒也經過這裏。他看看木牌上的字，問盲老人："老人家，今天上午有人給你錢嗎？"

盲老人歎息着回答："我，我什麼也沒有得到。"說着，臉上的神情非常悲傷。

讓·彼浩勒聽了，拿起筆悄悄地在那行字的前面添上了"春天到了，可是"幾個字，就匆匆地離開了。

晚上，讓·彼浩勒又經過這裏，問那個盲老人下午的情況。盲老人笑着回答說："先生，不知為什麼，下午給我錢的人多極了！"讓·彼浩勒聽了，摸着鬍子滿意地笑了。

"春天到了，可是我什麼也看不見！"這富有詩意的語言，產生這麼大的作用，就在於它有非常濃厚的感情色彩。是的，春天是美好的，那藍天白雲，那綠樹紅花，那鶯歌燕舞，那流水人家，怎麼不叫人陶醉呢？但這良辰美景，對於一個雙目失明的人來說，只是一片漆黑。當人們想到這個盲老人，一生中竟連萬紫千紅的春天//都不曾看到，怎能不對他產生同情之心呢？

節選自小學《語文》第六冊中《語言的魅力》

　　有一次，蘇東坡的朋友張鶚拿着一張宣紙來求他寫一幅字，而且希望他寫一點兒關於養生方面的內容。蘇東坡思索了一會兒，點點頭說：「我得到了一個養生長壽古方，藥只有四味，今天就贈給你吧。」於是，東坡的狼毫在紙上揮灑起來，上面寫着：「一曰無事以當貴，二曰早寢以當富，三曰安步以當車，四曰晚食以當肉。」

　　這哪裏有藥？張鶚一臉茫然地問。蘇東坡笑着解釋說，養生長壽的要訣，全在這四句裏面。

　　所謂「無事以當貴」，是指人不要把功名利祿、榮辱過失考慮得太多，如能在情志上瀟灑大度，隨遇而安，無事以求，這比富貴更能使人終其天年。

　　「早寢以當富」，指吃好穿好、財貨充足，並非就能使你長壽。對老年人來說，養成良好的起居習慣，尤其是早睡早起，比獲得任何財富更加寶貴。

　　「安步以當車」，指人不要過於講求安逸、肢體不勞，而應多以步行來替代騎馬乘車，多運動才可以強健體魄，通暢氣血。

　　「晚食以當肉」，意思是人應該用已饑方食、未飽先止代替對美味佳餚的貪吃無厭。他進一步解釋，餓了以後才進食，雖然是粗茶淡飯，但其香甜可口會勝過山珍；如果飽了還要勉強吃，即使美味佳餚擺在眼前也難以//下嚥。

　　蘇東坡的四味「長壽藥」，實際上是強調了情志、睡眠、運動、飲食四個方面對養生長壽的重要性，這種養生觀點即使在今天仍然值得借鑒。

節選自蒲昭和《贈你四味長壽藥》

人活着，最要緊的是尋覓到那片代表着生命綠色和人類希望的叢林，然後選一高高的枝頭站在那裏觀覽人生，消化痛苦，孕育歌聲，愉悅世界！

這可真是一種瀟灑的人生態度，這可真是一種心境爽朗的情感風貌。

站在歷史的枝頭微笑，可以減免許多煩惱。在那裏，你可以從眾生相所包含的甜酸苦辣、百味人生中尋找你自己，你境遇中的那點兒苦痛，也許相比之下，再也難以佔據一席之地，你會較容易地獲得從不悅中解脫靈魂的力量，使之不致變得灰色。

人站得高些，不但能有幸早些領略到希望的曙光，還能有幸發現生命的立體的詩篇。每一個人的人生，都是這詩篇中的一個詞、一個句子或者一個標點。你可能沒有成為一個美麗的詞，一個引人注目的句子，一個驚嘆號，但你依然是這生命的立體詩篇中的一個音節、一個停頓、一個必不可少的組成部分。這足以使你放棄前嫌，萌生為人類孕育新的歌聲的興致，為世界帶來更多的詩意。

最可怕的人生見解，是把多維的生存圖景看成平面。因為那平面上刻下的大多是凝固了的歷史——過去的遺迹；但活着的人們，活得卻是充滿着新生智慧的，由//不斷逝去的“現在”組成的未來。人生不能像某些魚類躺着游，人生也不能像某些獸類爬着走，而應該站着向前行，這才是人類應有的生存姿態。

節選自（美）本傑明·拉什《站在歷史的枝頭微笑》

中國的第一大島、臺灣省的主島臺灣，位於中國大陸架的東南方，地處東海和南海之間，隔着臺灣海峽和大陸相望。天氣晴朗的時候，站在福建沿海較高的地方，就可以隱隱約約地望見島上的高山和雲朵。

臺灣島形狀狹長，從東到西，最寬處只有一百四十多公里；由南至北，最長的地方約有三百九十多公里。地形像一個紡織用的梭子。

臺灣島上的山脈縱貫南北，中間的中央山脈猶如全島的脊樑。西部為海拔近四千米的玉山山脈，是中國東部的最高峰。全島約有三分之一的地方是平地，其餘為山地。島內有緞帶般的瀑布，藍寶石似的湖泊，四季常青的森林和果園，自然景色十分優美。西南部的阿里山和日月潭，臺北市郊的大屯山風景區，都是聞名世界的遊覽勝地。

臺灣島地處熱帶和溫帶之間，四面環海，雨水充足，氣溫受到海洋的調劑，冬暖夏涼，四季如春，這給水稻和果木生長提供了優越的條件。水稻、甘蔗、樟腦是臺灣的"三寶"。島上還盛產鮮果和魚蝦。

臺灣島還是一個聞名世界的"蝴蝶王國"。島上的蝴蝶共有四百多個品種，其中有不少是世界稀有的珍貴品種。島上還有不少鳥語花香的蝴//蝶谷，島上居民利用蝴蝶製作的標本和藝術品，遠銷許多國家。

節選自《中國的寶島——臺灣》

duì yú Zhōng Guó de niú　wǒ yǒu zhe yī zhǒng tè bié zūn jìng de gǎn qíng
對於中國的牛，我有着一種特別尊敬的感情。

Liú gěi wǒ yìn xiàng zuì shēn de　yào suàn zài tián lǒng·shàng de yī cì　xiāng yù
留給我印象最深的，要算在田壟上的一次"相遇"。

Yī qún péng you jiāo yóu　wǒ lǐng tóu zài xiá zhǎi de qiān mò·shàng zǒu　zěn liào yíng miàn lái le jǐ tóu
一群朋友郊遊，我領頭在狹窄的阡陌上走，怎料迎面來了幾頭
gēng niú　xiá dào róng·bù xià rén hé niú　zhōng yǒu yī fāng yào ràng lù　Tā men hái méi·yǒu zǒu jìn　wǒ
耕牛，狹道容不下人和牛，終有一方要讓路。它們還沒有走近，我
men yǐ jīng yù jì dòu·bù guò chù sheng　kǒng pà nán miǎn cǎi dào tián dì ní shuǐ·lǐ　nòng de xié wà yòu
們已經預計鬥不過畜牲，恐怕難免踩到田地泥水裏，弄得鞋襪又
ní yòu shī le　Zhèng chí chú de shí hou　dài tóu de yī tóu niú　zài lí wǒ men bù yuǎn de dì fang tíng
泥又濕了。正踟躕的時候，帶頭的一頭牛，在離我們不遠的地方停
xià·lái　tái qǐ tóu kàn kan　shāo chí yí yī xià　jiù zì dòng zǒu·xià tián qù　Yī duì gēng niú　quán gēn
下來，擡起頭看看，稍遲疑一下，就自動走下田去。一隊耕牛，全跟
zhe tā lí kāi qiān mò　cóng wǒ men shēn biān jīng guò
着它離開阡陌，從我們身邊經過。

Wǒ men dōu dāi le　huí guò tóu·lái　kàn zhe shēn hè sè de niú duì　zài lù de jìn tóu xiāo shī　hū
我們都呆了，回過頭來，看着深褐色的牛隊，在路的盡頭消失，忽
rán jué de zì jǐ shòu le hěn dà de ēn huì
然覺得自己受了很大的恩惠。

Zhōng Guó de niú　yǒng yuǎn chén mò de wèi rén zuò zhe chén zhòng de gōng zuò　Zài dà dì·shàng
中國的牛，永遠沉默地為人做着沉重的工作。在大地上，
zài chén guāng huò liè rì·xià　tā tuō zhe chén zhòng de lí　dī tóu yī bù yòu yī bù　tuō chū le shēn hòu
在晨光或烈日下，它拖着沉重的犁，低頭一步又一步，拖出了身後
yī liè yòu yī liè sōng tǔ　hǎo ràng rén men xià zhǒng　Děng dào mǎn dì jīn huáng huò nóng xián shí hou
一列又一列鬆土，好讓人們下種。等到滿地金黃或農閒時候，
tā kě néng hái děi dān dāng bān yùn fù zhòng de gōng zuò　huò zhōng rì rào zhe shí mò　cháo tóng yī fāng
它可能還得擔當搬運負重的工作，或終日繞着石磨，朝同一方
xiàng　zǒu bù jì chéng de lù
向，走不計程的路。

Zài tā chén mò de láo dòng zhōng　rén biàn dé dào yīng dé de shōu cheng
在它沉默的勞動中，人便得到應得的收成。

Nà shí hou　yě xǔ　tā kě yǐ sōng yī jiān zhòng dàn　zhàn zài shù·xià　chī jǐ kǒu nèn cǎo　Ǒu
那時候，也許，它可以鬆一肩重擔，站在樹下，吃幾口嫩草。偶
ěr yáo yao wěi ba　bǎi bai ěr duo　gǎn zǒu fēi fù zài tā shēn·shàng de cāng ying　yǐ jīng suàn shì tā zuì
爾搖搖尾巴，擺擺耳朵，趕走飛附在它身上的蒼蠅，已經算是它最
xián shì de shēng huó le
閒適的生活了。

Zhōng Guó de niú　méi·yǒu chéng qún bēn pǎo de xí　guàn　yǒng yuǎn chén chén shí shí de　Mò mò
中國的牛，沒有成群奔跑的習//慣，永遠沉沉實實的，默默
de gōng zuò　píng xīn jìng qì　Zhè jiù shì Zhōng Guó de niú
地工作，平心靜氣。這就是中國的牛！

節選自小思《中國的牛》

Bù guǎn wǒ de mèng xiǎng néng fǒu chéng wéi shì shí　shuō chū·lái zǒng shì hǎo wánr　de
不 管 我 的 夢 想 能 否 成 為 事 實，說 出 來 總 是 好 玩 兒 的：

Chūn tiān　wǒ jiāng yào zhù zài Háng Zhōu　Èr shí nián qián　jiù lì de èr yuè chū　zài Xī Hú wǒ
春 天，我 將 要 住 在 杭 州。二 十 年 前，舊 曆 的 二 月 初，在 西 湖 我
kàn·jiàn le nèn liǔ yǔ cài huā　bì làng yǔ cuì zhú　Yóu wǒ kàn dào de nà diǎnr chūn guāng　yǐ·jīng kě
看 見 了 嫩 柳 與 菜 花，碧 浪 與 翠 竹。由 我 看 到 的 那 點 兒 春 光，已 經 可
yǐ duàn dìng　Háng Zhōu de chūn tiān bì dìng huì jiào rén zhěng tiān shēng huó zài shī yǔ tú huà zhī zhōng
以 斷 定，杭 州 的 春 天 必 定 會 教 人 整 天 生 活 在 詩 與 圖 畫 之 中。
Suǒ yǐ　chūn tiān wǒ de jiā yīng dāng shì zài Háng Zhōu
所 以，春 天 我 的 家 應 當 是 在 杭 州。

Xià tiān　wǒ xiǎng Qīng Chéng Shān yīng dāng suàn zuò zuì lǐ xiǎng de dì fang　Zài nà·lǐ　wǒ suī
夏 天，我 想 青 城 山 應 當 算 作 最 理 想 的 地 方。在 那 裏，我 雖
rán zhǐ zhù guo shí tiān　kě shì tā de yōu jìng yǐ shuān zhù le wǒ de xīn líng　Zài wǒ suǒ kàn·jiàn guo de
然 只 住 過 十 天，可 是 它 的 幽 靜 已 拴 住 了 我 的 心 靈。在 我 所 看 見 過 的
shān shuǐ zhōng　zhǐ yǒu zhè·lǐ méi·yǒu shǐ wǒ shī wàng　Dào chù dōu shì lǜ　mù zhī suǒ jí　nà piàn
山 水 中，只 有 這 裏 沒 有 使 我 失 望。到 處 都 是 綠，目 之 所 及，那 片
dàn ér guāng rùn de lǜ sè dōu zài qīng qīng de chàn dòng　fǎng fú yào liú rù kōng zhōng yǔ xīn zhōng shì
淡 而 光 潤 的 綠 色 都 在 輕 輕 地 顫 動，仿 佛 要 流 入 空 中 與 心 中 似
de　Zhè ge lǜ sè huì xiàng yīn yuè　dí qīng le xīn zhōng de wàn lǜ
的。這 個 綠 色 會 像 音 樂，滌 清 了 心 中 的 萬 慮。

Qiū tiān yī dìng yào zhù Běi Píng　Tiān táng shì shén me yàng zi　wǒ bù zhī·dào　dàn shì cóng wǒ
秋 天 一 定 要 住 北 平。天 堂 是 什 麼 樣 子，我 不 知 道，但 是 從 我
de shēng huó jīng yàn qù pàn duàn　Běi Píng zhī qiū biàn shì tiān táng　Lùn tiān qì　bù lěng bù rè　Lùn
的 生 活 經 驗 去 判 斷，北 平 之 秋 便 是 天 堂。論 天 氣，不 冷 不 熱。論
chī de　píng guǒ　lí　shì zi　zǎo pú·táo　měi yàng dōu yǒu ruò gān zhǒng　Lùn huā cǎo　jú huā
吃 的，蘋 果、梨、柿 子、棗 兒、葡 萄，每 樣 都 有 若 干 種。論 花 草，菊 花
zhǒng lèi zhī duō　huā shì zhī qí　kě yǐ jiǎ tiān xià　Xī Shān yǒu hóng yè kě jiàn　Běi Hǎi kě yǐ huá
種 類 之 多，花 式 之 奇，可 以 甲 天 下。西 山 有 紅 葉 可 見，北 海 可 以 划
chuán　suī rán hé huā yǐ cán　hé yè kě hái yǒu yī piàn qīng xiāng　Yī shí zhù xíng　zài Běi Píng de
船 —— 雖 然 荷 花 已 殘，荷 葉 可 還 有 一 片 清 香。衣 食 住 行，在 北 平 的
qiū tiān　shì méi·yǒu yī xiàng bù shǐ rén mǎn yì de
秋 天，是 沒 有 一 項 不 使 人 滿 意 的。

Dōng tiān　wǒ hái méi·yǒu dǎ hǎo zhǔ yi　Chéng Dū huò zhě xiāng dāng de hé shì　suī rán bìng bù
冬 天，我 還 沒 有 打 好 主 意，成 都 或 者 相 當 得 合 適，雖 然 並 不
zěn yàng hé nuǎn　kě shì wèi le shuǐ xiān　sù xīn là méi　gè sè de chá huā　fǎng fú jiù shòu yī diǎnr
怎 樣 和 暖，可 是 為 了 水 仙，素 心 臘 梅，各 色 的 茶 花，仿 佛 就 受 一 點
hán lěng　yě pō zhí·dé qù le　Kūn Míng de huā yě duō　ér qiě tiān qì bǐ Chéng Dū hǎo　kě
兒 寒 // 冷，也 頗 值 得 去 了。昆 明 的 花 也 多，而 且 天 氣 比 成 都 好，可
shì jiù shū pù yǔ jīng měi ér pián yi de xiǎo chī yuǎn·bù jí Chéng Dū nà me duō　hǎo ba　jiù zàn zhè
是 舊 書 舖 與 精 美 而 便 宜 的 小 吃 遠 不 及 成 都 那 麼 多。好 吧，就 暫 這
me guī dìng　Dōng tiān bù zhù Chéng Dū biàn zhù Kūn Míng ba
麼 規 定：冬 天 不 住 成 都 便 住 昆 明 吧。

Zài kàng zhàn zhōng　wǒ méi néng fā guó nàn cái　Wǒ xiǎng　kàng zhàn shèng lì yǐ hòu　wǒ bì néng
在 抗 戰 中，我 沒 能 發 國 難 財。我 想，抗 戰 勝 利 以 後，我 必 能
kuò qǐ·lái　Nà shí hou　jiǎ ruò fēi jī jiǎn jià　yī èr bǎi yuán jiù néng mǎi yī jià de huà　wǒ jiù zì
闊 起 來。那 時 候，假 若 飛 機 減 價，一 二 百 元 就 能 買 一 架 的 話，我 就 自
bèi yī jià　zé huáng dào jí rì màn màn de fēi xíng
備 一 架，擇 黃 道 吉 日 慢 慢 地 飛 行。

節 選 自 老 舍《住 的 夢》

我不由得停住了腳步。

從未見過開得這樣盛的藤蘿，只見一片輝煌的淡紫色，像一條瀑布，從空中垂下，不見其發端，也不見其終極，只是深深淺淺的紫，仿佛在流動，在歡笑，在不停地生長。紫色的大條幅上，泛着點點銀光，就像迸濺的水花。仔細看時，才知那是每一朵紫花中的最淺淡的部分，在和陽光互相挑逗。

這裏除了光彩，還有淡淡的芳香。香氣似乎也是淺紫色的，夢幻一般輕輕地籠罩着我。忽然記起十多年前，家門外也曾有過一大株紫藤蘿，它依傍一株枯槐爬得很高，但花朵從來都稀落，東一穗西一串伶仃地掛在樹梢，好像在察顏觀色，試探甚麼。後來素性連那稀零的花串也沒有了。園中別的紫藤花架也都拆掉，改種了果樹。那時的説法是，花和生活腐化有甚麼必然關係。我曾遺憾地想：這裏再看不見藤蘿花了。

過了這麼多年，藤蘿又開花了，而且開得這樣盛，這樣密，紫色的瀑布遮住了粗壯的盤虯臥龍般的枝幹，不斷地流着，流着，流向人的心底。

花和人都會遇到各種各樣的不幸，但是生命的長河是無止境的。我撫摸了一下那小小的紫色的花艙，那裏滿裝了生命的酒釀，它張滿了帆，在這//閃光的花的河流上航行。它是萬花中的一朵，也正是由每一個一朵，組成了萬花燦爛的流動的瀑布。

在這淺紫色的光輝和淺紫色的芳香中，我不覺加快了腳步。

節選白宗璞《紫藤蘿瀑布》

在一次名人訪問中，被問及上個世紀最重要的發明是甚麼時，有人說是電腦，有人說是汽車，等等。但新加坡的一位知名人士卻說是冷氣機。他解釋，如果沒有冷氣，熱帶地區如東南亞國家，就不可能有很高的生產力，就不可能達到今天的生活水準。他的回答實事求是，有理有據。

看了上述報導，我突發奇想：為甚麼沒有記者問："二十世紀最糟糕的發明是甚麼？"其實二○○二年十月中旬，英國的一家報紙就評出了"人類最糟糕的發明"。獲此"殊榮"的，就是人們每天大量使用的塑料袋。

誕生於上個世紀三十年代的塑料袋，其家族包括用塑料製成的快餐飯盒、包裝紙、餐用杯盤、飲料瓶、酸奶杯、雪糕杯等等。這些廢棄物形成的垃圾，數量多、體積大、重量輕、不降解，給治理工作帶來很多技術難題和社會問題。

比如，散落在田間、路邊及草叢中的塑料餐盒，一旦被牲畜吞食，就會危及健康甚至導致死亡。填埋廢棄塑料袋、塑料餐盒的土地，不能生長莊稼和樹木，造成土地板結。而焚燒處理這些塑料垃圾，則會釋放出多種化學有毒氣體，其中一種稱為二噁英的化合物，毒性極大。

此外，在生產塑料袋、塑料餐盒的// 過程中使用的氟利昂，對人體免疫系統和生態環境造成的破壞也極為嚴重。

節選自林光如《最糟糕的發明》

# 命題説話

　　"命題説話"是普通話水平測試的第五項測試內容，限時3分鐘。在五項測試中，説話部分和朗讀部分一樣佔分最多，為30分，該項得分對應試人的成績有很大的影響。

　　命題説話的測試目的在於測查應試人在沒有文字憑藉的情況下説普通話的水平，重點測查應試人語音的標準程度、詞彙語法的規範程度和説話的自然流暢程度。

　　備考的説話題目共30道，考試時由應試人從指定的兩個話題中任選一個，進行3分鐘的單向説話。

　　為了更好地完成這一部分測試，我們須做好試前準備，瞭解考試的失分點，瞭解考試的程式，並對每道題目進行仔細分析，擬定準備步驟。

　　説話這一項的總分為30分，除缺時會被扣分之外，評分點共分三項，語音標準程度佔20分，詞彙語法規範程度佔5分，自然流暢程度佔5分。

　　本項測試屬於綜合測查性質。總體而言，需要應試人去除方言影響。它對語音標準、詞彙語法規範、説話自然流暢、時間控制都有極高的要求。在語音方面，需要注意聲母、韻母、聲調的準確，還要體現出變調、輕聲、兒化等特殊的語音現象。在詞彙語法規範層面，需要詞彙規範、語法規範。在自然流暢程度層面，需要注意停連得當，語氣語調自然，不要出現回讀和背稿現象。另外，時間也需要控制得當，不要缺時。

對於本項測試的扣分標準，詳細解釋如下。

## 一、語音標準程度。共20分。分六檔：

一檔：語音標準，或極少有失誤。扣0分、0.5分、1分。

二檔：語音錯誤在10次以下，有方音但不明顯。扣1.5分、2分。

三檔：語音錯誤在10次以下，但方音比較明顯；或語音錯誤在10次-15次之間，有方音但不明顯。扣3分、4分。

四檔：語音錯誤在10-15次之間，方音比較明顯。扣5分、6分。

五檔：語音錯誤超過15次，方音明顯。扣7分、8分、9分。

六檔：語音錯誤多，方音重。扣10分、11分、12分。

## 二、詞彙語法規範程度，共5分。分三檔：

一檔：詞彙、語法規範。扣0分。

二檔：詞彙、語法偶有不規範的情況。扣0.5分、1分。

三檔：詞彙、語法屢有不規範的情況。扣2分、3分。

## 三、自然流暢程度，共5分。分三檔：

一檔：語言自然流暢。扣0分。

二檔：語言基本流暢，口語化較差，有背稿子的情況。扣0.5分、1分。

三檔：語言不連貫，語調生硬。扣2分、3分。

## 四、缺時問題

• 説話不足3分鐘，酌情扣分：

• 缺時1分鐘及1分鐘以內，扣1分、2分、3分。

• 缺時1分鐘以上，扣4分、5分、6分。

• 説話時間不足30秒（含30秒），本項測試成績為0分。

# 去除方言影響：命題說話的應考難點

　　命題說話最能反映應試人口頭表達能力和口語水平，應該特別重視，認真準備。然而，由於"說話"是日常時時刻刻在進行的，很多應試人對這一項準備覺得無從下手。其實只要按照考試評分項中的要求，我們就可以從語音、詞彙語法、自然流暢等幾個方面着手準備。

　　在本項測試30分中，語音佔了20分，所以需要認真解決語音的問題。對於香港應試者來說，首要是去除或盡量減少粵方言的影響，把容易誤讀的字詞讀正確。具體而言，主要從聲母、韻母、聲調等方面多加注意。

## 1. 語音標準：聲母

### 普通話有而粵方言沒有的聲母

　　粵方言沒有舌面音 j（基）q（欺）x（希），舌尖前音 z（資）c（雌）s（思），舌尖後音 zh（知）ch（蚩）sh（詩）r（日）。發音時，香港人容易把這三組音混淆，或者用粵方言中的"dz""ts""s""j"來代替，因而分不清"繼續"、"自序"、"秩序"。所以需要重點練習這三組聲母的發音，掌握它們的區別。

### 粵方言有，而普通話沒有的聲母

　　粵方言有舌根音聲母"ng"，這個音普通話不是作為聲母，而是作為後鼻音韻尾。例如"牙"在粵方言中的聲母是"ng"而普通話是零聲母。所以這一類聲母應該單獨記住，並找到對應的規律。

### 容易混淆的聲母

　　如n（訥）和l（勒）在粵方言中本來是可以區分的，但是目前越來越多的香港人將n混入l，而造成混淆。例如"嶺南(n)"常被讀作"嶺藍(l)"，"無奈(n)"與"無賴(l)"不分，"水牛(n)"與"水流(l)"不分。應試人需要在平時的交際口語中注意把這兩組音區分清楚。

## 2. 語音標準：韻母

### 難讀韻母的發音

例如ü的發音。ü是舌面前元音，具有前、高、圓唇的特點。香港人常常把一些韻母為ü的字音發錯。例如 "徐州" 誤讀為 "隨州"，"屢次" 誤讀為 "累次"。

再如er韻母，香港人常常因為卷舌度不夠，而漏掉了r，使這個韻母變成了單母音e韻母，例如將 "兒子" 發成 "蛾子"。其實這個韻母的字不多，可以將常用字按照四聲順序一一背熟，例如兒、而(第二聲，ˊ)，耳、餌、爾、邇、洱(第三聲，ˇ)，二、貳(第四聲，ˋ)。

### 前後鼻音混淆

香港應試者常常出現前後鼻音不分的情況，例如將 "英雄" 説成 "音雄"，"安心" 説成 "骯星" 等等。應試人需要加強前鼻音和後鼻音的分辨訓練。

### 避免入聲

普通話沒有入聲字，而粵方言保留了三個入聲韻尾，分別是[-p][-t][-k]。例如 "集" 收[-p]尾，"一" 收[-t]尾，"力" 收[-k]尾，它們的發音特點是短促，一個音節結束時有一個短促的收尾停頓。普通話沒有入聲，所以應試人需要注意不要按入聲的方法發音。

## 3. 語音標準：聲調

對於香港應試者而言，聲調錯誤主要表現為：陰平(第一聲，ˉ)不夠高，陽平(第二聲，ˊ)升不夠，上聲(第三聲，ˇ)沒拐彎，去聲(第四聲，ˋ)降不低。並且，第一聲和第四聲容易混淆，第二聲和第三聲容易混淆。

## 4. 語音標準：語流音變

"説話" 中有相當多的 "語流音變"。具體而言，在語流音變方面應試人需要注意：

- 三聲連讀變調，尤其是2個、3個或多個三聲字連讀時的變調規律
- "一" 和 "不" 的音變規律
- "啊" 的音變規律等等
- 輕聲、兒化在語言中的應用情況

**注意**：語音各方面的問題，本書在 "語音部分" 已有詳細的論述和練習，本節不再做重複，請參考相關部分。

# 5. 詞彙語法：詞彙規範

所謂詞彙規範，主要是避免出現下列三種情況。

## 避免方言詞彙

這裏所謂的方言，對於大部分的香港人來說主要是粵方言。我們在這裏給大家歸納出測試時常見的詞彙錯誤。

"懂"和"會"

"懂"是"明白、瞭解、知道"的意思，可以單獨作謂語、也作動詞"聽、看"的補語。例如：

1 這道題目，我不懂。

2 你懂他的意思嗎？

3 我聽得懂中文，但是看不懂。

"會"是指掌握某種技能，擁有某種能力，可單獨作謂語，也可以作"學"等動詞的補語。例如：

1 我會彈鋼琴。

2 這道題目，我怎麼也學不會。

3 她會做飯，會理財，還會好幾種外語，真是個人才！

"都"和"也"

"都"是副詞，強調全部包括，沒有例外。例如：

1 我們都是學生，你呢？

2 我每天都會去健身房跑步。

3 所有人都説要再去一次那家餐廳。

"都"還可以用為程度副詞，表示"已經"或者"甚至"。例如：

1 我都去了好幾次了。（已經）

2 他忙得連口水都沒喝。（甚至）

"也"表示兩件事物有相同或相似之處。例如：

1 他點了意大利麵，我也點了意大利麵。

2 你累了，我也累了。

3 我也很迷惑，要不我們上網查一查吧。

"也"還可以與"即使/就算"連用，表示"不論情況怎樣，結果都相同"的意思。例如：
1 即使下雨，我們也要去遊樂園。
2 就算沒有熱水，我也要洗澡。

## "這""今""本"的用法

1 "這＋量詞"，如：

這場(表演)，這次(比賽)，這個(學期)，這趟(旅行)等。這個用法，不可用"今"來替換。

2 "這＋時間詞"，如：

這天，這年，這學期。"這"在這裏強調"特定的"，而不指現在，不可用"今"來替換。例如"2009年的聖誕節這天，對他來說意義深遠"。

3 "今"之後不接量詞，可直接跟時間詞，表示"現在、當下"的含義。如：

今天、今年等。

4 "本"和"這"的第一個用法基本相同，但語氣較為書面化，其後所接的量詞也沒有"這"那麼多。例如：

本場(比賽)，本次(旅行)等。

## "二"和"兩"

"兩"和"二"意思相同，但習慣用法有區別。

1 序數只能用"二"，不能用"兩"，如"第二，二叔、二年級，二月份"。

2 基數"十、百"前多用"二"，"百、千、萬、億"前多用"兩"，如"二十，二百/兩百，兩千，兩萬，兩億"等。

3 傳統量詞前一般用"兩"，如"兩斤牛奶"；新興量詞前可用"二"也可用"兩"，如"二釐米/兩釐米"。表示度量衡的量詞前邊可以用"兩"也可以用"二"，如"兩尺布/二尺布"。"兩"作量詞時，前面用"二"，如"二兩白酒"。

4 "二"和"三"連用時：數目不超過十，一般用"兩"不用"二"，如"兩三個"不説"二三個"；當超過二十時，一般用"二"不用"兩"，如"二三十萬"。

5 做單獨的個位數時，多用"兩"，如"兩人，兩天"；做多位數的個位時，多用"二"，如"三十二，一百零二"；在多位數的中間，只能用"二"，如"六百二十五"。

6 當數字讀，包括小數、分數，用"二"，如"三點二，百分之二"。

7 "兩"有"成雙、成對"的意思，不可用"二"代替，如"兩岸、兩性、兩難、兩者、兩個、兩極"。

8 "兩"在口語中有"大約"的含義，如"過兩天我再來"並不表示真正的"兩天"，而是一種虛指。

9 "二"在口語中有"楞、傻、不知輕重、不分場合"的含義。如把說話不正經、傻頭傻腦、好出洋相的人叫做"二百五"；把技術不精通的人叫做"二把刀"等。

## 避免外語

外語

　　香港是中西交融的國際大都市，英文和中文都是通用語言。學校的教學採用英文的較多，所以港人在口頭表達時也常常是中英夾雜。

　　本項測試中，如果在沒有標準中文翻譯的情況下，可以允許用外語，但最好加上中文解釋。例如可以説"我住在hostel A"，但最好再加上一句"也就是第一宿舍"。

　　但是如果有中文翻譯，則不允許出現英文，例如"我常去旺角shopping"，應該説"我常去旺角逛街、買東西"。

　　除了一些常見的英文單詞之外，在説話中最常出現的英文單詞主要是人名、地名等專有名詞，例如在説話題目"我喜歡的明星"中，常常有應試人講外國的明星。在沒有中文翻譯的情況下，可以用外語；但是如果有中文譯名，則應該用中文。例如，美國女歌手Mariah Carey，一般不用英文表達，而應該説其中文譯名"瑪麗亞·凱莉"，有的香港傳媒譯為"瑪麗·嘉兒"，但是應該以普通話的翻譯為準。

　　此外，在香港的日常語言中也會夾雜一些日語詞彙，例如曾有應試人在考試時説過"明星中古衣店"。其中的"中古"是日語詞，意思是"二手的、舊的"，我們可以説成"明星二手衣店"。其他語言情況可以類推。

外來詞

　　香港接受西方新事物、新觀念非常快，所以外來詞特別多。由於港人英文水平普遍較好，所以和內地相比，香港多用廣東話語音音譯詞，而大內地多用意譯或與普通話語音對應的音譯詞。例如：

| 普通話 | 廣東話 | 普通話 | 廣東話 |
|---|---|---|---|
| 公共汽車 | 巴士 | 出租汽車 | 的士 |
| 球 | 波 | 襯衣 | 恤衫 |
| 膠卷 | 菲林 | 雜貨鋪 | 士多 |
| 草莓 | 士多啤梨 | 櫻桃 | 車厘子 |
| 李子 | 布冧 | 靠墊 | 咕𠱸 |
| 百分數 | 巴仙 | 時裝表演 | 花生騷 |

| 普通話 | 廣東話 | 普通話 | 廣東話 |
|---|---|---|---|
| 領結 | 煲呔 | 領帶 | 呔 |
| 迪斯可 | 的士高 | 卡 | 咭 |
| 好萊塢 | 荷里活 | 麥克風 | 咪 |
| 吉他 | 結他 | 沙發 | 梳化 |
| 切片麵包 | 多士 | 巧克力 | 朱古力 |

## 避免 "潮語"

目前在香港年輕人的口中常常出現所謂的 "潮語"，流行範圍非常廣泛。除了在年輕人口中使用之外，還經常出現在媒體報章之上，甚至還出版了多本 "潮語辭典"。

雖然這些潮語生動活潑，較能表現出語言使用者的思想情緒。但是由於尚未被標準漢語所接受，一般不允許出現在說話當中。從另外一個角度來說，所謂的潮語基本上都可以用標準漢語詞彙來表達。例如 "升呢" 可以說成 "檔次 (層次) 提升"、"升級"，"hea" 可以說成 "無所事事" 等。

總之，在詞彙部分要把握一個原則，就是語言一定要用標準、純正的普通話詞彙。

# 6. 詞彙語法：語法規範

由於受到粵方言及英文的語法的影響，香港應試者常常出現一些不合普通話語法規範的表達。我們需要認真糾正這些錯誤的表達方式。

## 比較句

普通話的比較句中，有一類的格式是 "A+ 比 +B+ 比較詞"，例如 "他比我高"。粵語則不用這種句式，而常說成 "A+ 比較詞＋過 +B"，如 "他高過我"。下面請大家先來看幾個例子，然後再做練習。

| 正 | 誤 |
|---|---|
| 桌子比椅子高。 | 桌子高過椅子。 |
| 新界比港島大很多。 | 新界大過港島很多。 |
| 我跑步比他快。 | 我跑步快過他。 |
| 她跳得比我優美。 | 她跳得優美過我。 |

**【練習】請將下列句子改為普通話的表達方法，再讀出來。**

1 小明大過小亮三歲。
2 太平洋大過北冰洋好幾倍。
3 他吃飯快過其他人。
4 她十分聰明，普通話説得流利過其他同學好多。

## 雙賓語句

　　普通話裏，有些動詞作謂語時可以帶兩個賓語，一個是近賓語，指人，一個人遠賓語，指物。近賓語在遠賓語之前，緊跟謂語動詞。例如在 "他給我一本書" 中，"給" 是謂語動詞，緊接其後的是近賓語 "我"，"（一本）書" 是遠賓語。

　　而粵方言除了可以和普通話表達方式一致之外，還可以用 "動詞＋遠賓語＋近賓語" 的句型。例如：

| 正 | 誤 |
|---|---|
| 媽媽給我一杯水。 | 媽媽給一杯水我。 |
| 他送給我兩台電腦。 | 他送兩台電腦畀我。 |

**【練習】請將下列句子改為普通話的表達方法，再讀出來。**

1 請找錢我。
2 等她過生日的時候，我們打算送一個生日蛋糕畀她。

## "動詞＋補語＋賓語" 的否定句

　　普通話用 "動詞＋不＋補語＋賓語" 的否定句表示 "目標沒有達到，沒有實現" 的意思。廣東話用 "動詞＋賓語＋唔＋補語" 的句型，與普通話不同。例如：

| 正 | 誤 |
|---|---|
| 你説不過我。 | 你講我唔贏。 |
| 怎麼也砸不爛這個杯子。 | 點都打個杯唔爛。 |

**【練習】請將下列句子改為普通話的表達方法，再讀出來。**

① 你打他唔贏。

② 他脱襪子唔掉。

## 狀語 + 動詞

普通話中副詞修飾動詞時，副詞放在動詞之前作狀語，而粵方言則將副詞放在動詞之後。例如：

| 正 | 誤 |
|---|---|
| 你先走。 | 你走先。 |
| 我多拿了一本書。 | 我拿多了一本書。 |
| 你少抽點煙，多喝點水。 | 你抽少點煙，喝多點水。 |

**【練習】請將下列句子改為普通話的表達方法，再讀出來。**

① 你吃飯先。

② 講少點話，做多點事。

# 7. 自然流暢

所謂自然流暢程度，主要是指兩個方面，一是自然，一是流暢。

所謂説話自然，就是指説話要用現代白話口語的詞彙和語氣，以"説話"的口吻，而不是像"背稿子"那樣顯得生硬。

## 説口語　避文言

這個部分的扣分點具體而言就是不要出現過多的書面語，要避免文言化的傾向；同時也不可以背稿子。

眾所周知，粵方言保留了較多的古漢語詞彙。說話時，要避免一些標準漢語中已經不用或少用的古漢語文言詞，例如不可以將"我知道"簡化為廣東話中的"我知"，不可以將"我明白"說成廣東話的"我明"等等。

在避免文言化方面，原則就是盡量用口語化的表達方法來表達。有些應試人為了使自己的說話更有深度、有層次，往往會在說話中加入較多的成語、書面語。這些成語、書面語必須要用得恰到好處才能起到畫龍點睛的效果，否則只能適得其反，弄巧成拙。

## 慎成語　不背稿

例如有應試人曾將"明日黃花"說成"昨日黃花"。"明日黃花"這一成語最早出自蘇軾的《九日次韻王鞏》一詩的結尾"相逢不用忙歸去，明日黃花蝶也愁"，後來常借"明日黃花"比喻過時的事物。但有人常常因為"過時的"這個含義，將"明日黃花"說成"昨日黃花"，則就貽笑大方了。

另外，有些應試人會提前寫好草稿，考試時背誦，出現口語化程度較差的情況，則會相應扣分。

## 一氣呵成　適當停頓

所謂說話流暢，是指不要回讀、不要停頓過久或停連不當。說話時要一氣呵成，句子或段落間允許稍短的停頓，但是不可以出現較大的停頓或延遲。詞句的停連方面也不能出現失誤。這一部分的要求，可以參考"朗讀部分"的講解與說明。

除此之外，說話不自然流暢還有兩個原因，一是對語音、詞彙不熟悉，所以出現不必要的停頓、卡殼；二是準備不足，臨場思維凌亂，表達不夠清晰。

### 培養普通話語感和語言思維

對於第一個問題的解決方法，就是要培養自己的語感。可以在平時多說多練，我們會建議應考人在日常生活中與人用普通話交談，多練習普通話的發音。最好能找到以普通話為母語的人為交談對象。談話時，既學習對方的正確發音，讓對方糾正自己的語言問題，又揣摩對方的語氣語調，一舉兩得。

第二個問題，主要是要培養自己的語言思維。筆者常聽到應試人說自己先用粵語想一遍，再用普通話把所想的翻譯出來。這樣做往往造成了語言表達的不順暢，不自然，而且很容易出錯。應試人應盡量學會用普通話思維，用普通話作為日常生活、交際的語言，並直接將所想的說出來，這樣就可以更加流暢自然。

# 8. 時間控制

　　說話時間問題往往是應試人比較少注意的地方。很多時候，應試人說的內容不能和時間較好地配合。這裏我們要提醒的是：

　　1 準時：測試時，應試人面前會有一個計時器，應試人可以看着計時器來安排說話內容，分配好時間安排，在3分鐘之內完成說話；

　　2 超時：說話3分鐘結束時，即可結束說話。內容不完整，不會被扣分。不必擔心超時問題；

　　3 缺時：說話內容往往與說話時間相關，內容充實則時間就容易被填滿，如果沒有事前組織好內容，往往說不夠3分鐘；如果缺時，則會被扣分。

　　說話人需要充分利用這3分鐘，不要因為缺時而被扣分。應試人可以在平時對着計時器來練習說話。一般來說，可以在30秒之內切入正題，用2分鐘時間說出主要內容，最後30秒鐘進行總結。並且，在練習時，切忌背稿。因為一旦忘詞，就會造成停頓，而且背稿很容易造成語言生硬。

# 9. 說話內容

　　說話內容只要緊扣題目、做到"有內容"，就不會影響到評分。說話內容往往會影響說話人表達的流暢程度。一般而言，只有親身經歷的事情或準備非常充分的內容，才會心中有底，娓娓道來。

　　生編硬造的故事，內容不熟悉，就容易絆嘴、卡殼。內容生活化也可以使說話的內容口語化程度提高，較少出現太過難讀難唸的書面語詞或文言詞彙。所以，說話內容最好是貼近自己的生活的故事、經歷。

　　多讀書報可以充實內容。內容是否充實，不是扣分與否的標準之一。但是有些應試人往往在說話時，因為說不出內容而停頓太久，重複太多，甚至造成直接放棄後半部分說話。有的應試者認為，在30道說話題目中，關於科技類的題目相對來說比較難說。

　　例如"談談科技發展與社會生活"這個題目，有些考生往往要邊思考邊說話，說話斷斷續續，不夠流暢自然。所以，應試人應該平時多看書看報紙，多搜集資料，增加自己的知識儲備。這樣，就可以在說話的時候就不會因為內容不夠充實而影響自己的口頭表達。

# 10. 說話語速

　　語速不宜過快或過慢。測試時的語速，大體上以每分鐘170-270個音節為宜。語速過快會造成吐字不夠清晰，節奏過急；語速過慢，會造成遲緩、內容不充實和停連不當的負面效果。

　　此外，還需要注意，說話時不要忽快忽慢，要語速平均。最為常見的問題是，應考人看到計時器上時間所剩無多，則越說越快，造成前言不搭後語，內容雜亂無章，而影響表達的流暢程度。這些都需要平時多加訓練，保持良好的應試狀態。

# 30道説話題目分析及練習

在這一部分，我們為大家分析30道説話題目。每道題目，先分析題目要求，再給出説話的內容結構，並在每個步驟中提供説話的準備方向，有的給出具體的提示。然後，提供一篇範文，需要説明的是，這些範文只是提供參考，不須記背。最後，給出練習，以供大家平時的練習與準備。

## 1. 我的願望（或理想）

### 【題解】

這道題目主要談自己的願望（也可以看作是廣義上的"夢想""追求"）。屬於敘述類型的説話題目。

我們可分為3步去完成它。

① **開門見山地説出自己的願望（理想、夢想）是甚麼。（30秒）**

在這裏，我們可以把願望具體化，清晰地説出自己的理想是甚麼，並做適當的描繪和解説。

② **描述為甚麼會有這種理想或願望。（2分鐘）**

請列舉原因，一般來説，只要舉出2點主要原因，並加以解釋就可以説到2分鐘的時間。

③ **如何實現自己的理想。（30秒）**

這個部分屬於總結部分，可以談談自己目前為實現理想而做的努力，同時也可以説説為實現理想，自己還打算做點甚麼。

### 【範文】

每個人都有自己的願望，有的人希望將來當明星，有的希望當成功的商人，而我的理想就是當一名優秀的教師。

我喜歡當教師的原因有兩個。一個是因為教師這個職業非常神聖，可以把自己所學的知識傳授給學生，並用自己的人格魅力感染、塑造學生。另外一個是教師有很大的自由空間。課堂就是教師的舞台，在這個舞台上可以將自己的愛好、品格、品味充分發揮出來，讓學生在不自覺間受到啟發，這種感覺是其他工作難以達到的，這也讓我充滿了成就感和滿足感。

其實，我喜歡當教師的最大的原因是受我的一位大學老師的影響。他是那種外表隨和，然而很有人格魅力的那種人。他不僅僅在課堂上傳授知識，在學習上幫助我們，而且他善於將自己的人生感悟，自己對於生活的理解融入到書本當中，給我們潛移默化的教導。這位老師給了我很好的啟發，他讓我覺得老師這個職業非常的偉大，我也希望自己能成為一名這樣的教師。

現在我在大學讀書，雖然我不是教育學院的學生，但是為了能當老師，我希望在大學畢業之後，繼續進修，考取教育學文憑。另外，我也希望我能努力學習普通話，因為現在很多學校對普通話的要求很高。所以我會加倍努力。

我希望以後能夠從事教師這個職業，用知識傳授知識，用靈魂點亮靈魂！我一定要實現自己的願望。

## 【練習】

① 請在30秒到1分鐘之內說出自己的夢想，並做簡單的說明與描述。

② 用2分鐘時間說說為甚麼會有這樣的夢想。

③ 用1分鐘時間講述為了實現夢想，你會做些甚麼。

# 2. 我的學習生活

## 【題解】

① 這個題目看似簡單，其實不太容易展開敘述。我們可以從三個不同的角度切入題目：將題目具體化，將題目專門化，將題目固定化。

所謂具體化，就是可以把學習生活具體到普通話（或其他某一學科）的學習上，那麼就可以談談從小學到目前學習普通話的經歷和經驗。

所謂專門化，就是談談對某些書籍的學習情況，可以對一本或多本書進行介紹和分析，並分享讀書心得。

所謂固定化，就是將時間固定在一天，談談一天的學習安排，或者一個月，一年，談談這個時間段內的學習計劃和完成情況。

② 適當穿插學習中的趣事，或者在學習中遇到的困難以及解決的情況，增加內容的充實程度。

③ 提示：多說具體事例，盡量不要進行純理論分析。

## 【範文】

我喜歡讀書與寫作。每天吃完晚飯，家人都去看電視了，我就翻出各種各樣的書來讀，有圖書館借來的，有自己花錢買的。這些書中，有教人如何維護自尊的《簡愛》，有展現一代大俠風采的《射雕英雄傳》，還有如何做出一手好菜的食譜等等。世界名著固然出色，五花八門的雜誌也令人愛不釋手，例如《明報月刊》、《東方新地》等等。

一本好書在手，一切煩惱都拋於腦後。每當讀過一本好書，總是希望有人與我分享。有時候和朋友見面時，我們會討論共同看過的一本書，各抒己見。雖然我們的看法、觀點不一定相同，但是至少我們都會說出自己的體會和感想。古語說：書中自有黃金屋，書中自有顏如玉。但我讀書既不求黃金屋，也不為顏如玉，我求的是知識，用它來開拓我的視野，豐富我的頭腦，充實我的精神世界。在書中我找到了現實生活中的答案，在書中看到了人間的歡樂與苦難，在書中窺測到人的崇高與卑劣……我愛書，正是因為它早已成為我的知己。

寫作，是一種很好的鍛煉思維的方式，也是一種提升思想的過程。於是閑暇時就寫上一點隨感、讀後感的。尤其是在讀書、學習之後，寫下自己的感想和心得，讓自己的思路得到整理，把它變得更加清晰，我覺得這個步驟非常必要。

我還喜歡上網。網絡世界，無奇不有。我常常利用網絡查找學習資料，並在網上學到很多電腦知識。最近又在網上建立了自己的個人主頁，這樣就能跟分散在世界各地的朋友相互聯繫、交流。我現在已經不在日記本上寫日記了，全部把它轉移到了網絡之中。我申請了個人的博客，每天都在網絡日誌中記錄和分享自己的心得和體會。現在，每天上網的時間已佔去了我三分之一的時間，電腦網絡豐富了我的生活，開闊了我的視野。

我的學習生活是多姿多彩的，它給我帶來無窮的樂趣。

## 【練習】

1 用30秒時間切入題目，説説你最初學習普通話的時間。
2 用1分鐘左右的時間，回顧自己從小到大的學習普通話歷程。
3 用1分鐘時間，説説你學習普通話遇到的苦難和解決的方法。
4 用30秒時間，談談學習普通話的重要性並表明自己學習的態度及決心。

# 3. 我尊敬的人

## 【題解】

1 你尊敬的人是誰，請説出，並簡單描述你和他之間的關係。（30秒）
2 為甚麼你會尊敬他，列舉理由。（2分鐘）
　　提示：這個部分是主體部分。在列舉理由時，可以穿插具體事例來説明尊敬他的原因。例如他（她）的品格高尚，他（她）曾經幫助過你，他（她）的精神曾經激勵過你，等等。
3 他對你的影響。（30秒）

## 【範文】

我最尊敬的人是我的父親。

他是一個非常平凡的人，他沒有很高的社會地位，也沒有大量的金錢，他只是一個不能再普通的男人，但是我非常尊敬我的父親。

我的父親是一個普通的建築工人，他的工作很辛苦，有時候在烈日下暴曬，有時候在高空進行維修，但是他從來沒有在家裏説過一句苦，也沒有在兒女面前流過一次淚，甚至連一聲抱怨都沒有。我記得有一次當他工作回家之後，洗了澡，疲憊地躺在沙發上。我在那時很想吃冰淇淋，是那種很貴的意大利冰淇淋，我讓爸爸買給我吃。他輕聲地説，等一會再去買。可是我卻非常任性，一定要他馬上買給我。他看着我的眼睛，確認我真的很想吃之後。披着衣服就出門了，過了10分鐘。爸爸終於把冰淇淋遞到我的手裏。我吃得津津有味，可是我卻突然看到爸爸已經汗流浹背。我把冰淇淋遞給他，他卻説自己不想吃，讓我吃。

那時我還小，還不懂父親的那句話真實的含義。現在我長大了，我明白了父親對我付出的關愛。正是由於我的家庭中充滿了愛，所以我才能健康地成長。現在我已經工作了，父親也漸漸老了。只要有空我就帶父親去餐廳吃飯，每次都會給他買最好的食物，父親卻總是點那些最便宜的東西來吃。

這就是我的父親，他和千千萬萬的父親一樣，既平凡，卻又偉大。

我尊敬的父親，我愛我的父親。

## 【練習】

請從列舉3條某人使你尊敬的理由，並簡要說明原因，每條理由限時1分鐘。

# 4. 我喜愛的動物(或植物)

## 【題解】

1 你喜愛的動物或植物是甚麼。

2 為甚麼你喜愛它，請描述一下原因，比如你喜歡它的品質、特性、用途、在文化上的意義等等。

3 你和它之間的互動故事。例如：

- 養寵物時發生的趣事
- 動植物給你的影響(比如說，想成為蓮花一樣，出淤泥而不染的人)。

4 提示：動物比植物更加容易發揮。

## 【範文】

我喜愛蓮花，尤其是白色的蓮花。它在夏天盛開，像一位嬌美的少女，又像是高潔的文人名士。

蓮花盛開在夏天，在池塘中，在碧綠色的蓮葉襯托下，它開的分外高潔。我喜歡吃蓮藕，每次媽媽都會用蓮藕煲湯，媽媽說蓮藕含有很多營養成分，可以保護脾胃。我也喜歡吃用蓮子煮的粥，蓮子粥很軟，很甜，很香，在夏天的時候我們家常常做，蓮子有清熱敗火的功能。在炎熱的夏天，喝一碗蓮子粥，會讓人馬上就涼下來呢。

我去過"上有天堂，下有蘇杭"之稱的人間天堂杭州，在西湖看到過一大片的蓮花，有紅色的、有白色的。那是夏末的傍晚，晚風吹過，送來縷縷清香。夕陽映照在湖面上，波浪像是閃着金光。雷峰塔斜斜地倒映在浪花之間，伴隨着蓮花的清香，大自然和景觀如此和諧，我整個人都醉了。

後來，我瞭解了蓮花的歷史，看了一些書籍。知道蓮花是中國人最喜歡的花卉之一，很多人喜歡它出淤泥而不染的高潔，將它比喻為品德高尚的謙謙君子。也有人喜歡它風姿綽約的神韻，說它像極了亭亭玉立的女孩。我覺得這些比喻都很好，不過我覺得蓮花像是一個知心的朋友，當你面對它時，它總是對你微笑，像是給你安慰和鼓勵。

我希望自己可以像蓮花一樣，永遠高潔！

    □ 你有沒有寵物，如果有，講述一則寵物的故事。

    ② 你知道"歲寒三友"是哪三種植物嗎（或其他植物，如菊花、蓮花等）？你知道為甚麼中國古人喜歡它們嗎？你喜歡它們嗎？説説你的理由。

    ③ 香港人在過年的時候喜歡買桃花、金桔、蘭花，你知道它們分別代表甚麼含義嗎？你們家在過年的時候買不買花，請你講一講過年買花的經歷。

# 5. 童年的記憶

## 【題解】

    □ 童年中記憶最深的事情是甚麼。

    ② 詳細描述。發生的時間、地點、起因、過程、結果等。

    ③ 對現在的影響。

## 【範文】

我的童年是在香港度過的。

童年中的記憶最深的是我家樓下路邊的那棵紫荊樹。它遮蔽了夏日炎熱的陽光，人們常常在樹下的長椅上休息、聊天，有時候我也會和同學在樹下一起玩耍。風吹過來，吹落很多花瓣，我們就在樹下追逐打鬧。

童年的記憶是沙田河邊的那片空地，大家瘋跑，歡笑着的追趕，摔跤後的哭喊。沙田市中心廣場頂樓的天台，成了我們遊戲的最佳的場所，我常常和朋友買兩杯冰凍汽水，坐在天台上一起談心，看風景。

童年的記憶是一本一本的漫畫書。我喜歡機器貓的神奇口袋，永遠可以變出無窮無盡的寶貝。我喜歡櫻桃小丸子的可愛，還有她的家人之間那種親密的互動。我喜歡蠟筆小新的調皮，每次看到這個頑皮的男孩子，我都會從心裏笑出來。

童年的記憶是放學的路上，和最貼心的朋友手拉手飛快地跑着，嘴裏唱着"兩隻老虎，兩隻老虎，跑得快，跑得快"。那是一種相互依靠的的快樂，是一種親密的友情。

童年的記憶是週末去興趣活動中心學習彈鋼琴的快樂時候，那時候不用看書，不用寫作業，只要用手指將美妙的音樂彈奏出來就行了。而且一個下午我都沉浸在這美妙的琴聲當中，讓我回味無窮。

童年的記憶如同電影一樣，一幕幕地重播在我的眼前。我慶幸我有一個美好的童年。

## 【練習】

講述一則你在童年發生的趣事，並詳細描述當時的狀態和感覺。限時3分鐘。

# 6. 我喜愛的職業

## 【題解】

① 你喜愛的職業是甚麼。

② 詳細說出你喜愛的理由和原因。

③ 目前你是否從事你喜愛的職業？如果不是，說說看你會為實現自己的理想而做些甚麼？

## 【範文】

我喜歡的職業是教師。

為甚麼我喜歡教師這個職業呢？主要有兩個原因：

第一個原因就是因為我中學的一位老師，她是我中三的中文老師王老師。她對工作非常熱忱，對學生也很關心。記得有一次，她生病了，可是為了不影響我們的學習，她堅持帶病上課。在課堂上，她不停地咳嗽，臉色蒼白，我們都叫她停下來休息，可是她搖搖頭說，不能因為自己的病情而耽誤了我們學習的進度。這樣的事情還有很多，她就是這樣一位無私奉獻的老師。我敬佩她這樣的精神，也就是在那時我立志當一名教師，當一名像王老師這樣的教師。

第二個原因就是因為我喜歡做老師的時間安排。比如說教師一年有兩個長假：寒假和暑假，每星期又有兩天的休息日，這樣我就可以有更多的時間去做我自己想做的事情，有更多的時間學習，有更多的時間陪我的家人。

如果我真的能站在講台上的話，我一定會做好這份自己喜歡的工作。第一，我會備好課，並且上好每一節課。教師的主要工作就是教學，所以我會耐心地向我的學生講解，直到他們明白為止。第二，我會關心他們的學習，關心他們的生活。課後，我會幫助那些成績不好的學生復習功課，幫助他們把成績提上去。除了學習，我還會關心他們的生活，我會主動找他們談心聊天，幫助他們解決難題。第三，我會對每一個學生一視同仁。我不會以成績的好壞來評價學生。第四，我會說話算話。答應學生的事情我會盡一切努力去做好。

我知道要當一名教師是很難的，當一名優秀的教師更是難上加難。不過我相信憑着我的熱情和努力，一定可以做好這份工作。

## 【練習】

童年時嚮往的職業和目前你嚮往的職業一樣嗎？請你談談理由。限時3分鐘。

# 7. 難忘的旅行

## 【題解】

① 簡短地説出旅行的時間、地點、同行人。

② 這次旅行令你難忘的原因是甚麼。請説出具體的事例。

　　提示：可以從下面幾個方面進行描述：

- 旅行前的準備和心情；
- 旅行時的發現和收穫；
- 旅行後的感想和回憶。

③ 這次旅行對自己的影響。例如：對人生觀的影響、是否還想再去等等。

## 【範文】

　　去年的春節，我和家人一起來到了我一直嚮往的地方旅行，這個地方就是——上海。

　　讓我印象深刻的是上海的現代化程度。在去上海之前，我常常看到香港的媒體説上海的發展已經超過了香港，但是作為香港人，我心裏不大相信，也不太能夠接受。但是這次旅行，卻改變了我以往的看法。

　　我們先到了上海浦東高新發展區。那裏的樓很高，而且很密集，很多高樓大廈設計得很有特色，有點像香港中環的風格。我和家人去了著名的東方明珠電視塔，從東方明珠的頂層俯瞰上海，整個城市的景色盡收眼底。當時正是夜晚時分，我看到城市一片燈火明滅，星光點點，讓我驚異於上海的繁華。

　　另外，我們還去了淮海路，去了很多名牌商店，這些都和香港差不多，有的比香港還貴一點。但是我比較喜歡淮海路上小弄堂裏的咖啡店。這些咖啡店不是那種大型的連鎖店，而是一些年輕人開辦的，可以自己選購咖啡豆，自己磨咖啡。一杯咖啡的價錢並不貴，我坐在落地窗裏面，看着弄堂裏人來人往，每個人都有屬於他們自己的故事，這種感覺讓我常常出神，也讓我有種時空交錯的感覺。

　　後來，我們去了一個當地有名的美食一條街，吃到了地道的蟹粉小籠包、生煎包和雪菜炒年糕。這些上海菜在香港也吃得到，可是到了上海才發現原來真正的上海菜並不是香港的那個味兒。而且和香港相比，上海物價不算太貴，所以我們一家人吃下來，也沒有花很多錢。這真讓人開心。

　　這次旅行讓我覺得比較遺憾的是，沒有去成世博園。因為世博園還在修建當中，所以沒有對外開放。不過這個遺憾也變成了我下次再去上海的一個動力，為了看看美麗的世博園，體驗世界博覽會的風情，我決定再去一次上海！

## 【練習】

　　請説一次你難忘的旅行經歷，並從事前準備、旅行過程及旅行感想三個方面來説明這次旅行為甚麼難以忘記。每個步驟限時1分鐘。

# 8. 我的朋友

## 【題解】

① 你結識朋友的途徑（見面、網絡、同學、同事）。

② 介紹你的一個朋友。

　　提示：可以從以下3個方面來談。

　　　　• 在甚麼場合認識，如何認識，認識了多長時間；

　　　　• 他的優點，他的缺點；

　　　　• 他和你之間發生的故事（具體事例）。

③ 現在你們還常常見面嗎？他對你的生活或者性格上有沒有甚麼影響？

## 【範文】

　　我是個幸運兒，因為我的性格隨和，所以有很多朋友。但是，能夠無所顧忌地談論任何事情的也只有兩三個。古語說："人生得一知己，足矣"。我的知己好友不止一個，所以，我很知足。

　　現在，我就講講其中的一個吧，她叫阿敏，她是我最知心的好友。我們是小學同學，自從六年級開始，我們就已經成為了很要好的朋友了。在學校的日子，我們形影不離，當然除了體育課。因為她不喜歡運動，而我喜歡的是乒乓球。但在一般情況下，朋友之間的愛好是可以傳染的，一方有這個愛好，經過一段時間的相處之後，另一方也極有可能會養成這個愛好。我和她也不例外。由於她經常看我打乒乓球，時間長了也很手癢，想嘗試一下，於是我就耐心的教她握拍子的手法、發球的和接球的基本功，過了一段時間以後，她的技術進步很快，有時都能跟我較量好幾回合呢。

　　我和她無話不談。從天上談到地下，從古代談到現代，從過去談到未來，從理想談到現實，從學習談到感情，我們在一起，總有說不完的話。我們之間沒有隱私可言，甚至有許多連自己父母都不知道的事情，我們也能彼此分享。

　　中學畢業之後，她在外國讀書，我在香港。我們也依然非常親密，常常在網上聊天。我們在對方的面前，都可以毫不掩飾：傷心的時候可以盡情地哭，不用擔心被對方取笑；開心的時候，可以盡情地笑，不用擔心影響形象。總之，在對方的面前，我們都可以做一個真真正正的自己！

　　有這樣的朋友，我還有甚麼不知足的呢？

## 【練習】

① 請用半分鐘時間談談人們通常怎麼認識朋友。

② 請用2分鐘時間，描述一位朋友的優點和缺點。

③ 請用半分鐘時間，說說你最好的一位朋友對你有甚麼影響。

# 9. 我喜愛的文學(或其他)藝術形式

## 【題解】

① 你喜歡的藝術形式是甚麼。

② 為甚麼你喜歡這種藝術形式(分不同要點,用實例說明)。

③ 喜歡這種藝術形式,你會做甚麼(例如常去電影院,喜歡讀小說等等)。

## 【範文】

　　工作之餘,我最喜歡讀書了。在書籍的海洋裏遨遊,真是一件非常愜意的事情,因為這樣不僅可以使我忘卻身邊的煩惱,而且還可以增長知識,開闊視野。從上學認字以來,我看了很多的書:有李白和杜甫的詩歌,也有蘇東坡、白先勇的散文。但我最喜歡小說,每當自己買回一本新的小說後,總會迫不急待得翻開它,一讀就放不開手,遇到感人的情節時,還會掉下眼淚。小說讀了不少,包括《挪威的森林》、《剃刀邊緣》這樣的國外名著,也有亦舒、金庸等香港作家的作品,但我最喜的是《西遊記》、《紅樓夢》等中國古典小說。

　　《西遊記》既有神話小說的離奇,又有武俠小說的精彩,滿足了我的好奇心,因此也讓我愛不釋手。《西遊記》塑造了個性鮮明的人物形象:唐僧的善良,孫悟空的機智勇敢,豬八戒的好吃懶做和沙僧的忠厚老實,這些都給人留下了深刻的印象。現在我的腦海中依然可以清晰地想像出孫悟空與妖怪打鬥的場面,不僅為他的勇敢與機智所折服,也為唐僧的頑固不化而感到惋惜。後來,有時間又把《西遊記》讀了幾遍。每次都有新的收穫。慢慢的,我也讀懂了唐僧的良苦用心,也被他的菩薩心腸所感動!是啊!只有尊重生命,愛惜生命,才能使自己有一顆寬容博愛的心。

　　《紅樓夢》也是我喜愛的一部小說。記得第一次讀《紅樓夢》時的時候,正值青春期的開始。當時只是完全着迷於作者筆下纏綿的男情女愛,對作者的"荒唐言"、"辛酸淚",並沒有太多感覺。與《西遊記》一樣,多讀幾遍之後,我不僅感受到一個家族由盛而衰的過程,也對當時的社會環境深有體悟,於是在一定程度上,讀懂了那個社會變革的歷史。

　　中華文化博大精深,在歷史的長河中也留下了許多經典的小說給後人,所以在以後的生活學習中,我將更加努力的讀書,讀一切好書。

## 【練習】(以下每道題目均為3分鐘)

① 你喜歡看電影嗎?請介紹一部你最喜歡的電影。

② 你喜歡聽歌嗎?你覺得歌曲和圖畫、文字相比,哪個更能反映你的心情。

# 10. 談談衛生與健康

## 【題解】

① 人為甚麼要講究衛生？

② 衛生和健康的關係（可以以豬流感、非典等為例）。

③ 要處理好衛生與健康的關係，我們應該怎麼樣做（從個人衛生習慣入手來談，例如要多洗手、公共場合打噴嚏要用紙巾遮掩之類）。

## 【範文】

　　衛生是處處都必須注意的，在路邊、大街上、小巷中，在那些小攤小販的攤子上，經常做一些魚丸子、臭豆腐之類的食品，你可千萬要小心，有些東西如果不衛生的話，吃了很容易會生病，甚至造成拉肚子、頭暈之類的症狀。

　　說到健康，也許有人會說："多吃東西多營養，也就健康了吧！"其實健康並不在於多吃東西，你還要常運動、多喝水，定時定量吃飯，按時睡覺等等，這樣才能做到健康。多吃水果、蔬菜、多補充維生素，多喝水，這樣對身體大有好處。

　　衛生與健康是緊密相連的。不講衛生不僅使身體輕易生病，有時連你寶貴的雙眼也會受到侵襲。當你接觸過錢幣或公共場合的扶手欄杆之類的東西，你可千萬不要去揉眼睛，否則，你手上的細菌就會跑進眼睛，這樣會使你患上沙眼，導致視力下降。

　　為了有個健康的好身體，平時我們要養成良好的衛生習慣。良好的衛生習慣不是抽象的概念，而是表現為一點一滴的生活小事。比如，要保持個人清潔衛生，衣服要勤換洗，勤洗澡，勤剪指甲；飯前便後要洗手；經常打掃環境衛生；適當參加體育鍛煉，增強身體免疫力。

　　總之，講究衛生才能有一個健康的身體，衛生與健康的關係密不可分。

## 【練習】

① 談談當年香港非典、豬流感流行時期的狀況，說說講究衛生的重要性。1分鐘。

② 說說你個人的衛生習慣。1分鐘。

③ 想要一個健康的體魄，我們應該注意甚麼？請從體育鍛煉、衛生習慣、飲食習慣等不同方面展開話題。1分鐘。

# 11. 我的業餘生活

## 【題解】

1. 你的職業是甚麼。
2. 在工作之餘，你喜歡做甚麼(舉例説明)。
3. 説説為甚麼你會喜歡這種業餘生活或者説説這種業餘生活對你的影響是甚麼。

## 【範文】

　　我在財務公司工作，每天上班緊張又繁忙。然而在假日時，讀書、上網、鍛煉身體是我不可缺少的業餘生活三部曲。

　　讀書是和高尚的朋友談話。一個人在書房裏靜靜靜地讀書，是我最大的快樂。在自己的這方天地裏，我閱讀了大量的中外文學、哲學、歷史名著。書讀多了，就有所感悟；生活積累豐富了，就有了靈感。每到這時，我就會拿起筆來，有時寫小説、散文，有時寫詩歌、隨筆，一字一句推敲，翻來覆去修改。

　　有時我還上網，在網上瀏覽時事新聞、下載資料資訊、收發電子郵件。偶爾也輕鬆一下，看看動畫、聽聽音樂、玩玩遊戲，也和網友聊天。更多的時候，我會在網上寫日記，並把自己的心情和朋友分享。

　　讀書、上網之餘，我喜歡去鍛煉身體。每個週末，我都會和家人一起去屯門的自行車道到騎自行車。我喜歡大家一起騎車的感覺，有説有笑，不用比賽，而是輕鬆地運動，並且增進了家人的感情。我喜歡邊騎車，邊看兩邊的風景，看到新界廣闊的土地，我覺得自己的心胸也變得開闊了。每個週末，我們全家都會從屯門騎車到元朗，喝杯咖啡或奶茶，然後再原路返回。

　　總之，我的業餘生活多姿多彩，非常豐富。

## 【練習】(以下每道題目均為3分鐘)

1. 假日的時候，你都會做甚麼，請舉2到3個例子，詳細談一談。
2. 如果和平時的生活(上班、上學)相比，你覺得你的假日生活有甚麼特點，你是否喜歡你的假日生活，為甚麼。

# 12. 我喜歡的季節(或天氣)

## 【題解】

1 人們都喜歡甚麼季節,為甚麼(簡短說明)。
2 你喜歡甚麼季節(描述這個季節,或說出在這個季節發生過的小故事)。
3 為甚麼喜歡這個季節(與其他三季對比並舉例,可詳細說明)。
4 提示:"季節"較"天氣"更為容易組織內容。

## 【範文】

　　一年四季,春夏秋冬,各有人愛。有人喜歡春天,因為春天萬物生長,給人欣欣向榮的感覺。有人喜歡夏天,因為夏天可以揮灑熱情的汗水。有人喜歡秋天,因為秋天象徵着收穫與希望。然而我最喜歡的季節是冬季。

　　香港的冬天和北方相比,其實並不寒冷,但是一年總會有兩週左右的時間氣溫急速下降,寒風刺骨。但是我最喜歡冬天,主要是因為冬天有兩個很重要的節日。一個是聖誕節,一個是新年。

　　我喜歡聖誕節,香港雖然不會下雪,不能看到白色的聖誕節,但是香港有很多聖誕節的慶祝活動。例如,我們可以去尖沙咀看燈飾,看到五顏六色的霓虹燈,它們非常漂亮。

　　新年也是在冬天,香港保留了很多有特色的新年習俗。例如,我們最期待的就是收到紅包,紅包中的錢雖然不多,但是卻讓人特別興奮。在新年還可以跟家人團聚,一起吃團圓飯,一起逛花市。尤其是很久沒見的親戚,由於大家平時都在忙,所以只有在新年的時候才可以輕輕鬆鬆地聚在一起,聊天、吃飯。

　　而且,在冬天吃火鍋也是我的最愛。我最喜歡在天氣寒冷的時候,和朋友一起吃火鍋。雖然天氣很冷,可是吃了熱乎乎的火鍋,人似乎也變得溫暖起來了。最重要的是,和朋友邊吃邊聊天的那種感覺讓人覺得更加溫暖。

　　雖然冬天很冷,很多人並不喜歡冬天,但是我認為冬天可以給人溫暖,讓生活變得更加溫馨。

## 【練習】(以下每道題目均為3分鐘)

1 你是否喜歡春暖花開的感覺?講講你對"面朝大海,春暖花開"這句詩的感受與理解。
2 夏日炎炎,很多人不喜歡那種汗津津的感覺,但是也有人喜歡那種大汗淋漓酣暢的感覺,你是否喜歡夏天呢?講講你的理由。
3 秋天的景色最美,秋天也是收穫的季節。很多人都喜歡秋天,你喜歡嗎?
4 天氣的變化會不會影響你的心情,哪種天氣會產生甚麼樣的心情,請你具體來講一講。

# 13. 學習普通話的體會

## 【題解】

    ① 簡單談談你學習普通話的經歷。（你是從何時開始學習普通話的？）

    ② 學習普通話中遇到的苦難和解決它的方法。（你覺得學習語音最難，還是詞彙語法最難。如果是語音難，那麼你可以説説哪些語音最難，是zh ch sh比較難發音，還是和粵語不同讀音的字難唸難讀呢？）

    ③ 雖然學習困難，但是普通話還是很有用的。那麼請你談談普通話在香港的用處大不大，具體表現在哪些方面？

## 【範文】

    我從中學三年級的時候開始學習普通話。我們有普通話課，每週一次，每次二小時。雖然到現在已經學習了普通話好多年了，可是我覺得我的普通話説得還不太好。

    我覺得學習普通話最難的是它的發音。我在香港出生長大，從小就沒有説過普通話。所以剛剛學習普通話的時候，我覺得很陌生，好像學習英語一樣。尤其是一些聲母對我來説特別難發，例如zh ch sh和z c s，很多時候我都搞不清楚他們到底有甚麼區別。但是我現在有了一點體會，這個體會就是要多説、多練才能學好普通話。有空的時候，我會給我內地的親友打電話聊天，請他們和我用普通話説話，我會仔細聽他們發上面兩組音時的區別。另外，我也常常觀看普通話的電視、電影。如果去電影院看電影，我也會選擇普通話版的電影，例如我看《梅蘭芳》的時候，就看了普通話版，沒有選擇粵語配音版，這樣就鍛煉了我的聽力。另外，我特別喜歡聽普通話的歌曲，比如王菲、周杰倫、王力宏等人的歌，我的手機裏都是普通話的歌曲，我有空的時候就會聽，坐公共汽車或地鐵的時候也會聽。我覺得多聽、多練，我的普通話就有了一些進步。

    雖然學習普通話對我來説，還是非常困難，可是我知道我一定得學好普通話。因為普通話在香港越來越重要。現在我們常常在街上遇到內地的遊客，他們有時候會問路，我必須用普通話來回答他們。除此以外，目前找工作都會要求普通話流利，如果普通話説得不好，可能就不能找到理想的工作。還有，越來越多的香港人選擇去內地北上求職，這需要普通話水平很高才可以。所以我會努力學習普通話。

## 【練習】

    ① 談談你學習普通話的經歷。30秒。

    ② 談談你學習普通話時，最容易學習的是哪些部分，最難學習的是哪些部分。1分鐘。

    ③ 講講你學習普通話的方法。1分鐘。

    ④ 你覺得學習普通話有用嗎？它在你的現在和將來的生活中有哪些用處？ 30秒。

# 14. 談談服飾

## 【題解】

1. 服飾的演變（不同年代，人們對服飾的不同看法）
2. 你喜歡的服飾類型
3. 不同場合對服飾的要求

## 【範文】

服飾隨着時代的不同而變化，服飾也正所謂是與時俱進的。

我的媽媽喜歡大紅色、湖綠色、寶藍色等喜慶的顏色，她的衣服都是中式的，或者説比較端莊的，因為她覺得這種顏色和款式的衣服代表着吉祥如意、大富大貴。可是我卻喜歡素雅的顏色，尤其是黑色、白色和灰色是我的最愛。目前年輕人都究穿着要時尚，要有個性，我也喜歡這樣。但是大部分的時間我都喜歡穿運動裝，或者體恤衫和牛仔褲，因為這些衣服對我來説特別方便，穿起來也舒服。

在香港，大街上來來往往的人群都有顯著的共同點，那就是穿着都很講究，很時尚，大家都會追逐潮流。例如一個名牌包，如果是最流行的，那麼大家都會去買。以前我也是這樣，甚麼流行買甚麼。但是我現在覺得，與眾不同才是美。我會選擇一些特別有質感，但是比較低調的品牌。例如一些歐洲的手工包，雖然不太張揚，但卻很有品位，我特別喜歡。另外，我不會全身上下都穿名牌。我穿衣服搭配的時候，喜歡身上只有一個重點，例如我今天穿了全黑的衣服，那麼我可能會選擇一個閃亮的鑽石胸針或者彩色的圍巾來搭配它。另外，我覺得顏色的搭配也很重要，全身上下不應該超過三種顏色。

在香港，不同場合需要穿不同的衣服。上班的時候，我一般都穿黑色或深色的西裝、黑色的皮鞋。運動的時候，我喜歡輕便的運動服。和朋友相聚或者逛街的時候，我會穿比較潮流時尚的衣服。

總而言之，我的服飾觀就是適合自己的才是最好的。

## 【練習】

1. 談談中國古代不同朝代的服飾。
2. 你喜歡甚麼品牌，甚麼風格的服飾，你喜歡哪位設計師的服飾作品，原因是甚麼。
3. 不同場合需要不同的着裝風格，請你舉出3種不同場合不同穿着的例子，並詳細描述服飾着裝的要求。同時，也談一談你的經歷。
4. 目前流行混搭風格，流行波希米亞風格，你喜歡這種風格嗎？為甚麼。
5. 香港年輕人喜歡日式流行風格，成年人喜歡歐美流行風格。你喜歡哪一種？你會不顧一切地追逐潮流嗎？

# 15. 我的假日生活

## 【題解】

① 你的工作是甚麼，平時的假期多不多，假期是甚麼時候？

② 在假日，你一般都會做甚麼。（可分長假和短假來説，長假可以説説旅行的故事，短假可以説説興趣愛好）

③ 你喜歡這樣的假日生活嗎？

④ 提示：與第7題"難忘的旅行"和第11題"我的業餘生活"有交集，可以互相參考。

## 【範文】

　　我是一名學生，和工作的人相比，我的假期比較多。平時週末有兩天假期，一年之中還有寒暑假和復活節等不同的假期。

　　在週末的時候，我會選擇一天陪家人，一天和朋友見面。因為我平時住校，很難見到家人，平時只是打電話。但是到了週末，我會回家和家人見面，告訴他們我這一週在學校發生的事情。我們一家人會去茶樓喝茶吃點心，邊吃邊聊，感覺很開心，並且和家人的關係也拉近了很多。以前我和我的弟弟交流不多，因為我們小時候常常打鬧，現在我們長大了，在週六的時候，我們會一起聊聊心事，關係非常好。

　　週日我一般會和朋友逛街。我最好的朋友是我的中學同學，我們現在在不同的學校讀書，所以只有週日可以見面。我們會談談以前學校發生的事情，講一講目前自己的學習和生活，分享彼此的心事。

　　如果是寒暑假的時候，我一般會打工或者旅行。暑假的日子比較長，我會找一份兼職的工作來做。有的時候是在公司實習，有的時候是在商店賣貨，有的時候會去補習。打工很辛苦，但是發工資的時候很開心，因為我可以自己賺錢，並且用自己的錢買自己喜歡的東西。新年假期的時候，我會出外旅行。我去過日本，去過歐洲，還去過北京、上海等一些內地的城市。我最難忘的是去日本旅行的經歷，因為日本的東西很精緻，食物也很清淡，我非常喜歡。

　　總之，我的假日生活非常精彩，我特別期盼假日的來到。

## 【練習】

① 香港都有些甚麼假日，大部分香港人會在假日做甚麼？你呢？1分鐘。

② 你喜歡假日嗎？你喜歡在假日做些甚麼？1分鐘。

③ 如果有一段長時間的假期，你會做些甚麼？1分鐘。

# 16. 我的成長之路

## 【題解】

① 你出生在甚麼地方，你的家庭成員有哪些？
② 談談你成長中發生的故事。（讀書期間、工作之後、結婚以後等）
③ 在成長的過程中，談談哪些人對你有着深遠的影響。

## 【範文】

　　每一個人都有自己的成長之路，每個人的成長都有她們自己的故事。

　　有人說，成長是痛苦的。因為它把一個人從天真無邪、無憂無慮的世界，帶入了一個充滿世俗煩惱、虛偽的世界。對這種說法，我不敢苟同。其實，成長是快樂的。成長，是一個人在人生旅途中自身的演變。它使我的思想更成熟，使我遇事懂得要三思而後行。成長使我更明白事理，辨別是非，懂得如何在別人有困難的時候，施以援手。我認為，成長就是在不同的時候交很多不同的朋友。

　　我的成長之路平凡而簡單，從小到大，我有過很多朋友，有的是小學時的玩伴，一起玩很多很多遊戲，是他們陪我度過了我生命中最快樂、最純真的時光；還有的朋友是中學時的同學，我們一起討論題目，一起面對考試的壓力，一起吃飯學習，是他們陪我度過了我生命中最值得回憶的時光；現在，我又擁有了許多大學的朋友，除了學習、生活，我們還一起參加活動、組織活動，是他們讓我體驗到團結的力量。當然還有許多不同輩的朋友，是他們告誡我生活中應該怎樣克服困難，應該怎樣為人處事，讓我少走了很多彎路。就是這些朋友陪伴着我成長，讓我懂得了很多人生的道理，讓我體驗到成長的快樂，當然成長的煩惱也是免不了的。

　　成長的過程就像一本書，書中有淚有笑，有愁也有樂，也會有我的理想與憧憬，我會更加努力，珍惜我的成長旅程。

## 【練習】（以下每道題目均為3分鐘）

① 在成長的過程中，有沒有甚麼難忘的事情或人物？請談一談是甚麼事或哪個人，它（他或她）對你的影響是甚麼？
② 有人說"失敗是成功之母"，在成長的過程中，你有沒有遇到失敗，你是怎麼處理的？有甚麼感想？

# 17. 談談科技發展與社會生活

## 【題解】

① 科技發展可以促進社會生活的發展。(例如電燈的發明、電話的發明,等等)

② 社會生活的發展也推動的科技的發展。(社會目前節奏加快,人和人之間的交流越來越少,於是就產生了互聯網,人們利用網絡來增進感情)

③ 科技生活有時候也會給社會生活帶來負面影響。(網絡交流無法代替面對面的交流,現代人際之間的關係越來越淡漠等等)

④ 提示:不要談論太空洞的內容,如果不熟悉也盡量避免談論科技方面專門話題,可以向生活靠攏,貼近自己的日常生活。

## 【範文】

不管人們有沒有意識到,科學技術已經深深地影響着我們的日常生活,在社會發展中扮演着不可或缺的角色。我們日常所使用的電冰箱、電視機等等,都給生活帶來了便利。現在我們無法想象沒有電話的日子,更無法想象沒有電的日子。

21世紀以來,科學技術,尤其是計算機網絡技術、電子資訊技術的飛速發展,使得手機、電腦那些昂貴的奢侈品步入平常百姓家,成為我們生活的必需品。想像一下,假如沒有手機,我們如何隨心所欲地與親人保持聯繫呢;假如沒有網絡,我們又如何與遠在異國他鄉的朋友談天論地;假如沒有高清的電視技術,我們又如何享受華麗的好萊塢電影?我有一個好朋友,是我的中學同學,他在中五之後去了加拿大求學,我們每天都在網上聊天,雖然我們隔着半個地球,但是似乎還是和以前一樣親密。

科技雖然發展得很快,但有時候也會給人們的時候帶來負面的影響。例如,自從有了電腦之後,我每天都會上網好幾個小時,雖然和網上的人一起聊天,但是缺少了那種面對面分享心事的感覺。另外,由於每天都沉迷於網絡,我變得沒有時間鍛煉身體了,這段時間很容易感冒,體質很差。

所以科技發展與社會生活有着密不可分的關係,我們應該利用其好的一面促進我們的生活,而不是犧牲我們的生活被迫適應科技的發展。

## 【練習】

① 從具體事例,談談科技發展給人們生活帶來的便利。(1分鐘)

② 從具體事例,談談科技發展給人們生活帶來的不便之處。(1分鐘)

③ 科技發展是促進了社會生活的發展,還是阻礙了社會生活的發展呢?(1分鐘)

# 18. 我知道的風俗

## 【題解】

1. 你知道甚麼地方的風俗。（外國的風俗習慣、中國傳統的節日風俗、香港本地的風俗習慣、中國少數民族的風俗習慣等，可任選其中一二來談）
2. 具體談談這些地方的風俗有甚麼特色。（如果不是香港的風俗習慣，可以對比香港來談）
3. 你覺得這些風俗習慣是好是壞，要繼承它還是要改變它？為甚麼。

## 【範文】

我知道的風俗很多：有春節、清明節、端午節、中秋節等不同節日的風俗，這些節日都是我國的傳統節日。

先來說說春節吧。春節是所有節日中規模最大，禮儀最隆重的節日，過春節又叫"過年"。即使是千里之外的人，都會盡量趕回來跟家人團聚，過一個和和美美、團團圓圓的快樂年。過年時，小孩子那就更開心了，不僅可以吃到美味的食物，穿上漂亮的衣服，而且還可以拿到壓歲錢呢。春節之前的幾天，家家戶戶都要打掃衛生，把屋裏屋外打掃得乾乾淨淨，收拾得整整齊齊，香港人把它叫作"年二十八，掃邋遢"。除此之外，人們還會貼春聯，貼福字。人們喜歡將福字倒着貼，表示"福到了"。除夕晚上，一家人圍在一起吃團圓飯，好不熱鬧！吃完年夜飯，一家人會去逛花市，買桃花、牡丹、金桔，香港人講究花開富貴，就是這個意思。

再說說清明節，這是對先人表示追憶和哀思的日子。每到清明，人們為祖先掃墓，香港人對這個日子特別講究。端午節的由來和我國古代愛國詩人屈原有關，吃粽子，是端午節的風俗。中秋節吃月餅、賞明月，真是一件美事。每到中秋，家人團聚，仰望一輪圓月，我不禁想起蘇東坡的詩句：但願人長久，千里共嬋娟。

這些傳統的節日風俗習慣都是我們中華文化幾千年的積澱，我們應該好好保留它，並將它發揚光大。

## 【練習】（以下每道題目均為3分鐘）

1. 談談香港特殊的風俗習慣，例如拜山、打小人等。
2. 傳統風俗習慣中，有哪些是值得發揚光大的，哪些應該被淘汰。
3. 你知道哪些少數民族的風俗習慣？有沒有親身經歷的故事？

# 19. 我和體育

## 【題解】

① 你最喜歡的體育運動是哪些？
② 你參加過甚麼體育比賽？具體談一談。
③ 平時你有沒有鍛煉身體的習慣。現代人應該參加甚麼體育鍛煉來保持身體健康。

## 【範文】

我從小就喜歡體育運動，上體育課是我最開心的時候。但是我的體育成績卻很一般，並不是我身體不夠好，主要是我不太喜歡過於劇烈的運動。我喜歡羽毛球、乒乓球、保齡球和壁球等等。

我記得在中二時，我被老師選上參加壁球比賽，那次比賽我雖然不是冠軍，但是卻取得了第三名，也是我拿到的第一個壁球獎牌！後來，我就迷上了壁球，還參加了學校的壁球隊。經過長時間的練習，我已經在學校的比賽中拿到第一名了呢。雖然體育佔用了我不少時間，但我深深地知道，沒有一個健康的身體，甚麼都做不成。所以體育鍛煉是很重要的。

現在我已經工作了，沒有那麼多的時間來進行壁球訓練了，但是我還是會在下班之後進行體育鍛煉。每天晚上我都會在樓下慢跑，堅持30分鐘，如果週末有空，我也會去健身房。每次寒流來的時候，很多人都感冒，可是我的身體很好，從來都不感冒，我想這和我平時努力鍛煉有很大的關係。

現代人的生活節奏很快，大家都很忙碌，但是我們應該積極參加體育鍛煉，如果有空可以去大埔或屯門騎自行車。如果你覺得太遠，就到附近的體育館或者健身房進行鍛煉。有了健康的身體，才能更有活力地面對生活。

## 【練習】（以下每道題目均為3分鐘）

① 有人説"生命在於運動"，有人説"生命在於靜止"，請你説説你的看法。
② 現代人生活、工作節奏非常快，請你介紹幾種可以在工作之餘舒緩壓力的運動。
③ 你喜歡看哪些體育比賽？説説一次難忘的比賽。

# 20. 我的家鄉（或熟悉的地方）

## 【題解】

☐ 你的家鄉或熟悉的地方是哪裏。（可以是你的故鄉，也可以是你生活的地方——香港）
☐ 你的家鄉有甚麼特別的風俗習慣，建築特色，或者談談你對家鄉的回憶。
☐ 談談你對家鄉的感情。

## 【範文】

　　我的家鄉是在廣東中山市的一個小山村裏，那裏沒有香港這麼熱鬧、繁華，不過那裏有山有水，山清水秀，那裏是我最熟悉的地方，那裏有着我童年美好的回憶。

　　我記得當時是和爺爺奶奶住在一起，他們對我特別好，每天都為我做很多好吃的。例如生薑燉豬蹄，蓮藕煲排骨等等，我現在能長得這麼高，我猜主要是小時候吃了這麼多豬蹄、排骨的關係。現在爺爺、奶奶都年紀大了，也很少做飯了，可是只要我每次回去探望他們，他們還是會給我做這些好吃的，我心裏特別感動。

　　我喜歡我的家鄉，還因為那裏有一群淳樸的村民，只要一方有難就有八方來幫助。記得有一次，我發了高燒，鄰居半夜用自行車帶我去了縣城的醫院，還給我送來了很多好吃的零食和水果。

　　家鄉的變化很大。記得我小時候，家裏要買甚麼日常生活用品，都要步行半日到鎮上去買，不過現在交通方便了，經濟也發達了，現在村裏也有了好幾家超市了，貨架上的商品琳琅滿目，甚麼東西都應有盡有。現在買東西方便多了，再也不用愁了。

　　家鄉的經濟也是越來越好了。一棟棟的樓房拔地而起，代替了以往的平房。牆壁五顏六色，有白色的、黃色的、粉紅色的，有一層有兩層，房頂還有太陽能熱水器呢。特別是近兩年，經濟更加是日新月異，很多人都買上了汽車。

　　我每年都會和我的父母回到我的家鄉探望親戚，雖然那裏沒有香港這麼熱鬧、發達，但是我愛我的家鄉，因為我愛那裏的山山水水，愛那裏的街坊鄰居。

　　我真心地祝願家鄉發展越來越好。

## 【練習】

　　請介紹你家鄉的風景、美食以及風俗習慣。每個部分用時1分鐘。

# 21. 談談美食

## 【題解】

① )你是一個喜歡美食的人嗎？
② 分別說說你喜歡中國、歐美、日本哪些食物，或任選一二具體來談。
③ 你最喜歡香港甚麼美食？
　　介紹一下香港的街頭小吃(魚丸子、車仔麵、粥、蛋撻等等)
　　介紹一下在香港的甚麼地方可以吃到甚麼美食(例如旺角、元朗、蘭桂坊、蘇荷
　　<soho>地區等)
④ 如果不選第三步驟，那麼也可以詳細介紹一道菜的做法。

## 【範文】

　　我是一個喜歡美食的人，俗話說"民以食為天"，那麼吃飯就是我最愛做的事。
　　我喜歡吃的食物很多，有家常小菜，也有一些特別的菜式。我喜歡吃上海菜，尤其喜歡小籠包和炒年糕，如果是桂花蟹粉炒年糕，那麼就更好吃了。我還喜歡吃牛排，很多人吃牛排喜歡吃七分熟的，但是我有次看電視上講，真正鮮美的牛排，應該吃三分熟的。我試過一次，不過看到有鮮紅的血水，我有點害怕，可是吃到嘴裏的時候，味道果然很鮮美。我也很喜歡吃日本菜，最喜歡吃生魚片和壽司，每次去吃壽司的時候都非常開心，因為味道很鮮美，而且不油膩，不會發胖。
　　香港號稱美食天堂，因為在香港不僅可以吃到地道的香港美食，還可以吃到130多個國家的菜。如果要吃街邊小吃，我會選擇去旺角，在旺角有好多攤檔，可以吃到烤魷魚、炸牛肉丸子等風味小吃，也可以吃到車仔面、煲仔飯等香港特色小吃。在蘇豪區也可以吃到很多外國的菜，那裏有很多國外的餐廳，每天都門庭若市。很多外國人喜歡去蘭桂坊喝酒、吃飯，在蘭桂坊有很多酒吧，還有一些東南亞的餐廳，吃喝玩樂都能滿足你的需求。
　　平時只要有空，我也會自己下廚，我喜歡煲湯，喜歡蒸魚，看到家人把我做的飯全部吃光時，我覺得一切辛苦都是值得的。

## 【練習】(以下每道題目均為3分鐘)

① 魯菜、川菜、淮揚菜、粵菜被公認為中國的四人菜系，你知道這四大菜系的名菜有
　　哪些嗎？你喜歡吃哪裏的菜？
② 粵菜是四大菜系之一，請介紹幾道粵菜中的名菜？
③ 介紹一道你的拿手菜，詳細說說它的做法。
④ 香港有很多街頭小吃，你喜歡吃哪些？介紹一下，在哪裏可以吃到這些特色小吃？

# 22. 我喜歡的節日

## 【題解】

1. 節日有很多種，在香港一般會過甚麼樣的節日。
2. 在這些節日裏，你最喜歡甚麼節日，為甚麼？
3. 請説出在這些節日中，發生的小故事。

## 【範文】

香港是一個中西交融的國際大都市，既過中國的節日，又過西方的節日。不管是傳統的農曆新年還是外來的聖誕節，人們都會歡天喜地地慶祝。不過在這些節日裏，我喜歡的是中秋節。

每年農曆八月十五日，是傳統的中秋佳節。這時是一年秋季的中期，所以被稱為中秋。這天晚上，人們仰望天空圓圓的明月，和家人團聚。遠在他鄉的遊子，也借此寄託自己對故鄉和親人的思念之情。所以，中秋又稱"團圓節"。

在古代，我國人就有祭拜月神的習慣。每逢中秋之夜，都要舉行祭拜儀式。人們會在院中的香案上，擺上月餅、西瓜、蘋果、紅棗等祭品。在月下，全家人一起賞月，對月亮説出心願，祈求月神保佑。有的家庭會作詩聯句，一起遊戲，最後由當家主婦切月餅，分給大家享用。

今天，中秋節的習俗，已遠沒有古代那麼盛行。但一家人團聚吃月餅仍然很盛行，人們把酒望月，慶賀美好的生活。或祝遠方的親人健康快樂。中秋節的習俗很多，形式也各不相同，但都寄託着人們對生活無限的熱愛和對美好生活的嚮往。

香港人過中秋節，人們都會去買月餅。我喜歡吃月餅，不管是傳統的蓮蓉蛋黃月餅，還是現代的水果冰皮月餅，我都喜歡。月餅很貴，每個都要好幾十塊錢，但是一年也就過一次中秋節，何況是和家人一起分享，所以再貴我覺得都值得去買。

但願人長久，千里共嬋娟。這就是我喜歡的節日，中秋節。

## 【練習】(以下每道題目均為3分鐘)

1. 你喜歡農曆新年嗎？説説農曆新年的習俗。
2. 在香港過聖誕節熱鬧嗎？你會如何慶祝？
3. 你喜歡浪漫的情人節嗎？説一説你的經歷。

# 23. 我所在的集體(學校、機關、公司等)

## 【題解】

⚀ 你所在的集體是甚麼？
⚁ 談談在這個集體當中發生的故事。
⚂ 這個故事對你的啟發是甚麼？你是否熱愛你所在的集體？

## 【範文】

　　我所在的集體就是我的宿舍，它一個充滿活力、團結互助、溫暖快樂的家庭。

　　我的室友是從內地來的交流生，我們在一起生活、學習相處得很融洽。我和室友關係非常密切。我喜歡體育運動，常常參加體育比賽，無論是哪項比賽，只要有我參加的，我的室友就會看到賽場旁觀看，為我加油。等我休息的時候，我的室友馬上會有給一瓶礦泉水或者擦汗的毛巾。正因為室友在場外的鼓勵，鼓舞了我的士氣，所以每次比賽，我都會充滿信心地去參賽。

　　我的室友普通話說得很標準，而我卻說得不太好。所以每次他都會糾正我的普通話發音，從來不嫌我麻煩。他總是每個字、每個音都糾正我，讓我非常感動。我也很關心我的室友，他從內地來香港讀書，只有一個人，家人和朋友都不在身邊，所以我會介紹我的朋友給他認識，並在週末帶他去吃香港的美食。另外，只要有空，我還教他廣東話，因為在香港不會廣東話生活不太方便。所以在我的努力之下，他現在已經可以用簡單的廣東話應付日常生活了，是不是很厲害呀！

　　雖然我的集體非常小，只有兩個人，但是我覺得只要大家互相關心，互相幫助，那麼就會感覺很溫馨。我喜歡我的集體，我希望和我的室友做一輩子的好朋友。

## 【練習】(以下每道題目均為3分鐘)

⚀ 談談你的學校、班級中發生的故事，以及這個故事對你的啟發。
⚁ 你覺得你目前所在的公司裏面人際關係複雜嗎？你理想中的公司是甚麼樣的？

# 24. 談談社會公德(或職業道德)

## 【題解】

☐ 常見的社會公德有哪些？

☐ 從正面的例子說明遵守社會公德的重要性，例如坐車排隊、講究誠信、助人為樂、男士為女士開門、讓座等等；

☐ 從反面的例子說明遵守社會公德的重要性，例如隨地吐痰、不給老人讓位子、在公車地鐵上剪指甲等等。

☐ 提示：相比而言，社會公德比職業道德更容易發揮。

## 【範文】

社會公德和一個人的素質教養有關，雖然社會形態不同，但是人們對於社會公德的追求卻是一致的。例如我們都會追求美的、善的、真的東西。那麼一個社會如果要和諧發展，就必須堅持可以體現真善美的社會公德。

香港是一個講究社會公德的城市，大部分人都能在公共場合保持良好的道德習慣。例如，在公交車上，如果有老人或孕婦上車的話，人們一般都會把座位讓給他們。在進門的時候，男士會給女士開門。排隊的時候，很少出現插隊的情況。但是如果按照更高的禮儀標準來看，還有很多好的禮儀沒有被人們遵守。例如當女士入座的時候，男士應該離開座位，為女士調整好椅子。過馬路的時候，男士應該伸出臂膀，請女士的手搭在自己的胳膊上，為她引路。

當然這些都是更高的要求，可是在目前的社會，有些人連一些基本的要求都做不到，他們沒有一點兒公共道德。例如在公交車和地鐵上，有人常常背靠着扶手欄桿，佔據公共空間。還有些人在公共場合大聲打電話，造成聲音污染。更令人氣憤的是，有一次我坐地鐵時，坐在我對面的人竟然在剪指甲，剪下來的指甲橫飛，非常惡心，素質極差。

我們中國是禮儀之邦，在我們的文化中，公共道德是非常重要的，但是現代人都忘記了這些，變得自我中心，甚至自私自利。一個社會的發展離不開公共道德得提高，如果只是發展經濟，而忽視公共道德，那麼這個社會是沒有希望的。

我們應該加強自身的修養，遵守社會公德，使社會更加和諧。

## 【練習】(以下每道題目均為3分鐘)

☐ 加強社會公德，應該如何從自我做起？

☐ 你覺得有哪些職業道德是應該大力提倡的，請用具體事例來說明。

# 25. 談談個人修養

## 【題解】

① 你覺得個人修養重要嗎？
② 個人修養是如何形成的？
③ 你有沒有遇到過修養極好的人，他對你的啟發是甚麼？或者你有沒有遇到過極差的人？你給他們的建議是甚麼？

## 【範文】

中國自古以來對人們就有"修身、齊家、治國、平天下"的要求，若是一個人要在社會上有所大作為，首先就要修養自己的身心，包括為人正直、善良，言談舉止溫文爾雅，具有君子的風範。

在生活中，我們經常可以聽見這樣的評價：這個人的修養真好，和他交往是一件快樂的事；或者也有人說：這個人的修養真差勁，太粗俗了。

修養常常與個人的文化水平有關，有文化氣息的人，在談吐舉止之間，自然地流露出一種高雅，一種文質彬彬的感覺。如何提高自己的修養，我想不僅在日常生活中要注意自己的談吐和舉止，不做不文雅的舉動，不說不文雅的話，而且更重要的一點是要讓自己多看點書，從書裏沾一些書香氣息回來，所謂"腹有詩書氣自華"。例如如果有時間不妨系統地讀讀中國的四大名著，讀讀唐詩宋詞，等你讀完了這些基本的古典典籍，那麼你在說話、寫文章的時候也會不自覺地運用一些古典的語言，會給人一種文質彬彬的感覺。另外，看電影、聽音樂也可以提高一個人的水平與修養。當然，要多看經典名片，多看一些藝術片，那麼才能讓你體悟到不同的人生，並且對你的人生有所啟發，你的見解才會和以前不同。聽聽古典音樂，則會對藝術有更多的領悟，心情浮躁的時候，會讓你平心靜氣，與人為善。

一個有修養的人，是一個你樂於交往的人。與這樣的人交往，不論是談古論今，或是只談談家常瑣事，都會是人生快事。在這樣的交往中，你會發現時間過得很快。反之，如果和一個毫無修養的人交往，則你會感覺如坐針氈，時間過得太慢，分分秒秒都是一種折磨。

所以我希望自己多讀書，多思考，變成一個有修養的人。

## 【練習】

① 如何提高個人修養，它的途徑有哪些？1分鐘。
② 你身邊有沒有修養極好的人，請用細節談談他們的事例。1分鐘。
③ 你希望自己成為一個修養好的人嗎？你會如何去做。1分鐘。

# 26. 我喜歡的明星（或其他知名人士）

## 【題解】

1️⃣ 你喜歡的明星是誰？
2️⃣ 談談你喜歡這位明星的原因。
3️⃣ 這位明星對你的影響是甚麼？

## 【範文】

　　我不大喜歡去崇拜、喜歡甚麼明星，因為我已經不是中學生了，已經過了崇拜明星偶像的年紀了。

　　但是盡管如此，我還是有我自己最喜歡的明星，我不會崇拜她，但是會一直喜歡她。她就是王菲。

　　首先從聲音來説，王菲的聲音空靈多變，很飄渺，也很乾淨。她唱過很多好聽的歌，例如《紅豆》、《我願意》、《旋木》等等，我都特別喜歡。不誇張地説，王菲的歌我都會唱。每次去和朋友唱歌的時候，我都會唱王菲的歌，而且我會特別模仿她的咬字和發音，朋友都説我唱的和王菲一樣好聽。

　　其次從個人魅力來説，我喜歡王菲真實不做作的做人態度。很多明星都有一些偽裝，他們被公司包裝成了某種形象，而變得如同一個玩偶。但是王菲卻能我行我素，一直堅持做自己。例如她曾經説我是一個有缺點的人，你們不要把我當偶像；如果我不唱歌了，請你們忘記我；等等。我喜歡這種真實的人。

　　最後，我想説王菲熱心於公益事業，非常善良。王菲創辦了"嫣然基金會"，專門幫助兔唇的兒童，為他們免費治病。至今已經為上千個兒童做了手術，並且還在持續下去。我覺得一個人有了善心之後，仿佛頭頂上有了一圈光環，變得特別美。

　　盡管現在的明星特別多，今天這個特別有名，明天那個特別紅火，但是這麼多年過去，我一直喜歡王菲。我喜歡唱歌好聽的人，我喜歡敢於直面自己的人，我喜歡熱心助人的人。

　　這就是我喜歡的明星——王菲。

## 【練習】

1️⃣ 你是誰的支持者？以前喜歡過哪些名人，現在還喜歡他們嗎？1分鐘。
2️⃣ 你覺得你可以在你喜歡的名人身上學習到哪些閃光點？2分鐘。

# 27. 我喜愛的書刊

🎧 5002.mp3

## 【題解】

☐ 你喜愛的書刊是甚麼?(提示:可以説一本書或一本刊物,也可以説多本書或刊物)
☐ 你喜愛的理由是甚麼?
☐ 這本書刊對你的影響是甚麼?

## 【範文】

我喜歡很多書刊,中國的、外國的、現代的、古代的我都喜歡,甚至街頭的娛樂雜誌我也喜歡看。但是我最喜愛的一本書是《紅樓夢》。

《紅樓夢》是曹雪芹所著,是我國的四大名著之一。我第一次看《紅樓夢》是小學時候,父親給我買了一套《紅樓夢》的漫畫,當時我不太明白裏面的故事,只記得看到了賈寶玉和林黛玉的愛情故事。在長大之後,我開始慢慢讀《紅樓夢》,我才發現這本書不單是講述了一個愛情故事,而是講述了一段家族的歷史,講述了人性的毀滅。同時,也從側面反映了中國古代的服飾、飲食、遊戲等不同文化。

在《紅樓夢》中,我最喜歡的人物是林黛玉。如今很多人都説自己不喜歡林黛玉,喜歡薛寶釵,因為人們覺得薛寶釵勇於追求自己的愛情,而林黛玉只會哭哭啼啼。但是我覺得我不同意這種看法。因為這個看法是站在當代社會的角度來説的,如果回到當時的社會,薛寶釵是一個心機太重,城府太深的女人,同時也是一個被封建禮教毒害的女人,她不僅不知道自己的靈性已經被磨滅掉了,反而還主動認同封建禮教的價值觀,例如她常常説一些勸賈寶玉考取功名之類的話。而林黛玉卻是玉潔冰清,沒有一點兒俗氣,她的世界就是詩和美,是愛和真。我覺得她就是作者心中理想女性的化身,可惜這樣的人物並不能為當時的社會所接受,所以最後林黛玉悲慘地死去了。

《紅樓夢》給我的不僅是藝術的熏陶,更是一個瞭解中國古代文化的窗口。我特別喜歡看小説中人物的服飾和妝容的描寫,也特別喜歡看對於食物的描寫。我覺得我們今天的生活節奏太快了,已經忘記去享受生活,欣賞美的東西了。所以我想我以後有空就會再看《紅樓夢》,在忙碌的生活之中,體驗中國古人的華麗與從容。

## 【練習】(以下每道題目均為3分鐘)

☐ 你喜歡甚麼書籍?談談你喜愛的原因。
☐ 香港很流行八卦雜誌,你喜歡看嗎?説説你喜歡的原因。
☐ 世界名著使人得到文學的熏陶,通俗小説讓人產生閱讀的快感,請你用自身的例子來做比較,並説明你喜歡的理由。

# 28. 談談對環境保護的認識

## 【題解】

① 目前我們身處的環境如何？需要保護嗎？
② 保護環境需要做甚麼？（提示：可以從宏觀上，談談政府應該減少污染，保護森林等等）
③ 環境保護人人有責，我們應該怎麼從身邊做起。（提示：可以從微觀上，談談在日常生活中應該節約用水用電，抵制一次性塑料製品等等）

## 【範文】

前幾天我看了一個電視節目，節目上說度假勝地馬爾代夫將會在未來的幾十年內從地球上徹底消失。我不知道是不是真的，但是我知道這個危機確實是存在的。地球的暖化已經變成了一個非常嚴重的問題，急需要人們去解決它。

我們只有一個地球，它是我們的家，是我們生活的場所。地球環境的好壞直接影響着人類的健康和各種生物的生存與發展。目前的情況其實並不是盡如人意的，我們應該想辦法保護環境，最重要的是從我做起，從身邊的小事做起。

首先，我們應該減少浪費紙張。在公司裏，打印時常常用全新的紙張，而且都是單面打印。我覺得這樣很浪費，其實一些文件完全可以用雙面打印，如此則可以節省一半的紙張。大家都知道，紙張是由樹木製作的，而樹木森林是地球生態的調節者。森林可以產生氧氣，並且調節二氧化碳和氧氣的比例。如果沒有了森林，那麼空氣將會變得渾濁，不再新鮮。

其次，環境保護應該從自我做起，從身邊的小事做起。我們應該盡量少用或不用一次性的用品：一次性筷子，一次性牙刷等等，還要少用塑料袋。雖然這些物品給我們帶來了短暫的便利，卻使生態環境付出了高昂的代價。我們應當節約資源，減少污染。具體來說，節約用水，節約用電，不亂扔垃圾，同時注意回收和循環再利用等等。只有這樣，我們才不會透支我們有限的資源，才不會給我們自己和我們的後代留下遺憾。

保護環境，最終就是為了人類更好地生存和發展。在此我呼籲大家都要愛護地球，愛護環境。這是我們每個人的責任！

## 【練習】（以下每道題目均為3分鐘）

① 香港禁止超市、商場使用免費塑料袋，你覺得這個決策是正確的嗎？談談你的看法。
② 我們生活中，有很多一次性餐具，你覺得這些餐具是否有必要使用？你有沒有甚麼好的辦法來解決這個問題。
③ 由於溫室效應，地球溫度升高，海平面也升高，一些國家或地區將會消失，對於這個問題你是怎麼看的？

# 29. 我嚮往的地方

## 【題解】

　　① 你嚮往的地方是哪裏？

　　② 你有沒有去過這個地方？如果去過，那麼請描述該地的特色；如果沒有去過，請談談你為甚麼想去這個地方？

　　③ 為了可以去或再去這個地方，你會怎麼做？

## 【範文】

　　南京是我最嚮往的地方，我一直夢想着有朝一日能在那裏定居，過着南京人的生活。

　　水是南京的血液。南京的水多姿多彩，風情各異。滾滾的長江從南京流過，一座雄偉的南京長江大橋橫跨在長江之上。秦淮河從南京流過，流出了李香君血染桃花扇的傳奇故事。玄武湖沉靜大氣，煙波浩渺，風景非常秀美。

　　南京這座城市有很多古跡，例如夫子廟、江南貢院、還有梅花山和中山陵。這些古跡散落在城市不同的角落，盡管四周高樓大廈林立，可是他們並不衝突，反而露出一種安穩和諧的感覺。

　　南京有很多有名的小吃，鹽水鴨和肴肉是我的最愛。鹽水鴨肥而不膩，肴肉入口即化。雖然在香港的一些餐廳也可以吃到這兩種食物，可是我總覺得沒有南京當地的那麼地道。

　　最後，我喜歡南京這座城市中的人。南京人沒有上海人那麼精細，沒有北京人那麼粗獷，更沒有香港人這麼忙碌，南京人總是慢慢悠悠的，不急不忙地享受着生活，晚飯之後，常常能看到南京人在路邊的茶館裏面聊天、喝茶。

　　我嚮往的地方是南京，我嚮往那種悠閑自在的生活。

## 【練習】（以下每道題目均為3分鐘）

　　① 説一個你曾經去過的地方，談談你旅行的經歷。你是否還會再去？

　　② 説一個你一直想去的地方，談談那裏吸引你的原因。

# 30. 購物(消費)的感受

## 【題解】

&#x2460; 你喜歡購物嗎？

&#x2461; 你平時都去哪裏購物？為甚麼。（可以説具體的地方，也可以談網絡購物）

&#x2462; 如果有親友到香港，你會介紹他們去哪裏購物？為甚麼。

## 【範文】

我是一個喜歡逛街購物的人，只要有空就會去街上走走，有時候不一定非要買很多東西，可能買個小小的卡片也會逛上好久。

我平時最喜歡去的地方是旺角，因為旺角有很多選擇。如果要買便宜的東西，可以去女人街，那裏有很多非常便宜的東西可以買。例如一件襯衫有時候才十幾塊錢，一雙鞋也不過幾十塊錢。要買潮流物品，那麼就去旺角的"潮流特區"，那裏有最新最流行的服飾，有些衣服甚至是和歐美、日本同步發售的，而且價錢不算太貴，有些甚至比在日本買還便宜。那裏有很多年輕人，尤其是到了週末人更多，常常是人山人海，川流不息。旺角還有一個比較豪華的購物大廈叫做"朗豪坊"，在那裏既有很多創意小店，又有一些有檔次的潮流品牌專賣店，還有很多不同國家、不同風格的餐廳，可以一飽口福。

如果外地的朋友來香港，我會推薦他們去中環或者尖沙咀購物。一般來香港的遊客都喜歡買名牌物品，這些名牌物品都集中在中環或者尖沙咀地區。購買這些名牌物品的時候，不用貨比三家、討價還價，一般都是明碼標價，不會欺客。這些名牌一般比內地便宜四分之一甚至一半以上，所以深受遊客的歡迎。

在香港購物，不必擔心被欺騙的事情發生。因為商戶都會保證貨品的質量，如果發現買到假貨可以投訴，香港政府一定會幫你處理。

購物消費是令人開心的事情，當你買到了一件你心愛的物品，你的心情也會變得開朗起來。

## 【練習】(以下每道題目均為3分鐘)

&#x2460; 在購物時，你有沒有甚麼特別難忘的經歷，例如被禮遇的、被欺騙的等等。

&#x2461; 向遊客介紹香港的購物場所，並推薦值得購買的東西。

&#x2462; 你是一個購物狂嗎？你身邊有沒有這種人？請你講述一下他們的故事。

第六章 6

模 擬 測 試 卷 總 匯

## 一、 讀100個單音節字詞

| | | | | | | | | | |
|---|---|---|---|---|---|---|---|---|---|
| 辮 | 拘 | 涮 | 添 | 抵 | 權 | 擬 | 吸 | 卵 | 獲 |
| 插 | 棱 | 貼 | 袖 | 雕 | 胚 | 單 | 絲 | 淺 | 瓦 |
| 堤 | 劣 | 蛻 | 傻 | 鵝 | 遣 | 仍 | 屋 | 憑 | 搞 |
| 陡 | 拎 | 韋 | 凹 | 赴 | 嚷 | 走 | 頭 | 旁 | 縫 |
| 緋 | 箋 | 攜 | 蹦 | 裹 | 俗 | 質 | 鐵 | 腦 | 額 |
| 縛 | 眸 | 朽 | 瓢 | 弧 | 歪 | 則 | 算 | 末 | 端 |
| 埂 | 孽 | 曳 | 倉 | 繭 | 臥 | 與 | 睡 | 離 | 純 |
| 壑 | 掐 | 蘊 | 臣 | 究 | 削 | 搖 | 閃 | 抗 | 唱 |
| 喙 | 蜷 | 哲 | 秤 | 坑 | 砸 | 顆 | 色 | 莖 | 擦 |
| 楷 | 臊 | 綴 | 雌 | 縷 | 滯 | 弦 | 然 | 即 | 棒 |

## 二、 讀多音節詞語（100個音節）

| | | | | | | |
|---|---|---|---|---|---|---|
| 愛國 | 打算 | 相反 | 函數 | 着手 | 奴役 | 規矩 |
| 鑽探 | 愜意 | 剝削 | 法律 | 循環 | 渴望 | 反饋 |
| 自理 | 搪塞 | 羈絆 | 坎坷 | 思念 | 執拗 | 待遇 |
| 侮辱 | 延期 | 糾正 | 封建 | 採訪 | 花蕾 | 抒發 |
| 絢麗 | 闡述 | 一般 | 氣氛 | 感染 | 措施 | 場面 |
| 供給 | 逐步 | 容納 | 故鄉 | 源泉 | 榮耀 | 彆扭 |
| 園藝 | 機械化 | 輕工業 | 抽空兒 | 豆角兒 | 花盆兒 | 墨水兒 |

## 三、 選擇判斷

1. 詞語判斷：請判斷並讀出下列10組詞語中的普通話詞語

| | | | | | |
|---|---|---|---|---|---|
| （1） | 勿要 | 唔使 | 用勿着 | 不必 | 唔免 |
| （2） | 恤衫 | 襯衫 | 雲衫 | 汗褂子 | |
| （3） | 暗中 | 背後頭 | 暗下裏 | 暗頭裏 | |
| （4） | 日頭 | 日裏 | 白天 | 日時 | 日辰 |
| （5） | 撞啱 | 撞巧 | 碰嘟巧 | 湊巧 | 啱啱好 |
| （6） | 橫直 | 橫掂 | 橫去 | 反正 | |

| | | | | | |
|---|---|---|---|---|---|
| （7） | 執拾 | 收捉 | 檢場 | 收拾 | |
| （8） | 隔壁頭 | 隔壁 | 隔籬 | 間壁 | |
| （9） | 冰棒 | 棒冰 | 冰棍兒 | 雪條 | 雪枝 |
| （10） | 日畫 | 晏畫 | 當畫 | 中午 | 中浪 |

2. **量詞、名詞搭配**：請按照普通話規範搭配並讀出下列數量名短語（按名詞的順序讀）（如：一　個　人）

| 一→ | 把 | 根 | 頂 | 棵 | 輛 | 件 | 場 | 條 | 副 | 套 |
|---|---|---|---|---|---|---|---|---|---|---|
| 蚊帳 | 電影兒 | 魚 | 球拍 | 鑰匙 | 手套 | 尺子 | 雨 | 白菜 | 行李 | |

3. **語序或表達形式判斷**：請判斷並讀出下列5組句子裏的普通話句子

（1）這隻錶千三元。
　　我就這樣子度過了童年。
　　下起雨來了。
　　寫作業用了個半鐘。

（2）他曉得聽。
　　我也去看電影。
　　我來去告訴他。
　　説話起來沒個完。

（3）他的手洗得白白。
　　這花兒好好看啊。
　　這菜沒有鹹。
　　我讀過三年書。

（4）你不認識他。
　　你是不看電影。
　　我説他不過。
　　請你喝多兩杯。

（5）我帶得有錢。
　　上海到快了。
　　下午二點半。
　　我比你跑得快。

## 四、 朗讀短文：請朗讀第8號短文。

## 五、 命題説話：請在下面的兩個話題中選擇其中一個説一段話。（3分鐘）

1. 我的朋友

2. 談談社會公德（或職業道德）

（全卷完）

# 模擬測試卷二

## 一、讀100個單音節字詞

| | | | | | | | | | |
|---|---|---|---|---|---|---|---|---|---|
| 踞 | 吮 | 撰 | 雌 | 絡 | 肢 | 弦 | 繞 | 即 | 編 |
| 窖 | 澀 | 砧 | 秤 | 坑 | 莖 | 穴 | 咬 | 扇 | 考 |
| 暫 | 雄 | 色 | 鹼 | 側 | 豁 | 袪 | 隈 | 沈 | 查 |
| 壑 | 迄 | 曳 | 操 | 皆 | 握 | 余 | 水 | 累 | 此 |
| 梗 | 嚙 | 朽 | 柄 | 轟 | 瓦 | 遭 | 四 | 鋁 | 蹲 |
| 輻 | 捼 | 諧 | 奔 | 鍋 | 速 | 制 | 酸 | 摸 | 餓 |
| 吠 | 覓 | 葷 | 凹 | 腐 | 惹 | 總 | 拖 | 您 | 風 |
| 陡 | 絡 | 褪 | 砂 | 鵝 | 潛 | 類 | 頭 | 眸 | 隔 |
| 瘤 | 棱 | 塌 | 陶 | 擋 | 扭 | 全 | 稀 | 騎 | 或 |

## 二、讀多音節詞語（100個音節）

| | | | | | | |
|---|---|---|---|---|---|---|
| 惆悵 | 寢室 | 鑽探 | 闡述 | 罕見 | 酋長 | 打扮 |
| 封建 | 措施 | 愛情 | 包涵 | 島嶼 | 趕緊 | 相繼 |
| 延續 | 奴役 | 自理 | 挑釁 | 毗鄰 | 思念 | 轉彎 |
| 骨骼 | 侮辱 | 沿海 | 攻擊 | 而且 | 不錯 | 商榷 |
| 執拗 | 反饋 | 渴望 | 輸送 | 含量 | 法院 | 採取 |
| 瑰寶 | 榮耀 | 絢麗 | 喜歡 | 容納 | 着急 | 機械 |
| 沉重 | 照相機 | 霓虹燈 | 胡同兒 | 花盆兒 | 摸黑兒 | 小醜兒 |

## 三、選擇判斷

### 1. 詞語判斷：請判斷並讀出下列10組詞語中的普通話詞語

| | | | | | |
|---|---|---|---|---|---|
| （1） | 說不定 | 講不定 | 勿曉得 | 無定着 | 話唔定 |
| （2） | 胡蠅 | 烏蠅 | 蒼蠅 | 青頭蚊 | |
| （3） | 間中 | 偶爾 | 有時你 | 難板 | |
| （4） | 領巾 | 頸巾 | 圍巾 | 圍領 | 頸圍 |
| （5） | 旁邊 | 邊仔 | 邊頭 | 側邊 | 側角 |
| （6） | 抽鬥 | 櫃桶 | 書桌隔 | 抽屜 | |
| （7） | 好彩 | 好得 | 幸好 | 得幸 | 喜得 |

| (8) | 背後頭 | 暗中 | 暗頭裏 | 暗下裏 | |
|---|---|---|---|---|---|
| (9) | 棒冰 | 冰棒 | 雪條 | 冰棍兒 | 雪枝 |
| (10) | 橫直 | 橫掂 | 橫去 | 反正 | |

## 2. 量詞、名詞搭配：請按照普通話規範搭配並讀出下列數量名短語（按名詞的順序讀）（如：一 個 人）

| 一 → | 件 | 部 | 張 | 把 | 副 | 場 | 根 | 套 | 片 | 頂 |
|---|---|---|---|---|---|---|---|---|---|---|
| 大風 | 陽光 | 傘 | 臉 | 餐具 | 剪刀 | 樹葉 | 電影兒 | 蚊帳 | 事 | |

## 3. 語序或表達形式判斷：請判斷並讀出下列5組句子裏的普通話句子

(1) 下雨開了。
　　他的手冰冰冷。
　　下午兩點鐘。
　　這花好好看啊。

(2) 他有讀過書。
　　我們都去看戲。
　　這種舞你跳得來不？
　　這句說話不中聽。

(3) 這件事我沒說過。
　　你把錢放桌子吧。
　　我一定跑得他過。
　　你說少兩句。

(4) 你去，我沒有去。
　　夠鐘了，快走吧。
　　我炒不來菜。
　　他快吃完了。

(5) 這個人我認不到。
　　他的弟弟比你還高。
　　上海到快了。
　　這東西吃得不得。

## 四、 朗讀短文：請朗讀第21號短文。

## 五、 命題說話：請在下面的兩個話題中選擇其中一個說一段話。（3分鐘）

1. 我尊敬的人

2. 談談科技發展與社會生活

（全卷完）

# 模擬測試卷三

## 一、 讀100個單音節字詞

| | | | | | | | | | |
|---|---|---|---|---|---|---|---|---|---|
| 揪 | 衰 | 篆 | 辭 | 坑 | 質 | 弦 | 任 | 即 | 補 |
| 剿 | 搔 | 診 | 秤 | 掣 | 賊 | 胸 | 色 | 莖 | 測 |
| 郝 | 蜷 | 垣 | 塵 | 揀 | 克 | 業 | 善 | 靠 | 純 |
| 壑 | 掐 | 曳 | 冊 | 緩 | 縮 | 語 | 稅 | 臉 | 君 |
| 埂 | 燃 | 朽 | 辨 | 賦 | 挽 | 早 | 絲 | 亂 | 短 |
| 甫 | 眸 | 攜 | 奔 | 俄 | 嚷 | 志 | 酸 | 膜 | 額 |
| 吠 | 卯 | 渦 | 凹 | 疊 | 侵 | 走 | 鐵 | 濃 | 風 |
| 陡 | 拎 | 頰 | 攝 | 汞 | 噴 | 離 | 頭 | 盆 | 格 |
| 締 | 劣 | 揭 | 許 | 膽 | 嫩 | 低 | 屋 | 瓶 | 互 |
| 瘡 | 端 | 榻 | 藤 | 吾 | 濾 | 權 | 喜 | 輕 | 或 |

## 二、 讀多音節詞語（100個音節）

| | | | | | | |
|---|---|---|---|---|---|---|
| 奢侈 | 阻撓 | 酋長 | 客氣 | 邏輯 | 供應 | 罕見 |
| 措施 | 按照 | 花卉 | 函數 | 蹂躪 | 當然 | 挑撥 |
| 把握 | 濃厚 | 嚴峻 | 規矩 | 輕蔑 | 搪塞 | 而且 |
| 拾掇 | 轉讓 | 高漲 | 不斷 | 彌漫 | 侮辱 | 層次 |
| 匍匐 | 思緒 | 反饋 | 聯盟 | 法制 | 舒適 | 基礎 |
| 迅速 | 坎坷 | 旋渦 | 一切 | 檔案 | 容器 | 決策 |
| 場所 | 創造性 | 志願軍 | 粉末兒 | 拐彎兒 | 墨水兒 | 天窗兒 |

## 三、 選擇判斷

### 1. 詞語判斷：請判斷並讀出下列10組詞語中的普通話詞語

| | | | | | |
|---|---|---|---|---|---|
| （1） | 角落頭 | 角頭 | 角落 | 角彎 | 角下裏 |
| （2） | 啱啱好 | 湊巧 | 碰嘟巧 | 撞啱 | 撞巧 |
| （3） | 白天 | 日頭 | 日時 | 日裏 | 日辰 |
| （4） | 反正 | 橫直 | 橫掂 | 橫去 | |
| （5） | 間壁 | 隔壁 | 隔壁頭 | 隔籬 | |
| （6） | 檢場 | 執拾 | 收捉 | 收拾 | |

| (7) | 好彩 | 好得 | 喜得 | 幸好 | 得奉 |
|---|---|---|---|---|---|
| (8) | 恤衫 | 雲衫 | 襯衫 | 汗褂子 | |
| (9) | 晏晝 | 中午 | 日晝 | 中浪 | 當晝 |
| (10) | 腳踏車 | 單車 | 自行車 | 骹踏車 | |

2. **量詞、名詞搭配**：請按照普通話規範搭配並讀出下列數量名短語（按名詞的順序讀）（如：一 個 人）

---

一 → 件 根 片 副 部 場 棵 頂 把 張

撲克牌 帽子 草 大風 臉 竹杆 鑰匙 桌子 傘 雲

---

3. **語序或表達形式判斷**：請判斷並讀出下列5組句子裏的普通話句子

(1) 我帶得有錢。
這件事我曉不得。
他的手冷冰冰的。
下雨開了。

(2) 別被他跑了。
房裏只有二個人。
這凳子坐得三個人。
這花兒真好看。

(3) 我說他不過。
四川省比廣東省大。
他飯吃好快了。
你的普通話真是普普通。

(4) 我跑去告訴他。
考試費千二元。
你是不看電影。
說話起來沒個完。

(5) 送一件衣服我。
你說少兩句。
今天天晴。
我也有去北京。

# 四、 朗讀短文：請朗讀第33號短文。

# 五、 命題說話：請在下面的兩個話題中選擇其中一個說一段話。（3分鐘）

1. 我的願望（或理想）

2. 談談個人修養

（全卷完）

## 模擬測試卷四

### 一、 讀100個單音節字詞

| | | | | | | | | | |
|---|---|---|---|---|---|---|---|---|---|
| 矩 | 擺 | 恕 | 拽 | 即 | 賜 | 氯 | 織 | 弦 | 讓 |
| 腮 | 竭 | 轍 | 秤 | 坑 | 載 | 雄 | 色 | 才 | 鯨 |
| 罕 | 屈 | 尹 | 臣 | 津 | 袖 | 咬 | 尚 | 孔 | 唱 |
| 壑 | 舀 | 猜 | 祈 | 連 | 鹼 | 握 | 愈 | 睡 | 春 |
| 梗 | 釀 | 朽 | 屏 | 壺 | 瓦 | 則 | 四 | 亂 | 鍛 |
| 餓 | 敷 | 捺 | 畝 | 攜 | 瓣 | 逛 | 穗 | 致 | 異 |
| 緋 | 覓 | 凹 | 總 | 鐵 | 韋 | 浮 | 惹 | 能 | 封 |
| 陡 | 隔 | 瞭 | 蛻 | 繩 | 俄 | 傾 | 李 | 頭 | 匹 |
| 嫡 | 撂 | 厚 | 歇 | 平 | 懸 | 墊 | 捧 | 奪 | 屋 |
| 蠹 | 棱 | 塌 | 或 | 其 | 踢 | 西 | 權 | 蹬 | 捏 |

### 二、 讀多音節詞語（100個音節）

| | | | | | | |
|---|---|---|---|---|---|---|
| 贖罪 | 案件 | 坎坷 | 舷窗 | 骨骼 | 阻塞 | 卓越 |
| 花蕾 | 喜歡 | 自傳 | 借鑒 | 召開 | 束縛 | 鞏固 |
| 包括 | 瑰麗 | 凝聚 | 行李 | 怯懦 | 挑釁 | 竹筍 |
| 含量 | 不夠 | 剖析 | 探詢 | 參加 | 島嶼 | 彌補 |
| 循環 | 侮辱 | 成就 | 繚繞 | 仿佛 | 抒情 | 機械 |
| 一面 | 措施 | 渴望 | 風格 | 始終 | 而且 | 法律 |
| 彆扭 | 放射性 | 錦標賽 | 面條兒 | 火星兒 | 刀背兒 | 人緣兒 |

### 三、 選擇判斷

1. 詞語判斷：請判斷並讀出下列10組詞語中的普通話詞語

（1）　胡蠅　　烏蠅　　蒼蠅　　青頭蚊

（2）　間中　　偶爾　　有時仔　　難板

（3）　圍巾　　領巾　　頸巾　　圍領　　頸圍

（4）　暗下裏　　暗中　　背後頭　　暗頭裏

（5）　棒冰　　冰棒　　雪條　　冰棍兒　　雪枝

（6）　説不定　　無定着　　勿曉得　　話唔定　　講唔定

|      |      |      |      |      |
|------|------|------|------|------|
| (7)  | 日時 | 日頭 | 白天 | 日裏 | 日辰頭 |
| (8)  | 櫃桶 | 抽屜 | 抽鬥 | 書桌隔 | |
| (9)  | 勿要 | 唔使 | 唔免 | 不必 | 用勿着 |
| (10) | 側邊 | 旁邊 | 側角 | 邊仔 | 邊頭 |

2. **量詞、名詞搭配**：請按照普通話規範搭配並讀出下列數量名短語（按名詞的順序讀）（如：一 個 人）

| 一 → | 所 | 件 | 塊 | 間 | 顆 | 張 | 套 | 把 | 根 | 片 |
|------|----|----|----|----|----|----|----|----|----|-----|
| 報紙 | 剪刀 | 襯衣 | 陽光 | 桌子 | 商店 | 學校 | 火柴 | 尺 | 雲 | |

3. **語序或表達形式判斷**：請判斷並讀出下列5組句子裏的普通話句子

(1) 我説不來謊。
　　別客氣，你走先。
　　寫作業用了半小時。
　　請你喝多兩杯。

(2) 我就這樣子過了新年。
　　給我一本書。
　　這間房住得三個人。
　　午夜二點半。

(3) 下開雨來了。
　　這個字我認不到。
　　今天是潮濕。
　　我去過大西北。

(4) 我有時間看電影。
　　冬天到快了。
　　四川省大過廣東省。
　　説話起來沒個完。

(5) 他以前有來過北京。
　　我跑得他過。
　　這花兒很香。
　　房租萬二元。

**四、 朗讀短文：請朗讀第57號短文。**

**五、 命題説話：請在下面的兩個話題中選擇其中一個説一段話。**（3分鐘）

1. 我所在的集體（學校、機關、公司等）

2. 我的假日生活

（全卷完）

## 一、讀100個單音節字詞

| | | | | | | | | | |
|---|---|---|---|---|---|---|---|---|---|
| 旁 | 備 | 等 | 後 | 描 | 寬 | 許 | 賞 | 膜 | 倦 |
| 坑 | 遠 | 膘 | 嘈 | 總 | 遷 | 迎 | 市 | 貌 | 哭 |
| 奶 | 未 | 堆 | 嬰 | 濱 | 武 | 甩 | 爽 | 翌 | 葡 |
| 襤 | 愁 | 仍 | 審 | 偏 | 鵝 | 司 | 隕 | 田 | 香 |
| 怨 | 垂 | 凡 | 體 | 犁 | 青 | 塔 | 阻 | 廣 | 屈 |
| 擺 | 耳 | 叛 | 囚 | 轟 | 蠢 | 款 | 熊 | 層 | 聳 |
| 鴕 | 秒 | 卵 | 張 | 日 | 叢 | 嚴 | 逢 | 逃 | 鈎 |
| 儒 | 買 | 促 | 孤 | 缺 | 俠 | 織 | 怎 | 扉 | 衝 |
| 諾 | 寡 | 寸 | 腮 | 喚 | 欣 | 拽 | 揪 | 棄 | 活 |
| 獨 | 很 | 淡 | 蟄 | 叫 | 壯 | 井 | 刪 | 犒 | 佳 |

## 二、讀多音節詞語（100個音節）

| | | | | | | |
|---|---|---|---|---|---|---|
| 配備 | 狂妄 | 情緒 | 祠堂 | 光榮 | 逞能 | 引用 |
| 保存 | 專家 | 舒展 | 祖宗 | 策劃 | 左右 | 尋找 |
| 壓迫 | 保險 | 寬闊 | 純潔 | 謀求 | 犯法 | 鍛煉 |
| 理想 | 掃帚 | 男女 | 惱火 | 聯絡 | 懷疑 | 斤兩 |
| 權利 | 欣賞 | 支出 | 如常 | 用力 | 冬季 | 徹底 |
| 管轄 | 疾病 | 猶豫 | 包涵 | 統計 | 糾正 | 機械化 |
| 回歸線 | 別具一格 | 牙刷兒 | 墨水兒 | 脖頸兒 | 名牌兒 | |

## 三、選擇判斷

### 1. 詞語判斷：請判斷並讀出下列10組詞語中的普通話詞語

（1）　嘴唇皮　　　嘴巴皮子　　嘴唇　　　　喙唇

（2）　包穀　　　　玉米　　　　粟米　　　　珍珠米

（3）　一輩子　　　一生人　　　一世人　　　一世儂

（4）　洗身　　　　洗身軀　　　沖涼　　　　洗澡

（5）　外衣　　　　罩衫　　　　褸　　　　　面衫　　　　罩面褂子

| | | | |
|---|---|---|---|
| (6) | 水泥 | 石屎 | 水門汀 | 洋泥巴 |
| (7) | 執拾 | 揀拾 | 收拾 | 檢場 |
| (8) | 看醫生 | 看大夫 | 看病 | 看疾痛 |
| (9) | 出年 | 下年 | 開年 | 來年 |
| (10) | 掉架 | 丟格 | 丟人 | 丟面 |

2. **量詞、名詞搭配：請按照普通話規範搭配並讀出下列數量名短語（按名詞的順序讀）（如：一個人）**

> 一 → 把 根 條 部 場 套 件 塊 頂
>
> 綢緞 電影 行李 西裝 轎子 鑰匙 手錶 大風 竹杆 消息

3. **語序或表達形式判斷：請判斷並讀出下列5組句子裏的普通話句子**

(1) 枝筆是誰的？
這朵花真香。
我給他千九元。

(2) 我們二時三十分開會。
還剩兩兩油。
過兩個星期就要放假了。

(3) 把一本書來。
給一本書來。
拿一本書來。

(4) 逛街用了大半天。
咱們來去逛街。
只用了五個字逛街。

(5) 他的手冰冰冷的。
他總是認真認真的。
他的手洗得白白的。

## 四、 朗讀短文：請朗讀第40號短文。

## 五、 命題說話：請在下面的兩個話題中選擇其中一個說一段話。(3分鐘)

1. 我喜愛的文學(或其他)藝術形式

2. 我的業餘生活

(全卷完)

# 模擬測試卷六

## 一、 讀100個單音節字詞

| | | | | | | | | | |
|---|---|---|---|---|---|---|---|---|---|
| 抨 | 掐 | 茁 | 嫖 | 臉 | 江 | 癌 | 耶 | 青 | 牌 |
| 印 | 風 | 坡 | 淳 | 蕊 | 漕 | 呼 | 狗 | 拐 | 決 |
| 獻 | 閘 | 寓 | 掌 | 雁 | 治 | 總 | 基 | 足 | 婉 |
| 挺 | 三 | 農 | 閃 | 屯 | 碎 | 耗 | 鐐 | 慘 | 座 |
| 辮 | 喘 | 丁 | 蜷 | 衛 | 倫 | 擋 | 洽 | 轟 | 襖 |
| 酒 | 肥 | 口 | 巒 | 雕 | 怒 | 嶺 | 淌 | 肯 | 諷 |
| 竄 | 綁 | 案 | 碧 | 澄 | 跺 | 渺 | 鬢 | 愁 | 卻 |
| 雄 | 吹 | 妞 | 容 | 村 | 泉 | 逛 | 河 | 煩 | 甚 |
| 冊 | 酋 | 克 | 緩 | 添 | 爽 | 砧 | 瑕 | 惹 | 拖 |
| 燒 | 祥 | 尚 | 眉 | 眯 | 斜 | 刺 | 縷 | 騷 | 勒 |

## 二、 讀多音節詞語（100音節）

| | | | | | | |
|---|---|---|---|---|---|---|
| 演員 | 兒女 | 從來 | 勇敢 | 僧徒 | 鄉鎮 | 匯合 |
| 委屈 | 製造 | 調整 | 胳膊 | 代替 | 喜訊 | 擴充 |
| 衰弱 | 發財 | 柔軟 | 萌芽 | 久遠 | 裝修 | 自己 |
| 緊急 | 淺見 | 保值 | 涼快 | 攀登 | 課程 | 漫遊 |
| 果斷 | 渾濁 | 足夠 | 腐朽 | 聯想 | 景色 | 古典 |
| 璀璨 | 據點 | 權利 | 森林 | 擔心 | 圓圈 | 膽固醇 |
| 班主任 | 出類拔萃 | 模特兒 | 拐彎兒 | 小孩兒 | 胡同兒 | |

## 三、 選擇判斷

1. 詞語判斷：請判斷並讀出下列10組詞語中的普通話詞語

   （1）　白菜　　　黃芽白　　　黃芽菜

   （2）　炮仗　　　炮仔　　　爆竹

   （3）　雪糕　　　雪條　　　冰棍兒

   （4）　好似的　　似樣　　　好像

   （5）　顫抖　　　抖震　　　打噤

| | | |
|---|---|---|
| （6） | 撞巧 | 湊巧 | 撞啱 |
| （7） | 房租 | 屋租 | 厝租 |
| （8） | 隔籬 | 間壁 | 隔壁 |
| （9） | 鑊 | 鍋 | 鼎 |
| （10） | 怪不得 | 唔怪得 | 不怪得 |

2. 量詞、名詞搭配：請按照普通話規範搭配並讀出下列數量名短語（按名詞的
順序讀）（如：一個人）

一 →　　粒　片　張　把　扇　道　對　雙　部　顆

鞋　桌子　屏風　關卡　舞伴　陽光　星星　字典　汽車　扇子

3. 語序或表達形式判斷：請判斷並讀出下列5組句子裏的普通話句子

（1）這麼說把他明白了。
我們抓他起來。
我們把他拉過來。

（2）他肯定大過你。
他大你二年。
他比你年長兩歲。

（3）這回要玩個痛快。
今次要玩多一陣。
請你喝多兩杯。

（4）他們掃得還沒乾淨。
他就要做完作業了。
水燒開快了。

（5）我不喜歡吃西餐。
我聞不來煙味兒。
我把菜放桌子。

**四、 朗讀短文：請朗讀第51號短文。**

**五、 命題説話：請在下面的兩個話題中選擇其中一個説一段話。**（3分鐘）

1. 我喜愛的動物（或植物）

2. 我知道的風俗

（全卷完）

# 模擬測試卷七

## 一、讀100個單音節字詞

| | | | | | | | | | |
|---|---|---|---|---|---|---|---|---|---|
| 派 | 瓊 | 砌 | 奔 | 娟 | 黑 | 朋 | 憋 | 斷 | 床 |
| 變 | 乖 | 炸 | 飄 | 米 | 粗 | 隨 | 渺 | 醬 | 涼 |
| 發 | 母 | 岔 | 非 | 女 | 充 | 粉 | 賣 | 特 | 褡 |
| 誰 | 臺 | 爹 | 耍 | 培 | 頭 | 丟 | 哄 | 恬 | 損 |
| 病 | 坨 | 紐 | 蒼 | 煩 | 足 | 勞 | 軒 | 郎 | 證 |
| 倆 | 婚 | 給 | 認 | 羹 | 歐 | 課 | 花 | 看 | 裝 |
| 揍 | 跨 | 淮 | 家 | 您 | 宗 | 仍 | 均 | 速 | 驅 |
| 爪 | 檸 | 瞎 | 弱 | 碗 | 巡 | 至 | 勿 | 酌 | 兒 |
| 韻 | 揣 | 泳 | 試 | 拴 | 澀 | 擾 | 況 | 潤 | 做 |
| 滅 | 兇 | 虐 | 雀 | 竄 | 琴 | 歸 | 型 | 俏 | 跟 |

## 二、讀多音節詞語（100個音節）

| | | | | | | |
|---|---|---|---|---|---|---|
| 保持 | 內幕 | 本人 | 虐待 | 眼鏡兒 | 評核 | 流傳 |
| 貧困 | 木頭 | 桂冠 | 名勝 | 加塞兒 | 羨慕 | 丟掉 |
| 嘉賓 | 對白 | 摔跤 | 迥然 | 大腦 | 退股 | 釀制 |
| 潦草 | 缺貨 | 臨床 | 品質 | 糧食 | 刮風 | 懇談 |
| 秘方 | 礦產 | 畫報 | 解讀 | 總編 | 均分 | 求助 |
| 詮釋 | 勻稱 | 拐彎兒 | 痊癒 | 整體 | 春節 | 牙齒 |
| 確鑿 | 菜式 | 訴說 | 局長 | 算數 | 窩囊 | 小孩兒 |
| 憂愁 | | | | | | |

## 三、選擇判斷

1. 詞語判斷：請判斷並讀出下列10組詞語中的普通話詞語

   （1）　日頭　　　太陽老爺　　太陽　　　　日中

   （2）　不知道　　不楚清　　　勿清爽　　　拎不清

   （3）　勿斷　　　不斷　　　　麼斷　　　　無停

   （4）　雪條　　　冰條　　　　冰棍兒　　　霜棍兒

| (5) | 燈膽 | 電棒 | 燈棍 | 燈泡 | |
|---|---|---|---|---|---|
| (6) | 而家 | 目下 | 今下 | 現在 | 如崭 |
| (7) | 瞞人 | 邊個 | 啥儂 | 啥人 | 誰 |
| (8) | 頂面 | 高頭 | 上背 | 上便 | 上邊 |
| (9) | 嬰兒 | 毛仔 | 冒牙子 | 碎娃 | 嬰仔 | 伢子 |
| (10) | 早朝 | 向早 | 晨早 | 早起辰光 | 早上 |

**2.** 量詞、名詞搭配：請按照普通話規範搭配並讀出下列數量名短語（按名詞的順序讀）（如：一個人）

| 一 → 架 | 張 | 頂 | 對 | 塊 | 頭 | 朵 | 場 | 雙 | 把 |
|---|---|---|---|---|---|---|---|---|---|
| 夫妻 傘 | 牛 | 鋼琴 | 蘑菇 | 沙發 | 鈔票 | 蛋糕 | 大戰 | 帽子 | |

**3.** 語序或表達形式判斷：請判斷並讀出下列5組句子裏的普通話句子

（1）我忒難過了 / 我過難過了 / 我太難過了 / 我難過大了。

（2）你比他可愛 / 你可愛他 / 你可愛過他 / 你比他較可愛 / 你比較可愛他。

（3）他疼得淚流 / 他疼的淚滴滴 / 他疼得流眼淚。

（4）這個字我識不到 / 這個字我不認識 / 這個字我不會認得到。

（5）我給她一張電影票 / 我給一張電影票她 / 我一張電影票給她 / 我電影票給他一張 / 我給一張電影票給他。

# 四、 朗讀短文：請朗讀第8號短文。

# 五、 命題説話：請在下面的兩個話題中選擇其中一個説一段話。（3分鐘）

1. 我的朋友
2. 談談個人修養

（全卷完）

# 模擬測試卷八

## 一、 讀100個單音節字詞

| | | | | | | | | | |
|---|---|---|---|---|---|---|---|---|---|
| 畫 | 八 | 迷 | 先 | 氈 | 皮 | 幕 | 美 | 徹 | 飛 |
| 鳴 | 破 | 捶 | 風 | 豆 | 蹲 | 霞 | 掉 | 桃 | 定 |
| 宮 | 鐵 | 翁 | 念 | 勞 | 天 | 旬 | 溝 | 狼 | 口 |
| 靴 | 娘 | 嫩 | 機 | 蕊 | 家 | 跪 | 絕 | 趣 | 全 |
| 瓜 | 窮 | 屢 | 知 | 狂 | 正 | 裘 | 中 | 恒 | 社 |
| 槐 | 事 | 轟 | 竹 | 掠 | 茶 | 肩 | 常 | 概 | 蟲 |
| 皇 | 水 | 君 | 人 | 夥 | 自 | 滑 | 早 | 絹 | 足 |
| 炒 | 次 | 渴 | 酸 | 勤 | 魚 | 篩 | 院 | 腔 | 愛 |
| 鱉 | 袖 | 濱 | 豎 | 搏 | 刷 | 瞟 | 帆 | 彩 | 憤 |
| 司 | 滕 | 寸 | 孿 | 岸 | 勒 | 歪 | 爾 | 熊 | 妥 |

## 二、 讀多音節詞語（100個音節）

| | | | | | | |
|---|---|---|---|---|---|---|
| 腐朽 | 操縱 | 搜查 | 緩慢 | 獎勵 | 奧秘 | 奶奶 |
| 説謊 | 門檻兒 | 簡短 | 繳納 | 蝸牛 | 科目 | 昆蟲 |
| 腦袋 | 私人 | 擺動 | 學生 | 瞭解 | 增加 | 毀壞 |
| 商量 | 偶然 | 甚麼 | 開學 | 程度 | 餐廳 | 班長 |
| 刀把兒 | 品行 | 配合 | 非常 | 雄偉 | 拒絕 | 咨詢 |
| 區別 | 鐵軌 | 蜷縮 | 連詞 | 窮困 | 倘若 | 近況 |
| 涅磐 | 抓鬮兒 | 詢問 | 畫卷 | 快艇 | 紛爭 | 頹廢 |
| 群居 | | | | | | |

## 三、 選擇判斷

1. 詞語判斷：請判斷並讀出下列10組詞語中的普通話詞語

   （1）　日裏　　　日時　　　白天　　　日中　　　日頭

   （2）　鼻　　　　鼻子　　　鼻公　　　鼻哥　　　鼻頭

   （3）　冰箸　　　冰棒　　　雪條　　　冰棍兒

   （4）　唔愛　　　勿要　　　不要　　　唔要

| (5) | 蒼蠅 | 烏蠅 | 胡蠅 | 蚨蠅 |  |
|-----|------|------|------|------|--|
| (6) | 屎窖 | 屎坑 | 廁所 | 糞坑厝 |  |
| (7) | 吹牛 | 吹大炮 | 車大炮 | 吹水 |  |
| (8) | 銀紙 | 紙票 | 鈔票 | 銅細 | 紙字 |
| (9) | 卵糕 | 雞卵糕 | 蛋糕 |  |  |
| (10) | 丟失 | 螺脫 | 唔 | 不見 | 見不到 |

2. 量詞、名詞搭配：請按照普通話規範搭配並讀出下列數量名短語（按名詞的順序讀）（如：一 個 人）

> 一 → 把 根 棵 條 所 朵 扇 頂 場 件
>
> 轎子 褲子 學校 花 鑰匙 柳樹 門 電影 行李 柱子

3. 語序或表達形式判斷：請判斷並讀出下列5組句子裏的普通話句子

(1) 給本書我。/ 給我一本書。/ 把本書我。

(2) 別客氣，你走頭先。/ 別客氣，你走先。/ 別客氣，你先走。

(3) 他比我高。/ 他高過我。/ 他比我過高。

(4) 這事我曉不得。/ 這事我知不道。/ 這事我不知道。

(5) 你有吃過飯沒有？/ 你吃過飯沒有？

四、 朗讀短文：請朗讀第12號短文。

五、 命題說話：請在下面的兩個話題中選擇其中一個說一段話。(3分鐘)

1. 我喜歡的節日

2. 我喜愛的文學（或其他）藝術形式

（全 卷 完）

# 模擬測試卷九

## 一、讀100個單音節字詞

| | | | | | | | | | |
|---|---|---|---|---|---|---|---|---|---|
| 米 | 鴕 | 纜 | 叢 | 逢 | 張 | 顏 | 日 | 逃 | 勾 |
| 人 | 買 | 缺 | 促 | 瓜 | 織 | 俠 | 灑 | 扉 | 沖 |
| 納 | 館 | 略 | 腮 | 喚 | 新 | 墜 | 揪 | 汽 | 活 |
| 淡 | 蟄 | 獨 | 叫 | 很 | 壯 | 井 | 刪 | 犒 | 夾 |
| 萍 | 描 | 被 | 等 | 後 | 昆 | 絮 | 賞 | 膜 | 卷 |
| 糠 | 晚 | 膘 | 遷 | 嘈 | 總 | 楊 | 式 | 枯 | 冒 |
| 堆 | 耐 | 鷹 | 未 | 甩 | 擯 | 我 | 瞬 | 印 | 鋪 |
| 辣 | 騙 | 愁 | 嬌 | 仍 | 鵝 | 隕 | 四 | 田 | 相 |
| 料 | 百 | 二 | 喘 | 叛 | 聶 | 囚 | 聳 | 雄 | 曾 |
| 劣 | 錘 | 葬 | 墳 | 替 | 青 | 梨 | 它 | 廣 | 區 |

## 二、讀多音節詞語（100個音節）

| | | | | | | |
|---|---|---|---|---|---|---|
| 取得 | 陽臺 | 兒童 | 板凳兒 | 混淆 | 衰落 | 分析 |
| 防禦 | 沙丘 | 管理 | 此外 | 便宜 | 光環 | 塑膠 |
| 扭轉 | 加油 | 隊伍 | 挖潛 | 女士 | 科學 | 手指 |
| 策略 | 搶劫 | 森林 | 僑眷 | 模特兒 | 港口 | 沒準兒 |
| 乾淨 | 日用 | 緊張 | 熾熱 | 群眾 | 名牌兒 | 沉醉 |
| 快樂 | 窗戶 | 財富 | 應當 | 生字 | 奔跑 | 晚上 |
| 卑劣 | 包裝 | 灑脫 | 現代化 | 委員會 | 輕描淡寫 | |

## 三、選擇判斷

1. 詞語判斷：請判斷並讀出下列10組詞語中的普通話詞語

| | | | | | |
|---|---|---|---|---|---|
| （1） | 為麼子 | 做咩 | 為甚麼 | 點解 | 為啥 |
| （2） | 細小 | 細粒 | 幼細 | 異細 | 異小 |
| （3） | 後生仔 | 後生 | 崽崽 | 小夥子 | 後生家 |
| （4） | 日裏 | 向日裏 | 白天 | 日上 | 日辰頭 |
| （5） | 螞蟻子 | 螞蠅 | 狗蟻 | 蟻公 | 螞蟻 |

238

| (6) | 這裏 | 個搭 | 裏個 | 裏呢 | 這邊廂 |
|---|---|---|---|---|---|
| (7) | 太公 | 曾祖父 | 太公公 | 太伯 | |
| (8) | 洋山芋 | 土豆 | 薯仔 | 番薯 | |
| (9) | 火柴 | 自來火 | 點火棍 | 洋火 | 火槍 |
| (10) | 色子 | 骰子 | 點子 | 點兒 | |

2. **量詞、名詞搭配：請按照普通話規範搭配並讀出下列數量名短語（按名詞的順序讀）（如：一　個　人）**

| 一 → | 輛 | 片 | 顆 | 門 | 盤 | 口 | 粒 | 塊 | 面 | 匹 |
|---|---|---|---|---|---|---|---|---|---|---|
| 米 | 錄像帶 | 石頭 | 陰涼 | 布 | 珍珠 | 鏡子 | 考試 | 摩托車 | 井 | |

3. **語序或表達形式判斷：請判斷並讀出下列5組句子裏的普通話句子**

(1) 我追他不上 / 我追不上他 / 我追不他上。

(2) 新嶄新 / 嶄嶄新 / 嶄新。

(3) 我説他不過 / 我説比他不過 / 我説不過他。

(4) 你這個人很上照 / 你這個人很上相 / 你這個人很上映射。

(5) 我教兩年級語文 / 我教二年級語文。

# 四、 朗讀短文：請朗讀第21號短文。

# 五、 命題説話：請在下面的兩個話題中選擇其中一個説一段話。(3分鐘)

1. 難忘的旅行

2. 我喜歡的明星（或其他知名人士）

（全卷完）

## 模擬測試卷十

### 一、讀100個單音節字詞

| | | | | | | | | | |
|---|---|---|---|---|---|---|---|---|---|
| 怒 | 臉 | 卻 | 我 | 慣 | 掘 | 座 | 惹 | 串 | 勒 |
| 基 | 江 | 描 | 呼 | 腎 | 機 | 害 | 她 | 衛 | 摟 |
| 妃 | 牌 | 跺 | 漕 | 河 | 扅 | 碎 | 孀 | 倫 | 沒 |
| 九 | 棚 | 案 | 坡 | 吹 | 遇 | 膿 | 貼 | 熬 | 眯 |
| 啃 | 癌 | 八 | 運 | 罰 | 獻 | 挺 | 優 | 扁 | 上 |
| 口 | 飄 | 菜 | 瘋 | 雄 | 聞 | 三 | 克 | 擋 | 稍 |
| 嶺 | 茁 | 碧 | 淳 | 瘓 | 杖 | 山 | 謊 | 釘 | 相 |
| 姘 | 椰 | 成 | 蕊 | 音 | 治 | 吞 | 真 | 化 | 邪 |
| 蠻 | 搯 | 鬢 | 狗 | 妞 | 總 | 鐐 | 瑕 | 還 | 刺 |
| 凋 | 青 | 愁 | 拐 | 容 | 族 | 師 | 彎 | 捲 | 臊 |

### 二、讀多音節詞語（100個音節）

| | | | | | |
|---|---|---|---|---|---|
| 被告 | 採購 | 恭賀 | 奶糖 | 調整 | 驕傲 | 月份 |
| 臘月 | 品行 | 晃蕩 | 轉念 | 怎麼 | 這樣 | 反抗 |
| 最後 | 千瓦 | 萌芽 | 必修 | 軟弱 | 回升 | 喜訊 |
| 代替 | 手巾 | 擴充 | 取暖 | 農村 | 海產 | 森林 |
| 狀況 | 另外 | 失業 | 發明 | 草原 | 打盹兒 | 老師 |
| 打嗝兒 | 破曉 | 伯父 | 配合 | 兒孫 | 傢俱 | 垂直 |
| 餡兒餅 | 侵略 | 左右 | 窮人 | 染色 | 旅行 | 哥們兒 |
| 辯解 | | | | | | |

### 三、選擇判斷

**1. 詞語判斷：請判斷並讀出下列10組詞語中的普通話詞語**

(1) 餡兒　　餡頭　　餡裏　　餡餡兒

(2) 香肥皂　　胰子　　香皂　　番梘　　洋胰

(3) 洋蔥頭　　蔥頭　　蔥蒜　　大頭蔥　　洋蔥

(4) 尋開心　　開玩笑　　開笑話　　耍笑

| (5) | 荸薺 | 地梨 | 馬蹄 | 地白 | |
|---|---|---|---|---|---|
| (6) | 搭腔 | 交談 | 傾 | 搭閑話 | |
| (7) | 光火 | 惱怒 | 生火 | 火沖 | 沖怒 |
| (8) | 抽斗 | 抽屜 | 抽匣 | 抽盒 | |
| (9) | 行街 | 逛街 | 走街 | 買街 | |
| (10) | 草蜢 | 蚱蜢 | 螞蚱 | 草蟲 | |

2. 量詞、名詞搭配：請按照普通話規範搭配並讀出下列數量名短語（按名詞的順序讀）（如：一 個 人）

| 一 | → | 座 | 隻 | 張 | 項 | 位 | 頭 | 套 | 臺 | 雙 | 扇 |
|---|---|---|---|---|---|---|---|---|---|---|---|
| 窗戶 | 手套 | 節目 | 餐具 | 駱駝 | 客人 | 比賽 | 郵票 | 耳朵 | 山 | | |

3. 語序或表達形式判斷：請判斷並讀出下列5組句子裏的普通話句子

（1）這本書一百多塊 / 這本書百多塊 / 這本書百幾塊。

（2）她頭髮比我長得多 / 她頭髮比我長幾多 / 她頭髮長過我好多。

（3）我來去告訴他 / 我去告訴他 / 我話給他知。

（4）那是一座兩層小樓房 / 那是一座二層小樓房。

（5）他腿很長 / 他腳很長 / 他髀好長。

# 四、 朗讀短文：請朗讀第37號短文。

# 五、 命題説話：請在下面的兩個話題中選擇其中一個説一段話。(3分鐘)

1. 談談美食

2. 我和體育

（全 卷 完）

## 一、 讀100個單音節字詞

| | | | | | | | | | |
|---|---|---|---|---|---|---|---|---|---|
| 藏 | 咱 | 竄 | 雜 | 題 | 愷 | 扇 | 沖 | 及 | 泵 |
| 含 | 偏 | 韻 | 夏 | 指 | 來 | 哈 | 爬 | 測 | 霜 |
| 盒 | 去 | 佩 | 香 | 岔 | 型 | 件 | 喝 | 次 | 架 |
| 發 | 煮 | 頂 | 變 | 膏 | 洛 | 炸 | 選 | 術 | 成 |
| 圈 | 霍 | 懶 | 倫 | 炯 | 巖 | 絲 | 跛 | 八 | 裸 |
| 歸 | 空 | 裝 | 刪 | 進 | 禪 | 準 | 蠢 | 談 | 錘 |
| 痕 | 謝 | 粥 | 瘋 | 醬 | 逆 | 糖 | 短 | 眾 | 靈 |
| 瓣 | 況 | 鎮 | 躲 | 摔 | 石 | 坤 | 錦 | 童 | 賺 |
| 墊 | 痕 | 巢 | 澀 | 銅 | 盞 | 嫌 | 暢 | 射 | 森 |
| 蒜 | 薑 | 串 | 醇 | 盆 | 準 | 瘦 | 妥 | 透 | 商 |

## 二、 讀多音節詞語（100個音節）

| | | | | | | |
|---|---|---|---|---|---|---|
| 法律 | 成長 | 唇膏 | 住宅 | 成功 | 書店 | 饅頭 |
| 扇面兒 | 狀態 | 空調 | 年華 | 開發 | 呢絨 | 監督 |
| 兼職 | 壺蓋兒 | 既然 | 浴缸 | 風騷 | 乘客 | 荷蘭 |
| 衰落 | 發揮 | 通道 | 燦爛 | 泰山 | 循環 | 香腸兒 |
| 鄙視 | 變動 | 步驟 | 填詞 | 確實 | 螃蟹 | 粘稠 |
| 糧食 | 繁榮 | 時空 | 榮譽 | 證書 | 畢竟 | 命運 |
| 發揮 | 忍耐 | 涵蓋 | 良知 | 金額 | 舞蹈 | 靈魂 |
| 奢侈 | | | | | | |

## 三、 選擇判斷

1 詞語判斷：請判斷並讀出下列10組詞語中的普通話詞語

| | | | | | |
|---|---|---|---|---|---|
| （1） | 挨晚 | 黃昏頭 | 傍晚 | 臨夜 | 晚邊子 |
| （2） | 勿像閑話 | 不像話 | 唔似樣 | 不狀相 | 唔像話 |
| （3） | 四常 | 打常 | 長時 | 常椿 | 常常 |
| （4） | 出洋相 | 甩鬚 | 出六 | 落臉 | |

| (5) | 電油 | 電藥 | 電泥 | 電池 | 電塗 |
|---|---|---|---|---|---|
| (6) | 夥頭 | 炊事員 | 煮飯個 | 館夫 | |
| (7) | 好好叫 | 好好兒 | 好地地 | 好生 | 好好裏 |
| (8) | 頂面 | 高頭 | 上背 | 上面 | 上便 |
| (9) | 熱和 | 暖和 | 燒暖 | 燒羅 | 熱沸 |
| (10) | 上元 | 湯團 | 正月半 | 元宵 | 圓子 |

2. **量詞、名詞搭配：請按照普通話規範搭配並讀出下列數量名短語(按名詞的順序讀)**

| 一 → | 門 | 口 | 座 | 支 | 片 | 棵 | 家 | 幅 | 份 | 滴 |
|---|---|---|---|---|---|---|---|---|---|---|
| 眼淚 | 午餐 | 被面 | 飯店 | 樹 | 陰涼 | 軍隊 | 雕塑 | 大鍋 | 課程 | |

3. **語序或表達形式判斷：請判斷並讀出下列5組句子裏的普通話句子**

(1) 這朵花開得好大 / 這朵花放的特大 / 這多花開得幾大

(2) 你比我快 / 你快我 / 你比我快過 / 你比較快我 / 你比我較快

(3) 我對他説一句話 / 我對他一句話説 / 我一句話對他説 / 我説一句話對他

(4) 他不時説兩句鼓勵的話 / 他兩句鼓勵的話不時説話 / 他説兩句鼓勵的話不時

(5) 我拉他下來 / 我把他拉下來 / 我拉下他來

## 四、 朗讀短文：請朗讀第56號短文。

## 五、 命題説話：請在下面的兩個話題中選擇其中一個説一段話。(3分鐘)

1. 我所在的集體

2. 談談對環境保護的認識

(全卷完)

# 模擬測試卷十二

## 一、 讀100個單音節字詞

| | | | | | | | | | |
|---|---|---|---|---|---|---|---|---|---|
| 檢 | 揪 | 穩 | 跨 | 枚 | 嫩 | 此 | 畔 | 券 | 粘 |
| 妞 | 縱 | 拽 | 搖 | 幢 | 矜 | 懸 | 屎 | 饒 | 嚷 |
| 百 | 壺 | 盎 | 蕾 | 愁 | 比 | 彭 | 轄 | 幽 | 盛 |
| 卵 | 淮 | 兜 | 裸 | 扣 | 膜 | 慌 | 鼎 | 爬 | 鋪 |
| 傘 | 短 | 佐 | 擱 | 駁 | 蛆 | 踹 | 舉 | 方 | 豁 |
| 掐 | 鳴 | 嘴 | 株 | 闖 | 您 | 潛 | 耍 | 撇 | 屯 |
| 潤 | 傭 | 涮 | 迥 | 隋 | 澀 | 渾 | 啞 | 痣 | 瓜 |
| 簾 | 閃 | 兒 | 擦 | 伐 | 稈 | 糞 | 血 | 翁 | 且 |
| 瞳 | 想 | 敲 | 忌 | 子 | 狠 | 邢 | 仰 | 惡 | 妙 |
| 搶 | 矮 | 荀 | 添 | 腿 | 虐 | 瘦 | 捂 | 扛 | 聰 |

## 二、 讀多音節詞語（100個音節）

| | | | | | | |
|---|---|---|---|---|---|---|
| 民謠 | 咖啡 | 踝骨 | 和平 | 尋覓 | 素描 | 雄辯 |
| 產量 | 狀元 | 暖和 | 哲學 | 投資 | 少女 | 球賽 |
| 全體 | 柵欄兒 | 押韻 | 船舶 | 拐彎 | 存款 | 概論 |
| 烹飪 | 閣樓 | 耳朵 | 酌情 | 古董 | 採購 | 娘家 |
| 粉筆 | 棕色 | 針對 | 光明 | 墨汁兒 | 攜帶 | 刷洗 |
| 狹窄 | 鐵路 | 旦角兒 | 朗誦 | 早晨 | 然後 | 誇張 |
| 率領 | 迫切 | 條件 | 缺乏 | 最初 | 示眾 | 實況 |
| 小曲兒 | | | | | | |

## 三、 選擇判斷

1. 詞語判斷：請判斷並讀出下列10組詞語中的普通話詞語

|   | | | |
|---|---|---|---|
| （1） | 出洋相 | 落臉 | 落面 |
| （2） | 舊陣時 | 從前 | 先頭 |
| （3） | 阿叔 | 大叔 | 爺叔 |
| （4） | 倒閉 | 執笠 | 倒脱 |
| （5） | 阿婆 | 伯媽 | 大娘 |

| （6） | 返去 | 轉去 | 回去 |
| --- | --- | --- | --- |
| （7） | 結實 | 實淨 | 硬扎 |
| （8） | 出年 | 開年 | 來年 |
| （9） | 偶爾 | 有時仔 | 間中 |
| （10） | 冷衫 | 毛衣 | 絨線衫 |

2. **量詞、名詞搭配：請按照普通話規範搭配並讀出下列數量名短語（按名詞的順序讀）（如：一 個 人）**

| 一 → | 座 | 所 | 匹 | 根 | 副 | 顆 | 門 | 頂 | 件 | 道 |
| --- | --- | --- | --- | --- | --- | --- | --- | --- | --- | --- |
| 心臟 | 帽子 | 公文 | 香蕉 | 學校 | 命令 | 課程 | 城市 | 布 | 擔架 | |

3. **語序或表達形式判斷：請判斷並讀出下列5組句子裏的普通話句子**

（1）這凳子能坐三個人。
這凳子坐得三個人。
這凳子會坐得三個人。

（2）我過緊張了。
我實過緊張了。
我太緊張了。

（3）他好好可愛。
他非常可愛。
他上可愛。

（4）我的書拿給別人借走了。
我的書遭別人借走了。
我的書被別人借走了。

（5）起這兒離開。
從這兒離開。
走這兒離開。

**四、 朗讀短文：請朗讀第12號短文。**

**五、 命題説話：請在下面的兩個話題中選擇其中一個説一段話。**（3分鐘）

1. 難忘的旅行

2. 談談個人修養

（全 卷 完）

# 模擬測試卷十三

## 一、讀100個單音節字詞

| | | | | | | | | | |
|---|---|---|---|---|---|---|---|---|---|
| 肺 | 果 | 酒 | 尺 | 衡 | 請 | 碑 | 壞 | 鐘 | 褪 |
| 檢 | 熊 | 肉 | 緊 | 員 | 穿 | 絹 | 礦 | 袋 | 拉 |
| 保 | 捆 | 擺 | 黨 | 膜 | 組 | 鵝 | 秒 | 總 | 佛 |
| 跨 | 鐵 | 拐 | 港 | 日 | 兵 | 扔 | 逛 | 踢 | 囊 |
| 榻 | 鄭 | 貳 | 鑼 | 嫩 | 誕 | 蟹 | 瓷 | 耍 | 骨 |
| 挪 | 鷗 | 舔 | 醃 | 瞥 | 瘸 | 派 | 荀 | 品 | 跑 |
| 漆 | 翁 | 左 | 秦 | 剡 | 毀 | 腔 | 虹 | 澀 | 香 |
| 戰 | 鋤 | 丟 | 虐 | 賀 | 稅 | 長 | 蕭 | 殘 | 反 |
| 窮 | 窘 | 涮 | 撫 | 佳 | 吼 | 徐 | 裁 | 攬 | 賊 |
| 蘇 | 赴 | 拐 | 君 | 孫 | 浙 | 肯 | 敏 | 闊 | 旅 |

## 二、讀多音節詞語（100個音節）

| | | | | | | |
|---|---|---|---|---|---|---|
| 挖掘 | 規矩 | 缺乏 | 痛快 | 火警 | 揣測 | 探究 |
| 熱烈 | 思慮 | 費力 | 凶惡 | 選材 | 考場 | 虧損 |
| 秋收 | 內容 | 漂亮 | 宰相 | 賣弄 | 火星兒 | 迫害 |
| 恰當 | 漣漪 | 標準 | 拼命 | 打滾 | 蘑菇 | 軍裝 |
| 運轉 | 口號 | 散步 | 雪花 | 繚繞 | 怒色 | 增加 |
| 錯誤 | 暖氣 | 耳環 | 要素 | 瓜分 | 填寫 | 仇恨 |
| 印刷 | 美術 | 俯視 | 然後 | 心得 | 創作 | 走神兒 |
| 冒尖兒 | | | | | | |

## 三、選擇判斷

1. 詞語判斷：請判斷並讀出下列10組詞語中的普通話詞語

   （1）　阿肥　　　　肥佬　　　　胖子

   （2）　熱水壺　　　熱水瓶　　　電壺

   （3）　軟心　　　　柔軟　　　　軟熟

   （4）　後生　　　　後生仔　　　青年

|  |  |  |  |
|---|---|---|---|
| （5） | 側邊 | 旁邊 | 邊頭 |
| （6） | 驚 | 常怕 | 生怕 |
| （7） | 圍巾 | 圍領 | 頸巾 |
| （8） | 假設使 | 假若 | 若然 |
| （9） | 蚱蜢 | 草蜢 | 蝗蟲 |
| （10） | 磁鐵 | 磁鐵石 | 吸石 |

**2. 量詞、名詞搭配：請按照普通話規範搭配並讀出下列數量名短語（按名詞的順序讀）**

| 一 | → | 本 | 場 | 份 | 節 | 顆 | 項 | 面 | 套 | 盤 | 對 |
|---|---|---|---|---|---|---|---|---|---|---|---|
| 電池 | 鼓 | 制度 | 磁帶 | 話劇 | 翅膀 | 牙齒 | 字典 | 午餐 | 餐具 | | |

**3. 語序或表達形式判斷：請判斷並讀出下列5組句子裏的普通話句子**

（1）他能聽得懂。
　　他會聽得來。
　　他曉得聽。

（2）這件事我有説。
　　這件事我説過。
　　這件事我有説過。

（3）我跑他得過。
　　我跑得他過。
　　我跑得過他。

（4）這朵花兒很紅。
　　這朵花兒紅極。
　　這朵花紅得極。

（5）我給三斤蘋果他。
　　我給他三斤蘋果。
　　我蘋果三斤給他。

## 四、 朗讀短文：請朗讀第30號短文。

## 五、 命題説話：請在下面的兩個話題中選擇其中一個説一段話。（3分鐘）

1. 我知道的風俗
2. 談談美食

（全卷完）

# 模擬測試卷十四

## 一、讀100個單音節字詞

| | | | | | | | | | |
|---|---|---|---|---|---|---|---|---|---|
| 況 | 二 | 趣 | 程 | 勺 | 尊 | 吹 | 潤 | 捐 | 否 |
| 日 | 娶 | 旁 | 柔 | 塔 | 腮 | 遮 | 芽 | 莖 | 色 |
| 耍 | 亮 | 妥 | 抓 | 決 | 半 | 菌 | 捉 | 願 | 揣 |
| 答 | 仍 | 鬼 | 深 | 賽 | 淚 | 卻 | 蒜 | 慈 | 囊 |
| 蛇 | 膜 | 逼 | 用 | 娘 | 考 | 擦 | 丟 | 近 | 喊 |
| 翁 | 獻 | 蠶 | 刁 | 直 | 龍 | 厚 | 紫 | 休 | 肯 |
| 宅 | 舔 | 奏 | 匣 | 盤 | 民 | 挺 | 蹬 | 禦 | 馱 |
| 怪 | 副 | 超 | 共 | 凡 | 坡 | 冷 | 嘴 | 涮 | 迴 |
| 舞 | 票 | 明 | 撓 | 榮 | 錯 | 氣 | 站 | 瞥 | 穴 |
| 甲 | 泵 | 蛙 | 怒 | 允 | 扉 | 邢 | 塊 | 順 | 換 |

## 二、讀多音節詞語（100個音節）

| | | | | | | |
|---|---|---|---|---|---|---|
| 打攪 | 群眾 | 迴旋 | 損傷 | 鐵路 | 考試 | 小說兒 |
| 詞典 | 保持 | 排球 | 滿意 | 痛恨 | 膨脹 | 捐贈 |
| 涼快 | 柔順 | 苦惱 | 方案 | 浸透 | 聽寫 | 配合 |
| 奮鬥 | 孔雀 | 砂鍋 | 浮雕 | 愁緒 | 跟頭 | 女性 |
| 兒子 | 廣場 | 完整 | 胸腔 | 窮困 | 留念 | 假若 |
| 蕎麥 | 作品 | 團結 | 廉潔 | 創造 | 掛號 | 率領 |
| 贊成 | 粗心 | 下課 | 森林 | 燒毀 | 決定 | 冰棍兒 |
| 杏仁兒 | | | | | | |

## 三、選擇判斷

1. 詞語判斷：請判斷並讀出下列10組詞語中的普通話詞語

　　（1）　初頭　　　初期　　　初時

　　（2）　唔明　　　勿懂　　　不解

　　（3）　好久　　　好耐　　　野久

　　（4）　家姐　　　姐姐　　　阿姐

　　（5）　舅母　　　妗母　　　阿妗

| (6) | 上畫 | 上半日 | 上午 |
| --- | --- | --- | --- |
| (7) | 收捉 | 執拾 | 收拾 |
| (8) | 摔 | 掟 | 攊 |
| (9) | 衫袖 | 袖子 | 袖子管 |
| (10) | 已經 | 經已 | 往經 |

2. 量詞、名詞搭配：請按照普通話規範搭配並讀出下列數量名短語（按名詞的順序讀）（如：一 個 人）

| 一→ | 口 | 家 | 輛 | 朵 | 棵 | 臺 | 雙 | 片 | 名 | 支 |
| --- | --- | --- | --- | --- | --- | --- | --- | --- | --- | --- |
| 葱 | 人家 | 陰涼 | 蠟燭 | 豬 | 蘑菇 | 犯人 | 筷子 | 摩托車 | 雜技 | |

3. 語序或表達形式判斷：請判斷並讀出下列5組句子裏的普通話句子

(1) 請你多喝兩杯。
　　請你喝多兩杯。

(2) 他累得汗流。
　　他累得汗滴滴聲。
　　他累得滿頭大汗。

(3) 這稿子明天寫得起。
　　這稿子明天寫不起。
　　這稿子明天寫得完。

(4) 你比我矮。
　　你矮過我。
　　你比較矮我。

(5) 能我去，也不能叫你去。
　　就是我去，也不能叫你去。
　　寧肯我去，也不能叫你去。

四、 朗讀短文：請朗讀第36號短文。

五、 命題説話：請在下面的兩個話題中選擇其中一個説一段話。(3分鐘)

1. 我喜愛的書刊

2. 談談服飾

(全 卷 完)

# 模擬測試卷十五

## 一、讀100個單音節字詞

| | | | | | | | | | |
|---|---|---|---|---|---|---|---|---|---|
| 甲 | 瓊 | 深 | 凋 | 券 | 踝 | 晾 | 裙 | 君 | 燥 |
| 抵 | 挺 | 律 | 碧 | 瓷 | 而 | 敏 | 掘 | 啄 | 凶 |
| 博 | 恰 | 丟 | 翁 | 禽 | 熏 | 快 | 候 | 瓢 | 餅 |
| 總 | 盾 | 組 | 別 | 擊 | 拿 | 爛 | 肩 | 貼 | 赤 |
| 另 | 柳 | 嘴 | 火 | 鐘 | 扶 | 坡 | 鵑 | 庫 | 垮 |
| 版 | 野 | 爸 | 室 | 眩 | 片 | 您 | 妹 | 廣 | 渺 |
| 闖 | 存 | 鳥 | 肺 | 娶 | 策 | 紫 | 寡 | 端 | 倆 |
| 窘 | 碰 | 羌 | 雪 | 軟 | 飄 | 虛 | 薩 | 囚 | 房 |
| 柴 | 色 | 善 | 撓 | 獻 | 虐 | 荷 | 泰 | 整 | 舔 |
| 翔 | 仁 | 周 | 蕭 | 桂 | 妞 | 幸 | 妾 | 奏 | 坎 |

## 二、讀多音節詞語（100個音節）

| | | | | | | |
|---|---|---|---|---|---|---|
| 特產 | 刺蝟 | 泄漏 | 豆芽兒 | 暢快 | 同仁 | 病菌 |
| 代替 | 繁榮 | 東南 | 材料 | 而已 | 風俗 | 濕疹 |
| 稿紙 | 構成 | 蝗蟲 | 犬齒 | 混淆 | 蝦米 | 口語 |
| 葵花 | 礦藏 | 良好 | 掠奪 | 迫切 | 毗鄰 | 謬論 |
| 年輕 | 畜生 | 片面 | 瑞雪 | 挪用 | 思想 | 田野 |
| 諮詢 | 船家 | 足球 | 哨所 | 測驗 | 隔壁 | 黑暗 |
| 做活 | 飛機 | 品種 | 槐樹 | 拐彎 | 具備 | 蒜瓣兒 |
| 抓鬮兒 | | | | | | |

## 三、選擇判斷

1. 詞語判斷：請判斷並讀出下列10組詞語中的普通話詞語

    （1）　完個　　　整個　　　成個

    （2）　發夢　　　眠夢　　　做夢

    （3）　着涼　　　着冷　　　冷親

    （4）　不溜　　　一向　　　落底

    （5）　運道好　　好彩　　　幸運

(6) 像樣 　　似樣 　　親像樣

(7) 洗身 　　洗澡 　　沖涼

(8) 吃煙 　　食煙 　　抽煙

(9) 故意 　　超故意 　　特登

(10) 飯堂 　　食堂 　　膳堂

2. **量詞、名詞搭配：請按照普通話規範搭配並讀出下列數量名短語（按名詞的順序讀）（如：一　個　人）**

| 一 → | 張 | 位 | 頭 | 條 | 臺 | 塊 | 件 | 架 | 滴 | 把 |
|---|---|---|---|---|---|---|---|---|---|---|
| 遊艇 | 作家 | 行李 | 蛋糕 | 茶壺 | 攝像機 | 蒜 | 汗水 | 嘴 | 鋼琴 | |

3. **語序或表達形式判斷：請判斷並讀出下列5組句子裏的普通話句子**

(1) 燈絲子有斷了。
　　燈絲兒又斷了。
　　燈絲的有斷了。

(2) 這座山一千九百五十米高。
　　這座山一千九五米高。
　　這座山千九五米高。

(3) 把書把給他。
　　把書給他。
　　把書把他。

(4) 冬天北方過冷。
　　冬天北方老冷。
　　冬天北方非常冷。

(5) 我以太原來。
　　我從太原來。
　　我假太原來。

**四、 朗讀短文：請朗讀第40號短文。**

**五、 命題說話：請在下面的兩個話題中選擇其中一個說一段話。**（3分鐘）

1. 我的假日生活

2. 談談衛生與健康

（全卷完）

# 模擬測試卷十六

## 一、讀100個單音節字詞

| | | | | | | | | | |
|---|---|---|---|---|---|---|---|---|---|
| 婆 | 它 | 二 | 次 | 來 | 鄒 | 墳 | 漿 | 羊 | 空 |
| 摸 | 字 | 事 | 早 | 身 | 從 | 也 | 娘 | 掛 | 德 |
| 納 | 澀 | 吃 | 癌 | 癱 | 仍 | 詳 | 秦 | 素 | 褪 |
| 八 | 賽 | 黑 | 鄭 | 恰 | 品 | 豬 | 摔 | 軟 | 佛 |
| 各 | 喝 | 美 | 潘 | 牙 | 拈 | 沽 | 揣 | 穿 | 續 |
| 寺 | 置 | 反 | 封 | 洗 | 用 | 所 | 鍛 | 局 | 黃 |
| 杯 | 吼 | 鐵 | 習 | 窮 | 做 | 尾 | 吞 | 決 | 翁 |
| 撓 | 艙 | 及 | 幼 | 闊 | 催 | 尊 | 略 | 軍 | 癬 |
| 尚 | 批 | 丟 | 聽 | 追 | 禦 | 捐 | 訊 | 礦 | 潤 |
| 動 | 瞧 | 名 | 跨 | 靠 | 剮 | 襠 | 拱 | 聊 | 胞 |

## 二、讀多音節詞語（100個音節）

| | | | | | | |
|---|---|---|---|---|---|---|
| 儘管 | 高空 | 否認 | 壞蛋 | 熱潮 | 分解 | 遠方 |
| 脊樑 | 湧現 | 禁錮 | 誇獎 | 衰退 | 瑞雪 | 貴重 |
| 約束 | 饅頭 | 味道 | 似乎 | 遵守 | 參加 | 耳朵 |
| 遊覽 | 森林 | 允許 | 美德 | 狀態 | 廣播 | 鑽研 |
| 全面 | 年齡 | 球場 | 旅行 | 描寫 | 存在 | 火把 |
| 丘陵 | 胚芽 | 沒譜兒 | 潰逃 | 拼命 | 蓬鬆 | 蒙蔽 |
| 奴才 | 破綻 | 耍弄 | 俗氣 | 情調 | 駿馬 | 茶館兒 |
| 刀背兒 | | | | | | |

## 三、選擇判斷

### 1. 詞語判斷：請判斷並讀出下列10組詞語中的普通話詞語

（1） 影相　　　照相　　　映相

（2） 爭吵　　　爭拗　　　相爭

（3） 朝晨　　　朝早　　　早晨

（4） 擠迫　　　擠擁　　　擁擠

（5） 現在　　　現時　　　今下

| (6) | 微細 | 微末 | 微小 |
|---|---|---|---|
| (7) | 跟住 | 隨後 | 跟了 |
| (8) | 手襪 | 手套子 | 手套 |
| (9) | 落力 | 使勁 | 用力氣 |
| (10) | 店頭 | 舖頭 | 商店 |

2. 量詞、名詞搭配：請按照普通話規範搭配並讀出下列數量名短語（按名詞的順序讀）（如：一 個 人）

| 一 → | | 本 | 場 | 顆 | 道 | 條 | 幅 | 間 | 項 | 隻 | 座 |
|---|---|---|---|---|---|---|---|---|---|---|---|
| 官司 | 圖釘 | 運動 | 閃電 | 被面 | 賬 | 島嶼 | 杯子 | 蛇 | 倉庫 | | |

3. 語序或表達形式判斷：請判斷並讀出下列5組句子裏的普通話句子

(1) 你穿着它不好看的我穿着。
你穿着它不比我穿着好看。

(2) 咱們趕着吃飯，趕着説話。
咱們一邊吃飯，一邊説話。
咱們一抹兒吃飯，一抹兒説話。

(3) 他趕我高。
他跟我高。
他比我高。

(4) 沒有準備，我發不了言。
沒有準備，我發去起言。

(5) 送一件衣服我。
衣服一件送我。
送我一件衣服。

**四、 朗讀短文：請朗讀第48號短文。**

**五、 命題説話：請在下面的兩個話題中選擇其中一個説一段話。**（3分鐘）

1. 我嚮往的地方

2. 談談對環境保護的認識

（全卷 完）

# 試卷答案

## 模擬測試卷一

### 三、 選擇判斷

1. 請判斷並讀出下列10組詞語中的普通話詞語

   (1)不必　　　　(2)襯衫　　　　(3)暗中　　　　(4)白天　　　　(5)湊巧

   (6)反正　　　　(7)收拾　　　　(8)隔壁　　　　(9)冰棍兒　　　(10)中午

2. 請按照普通話規範搭配並讀出下列數量名短語 （按名詞的順序讀）

   一頂蚊帳　　　一場電影兒　　一條魚　　　　一副球拍　　　一把鑰匙

   一副手套　　　一把尺子　　　一場雨　　　　一棵白菜　　　一件行李

3. 請判斷並讀出下列5組句子裏的普通話語句

   (1)下起雨來了。　　　　　(2)我也去看電影。　　　　　(3)我讀過三年書。

   (4)你不認識他。　　　　　(5)我比你跑得快。

## 模擬測試卷二

### 三、 選擇判斷

1. 請判斷並讀出下列10組詞語中的普通話詞語

   (1)說不定　　　　(2)蒼蠅　　　　(3)偶爾　　　　(4)圍巾　　　　(5)旁邊

   (6)抽屜　　　　　(7)幸好　　　　(8)暗中　　　　(9)冰棍兒　　　(10)反正

2. 請按照普通話規範搭配並讀出下列數量名短語 （按名詞的順序讀）

   一場大風　　　一片陽光　　　一把傘　　　　一張臉　　　　一副餐具

   一把剪刀　　　一片樹葉　　　一場電影兒　　一頂蚊帳　　　一件事

3. 請判斷並讀出下列5組句子裏的普通話詞語

   (1)下午兩點鐘。　　　　　(2)我們都去看戲。　　　　　(3)這件事我沒說過。

   (4)他快吃完了。　　　　　(5)他的弟弟比你還高。

# 模擬測試卷三

## 三、 選擇判斷

1. 請判斷並讀出下列10組詞語中的普通話詞語

(1)角落　　　(2)湊巧　　　(3)白天　　　(4)反正　　　(5)隔壁

(6)收拾　　　(7)幸好　　　(8)襯衫　　　(9)中午　　　(10)自行車

2. 請按照普通話規範搭配並讀出下列數量名短語　（按名詞的順序讀）

一副撲克牌　　一頂帽子　　一根草　　　一場大風　　一張臉

一根竹竿　　　一把鑰匙　　一張桌子　　一把傘　　　一片雲

3. 請判斷並讀出下列5組句子裏的普通話語句

(1)他的手冷冰冰的。　　(2)這花兒真好看。　　　(3)四川省比廣東省大。

(4)我跑去告訴他。　　　(5)今天天晴。

# 模擬測試卷四

## 三、 選擇判斷

1. 請判斷並讀出下列10組詞語中的普通話詞語

(1)蒼蠅　　　(2)偶爾　　　(3)圍巾　　　(4)暗中　　　(5)冰棍兒

(6)說不定　　(7)白天　　　(8)抽屜　　　(9)不必　　　(10)旁邊

2. 請按照普通話規範搭配並讀出下列數量名短語　（按名詞的順序讀）

一張報紙　　　一把剪刀　　一件襯衣　　一片陽光　　一張桌子

一間商店　　　一所學校　　一根火柴　　一把尺　　　一片雲

3. 請判斷並讀出下列5組句子裏的普通話語句

(1)寫作業用了半小時。　(2)給我一本書。　　　(3)我去過大西北。

(4)我有時間看電影。　　(5)這花兒很香。

# 模擬測試卷五

## 三、 選擇判斷

**1. 請判斷並讀出下列10組詞語中的普通話詞語**

(1)嘴唇　　(2)玉米　　(3)一輩子　　(4)洗澡　　(5)外衣

(6)水泥　　(7)收拾　　(8)看病　　(9)來年　　(10)丟人

**2. 請按照普通話規範搭配並讀出下列數量名短語**

一塊綢緞　　一場電影　　一件行李　　一套西裝　　一頂轎子

一把鑰匙　　一塊手錶　　一場大風　　一根竹杆　　一條消息

**3. 請判斷並讀出下列5組句子裏的普通話句子**

(1)這朵花真香。　　(2)過兩個星期就要放假了。　　(3)拿一本書來。

(4)逛街用了大半天。　　(5)他的手洗得白白的。

# 模擬測試卷六

## 三、 選擇判斷

**1. 請判斷並讀出下列10組詞語中的普通話詞語**

(1)白菜　　(2)爆竹　　(3)冰棍兒　　(4)好像　　(5)顫抖

(6)湊巧　　(7)房租　　(8)隔壁　　(9)鍋　　(10)怪不得

**2. 請按照普通話規範搭配並讀出下列數量名短語**

一雙鞋　　一張桌子　　一扇屏風　　一道關卡　　一對舞伴

一片陽光　　一顆星星　　一部字典　　一部汽車　　一把扇子

**3. 請判斷並讀出下列5組句子裏的普通話句子**

(1)我們把他拉過來。　　(2)他比你年長兩歲。　　(3)這回要玩個痛快。

(4)他就要做完作業了。　　(5)我不喜歡吃西餐。

# 模擬測試卷七

## 三、 選擇判斷

**1. 請判斷並讀出下列10組詞語中的普通話詞語**

(1)太陽　　(2)不知道　　(3)不斷　　(4)冰棍兒　　(5)燈泡

(6)現在　　(7)誰　　(8)上邊　　(9)嬰兒　　(10)早上

2. 請按照普通話規範搭配並讀出下列數量名短語 （按名詞的順序讀）

一對夫妻　　　一把傘　　　　一頭牛　　　　一架鋼琴　　　一朵蘑菇

一張沙發　　　一張鈔票　　　一塊蛋糕　　　一場大戰　　　一頂帽子

3. 請判斷並讀出下列5組句子裏的普通話語句

(1)我太難過了　　　　　(2)你比他可愛　　　　　(3)他疼得流眼淚。

(4)這個字我不認識　　　(5)我給她一張電影票

## 模擬測試卷八

### 三、 選擇判斷

1. 請判斷並讀出下列10組詞語中的普通話詞語

(1)白天　　　(2)鼻子　　　(3)冰棍兒　　　(4)不要　　　(5)蒼蠅

(6)廁所　　　(7)吹牛　　　(8)鈔票　　　　(9)蛋糕　　　(10)丟失

2. 請按照普通話規範搭配並讀出下列數量名短語 （按名詞的順序讀）

一頂轎子　　　一條褲子　　　一所學校　　　一朵花　　　　一把鑰匙

一棵柳樹　　　一扇門　　　　一場電影　　　一件行李　　　一根柱子

3. 請判斷並讀出下列5組句子裏的普通話語句

(1)給我一本書。　　　　(2)別客氣，你先走。　　(3)他比我高。

(4)這事我不知道。　　　(5)你吃過飯沒有？

## 模擬測試卷九

### 三、 選擇判斷

1. 請判斷並讀出下列10組詞語中的普通話詞語

(1)為甚麼　　　(2)細小　　　(3)小夥子　　　(4)白天　　　(5)螞蟻

(6)這裏　　　　(7)曾祖父　　(8)土豆　　　　(9)火柴　　　(10)色子

2. 請按照普通話規範搭配並讀出下列數量名短語 （按名詞的順序讀）

一粒米　　　一盤錄像帶　　一塊石頭　　　一片陰涼　　　一匹布

一顆珍珠　　一面鏡子　　　一門考試　　　一輛摩托車　　一口井

3. 請判斷並讀出下列5組句子裏的普通話語句

(1)我追不上他。　　　　(2)嶄新。　　　　　　　(3)我說不過他 。

(4)你這個人很上相。　　(5)我教二年級語文。

## 模擬測試卷十

### 三、 選擇判斷

1. 請判斷並讀出下列10組詞語中的普通話詞語

   (1)餡兒　　　(2)香皂　　　(3)洋蔥　　　(4)開玩笑　　　(5)荸薺

   (6)交談　　　(7)惱怒　　　(8)抽屜　　　(9)逛街　　　　(10)螞蚱

2. 請按照普通話規範搭配並讀出下列數量名短語　（按名詞的順序讀）

   一扇窗戶　　　一雙手套　　　一臺節目　　　一套餐具　　　一頭駱駝

   一位客人　　　一項比賽　　　一張郵票　　　一隻耳朵　　　一座山

3. 請判斷並讀出下列5組句子裏的普通話語句

   (1)這本書一百多塊。　　　(2)她頭髮比我長得多。　　　(3)我去告訴他。

   (4)那是一座二層小樓房。　(5)他腿很長。

## 模擬測試卷十一

### 三、 選擇判斷

1. 請判斷並讀出下列10組詞語中的普通話詞語

   (1)傍晚　　　(2)不像話　　(3)常常　　　(4)出洋相　　　(5)電池

   (6)炊事員　　(7)好好兒　　(8)上面　　　(9)暖和　　　　(10)元宵

2. 請按照普通話規範搭配並讀出下列數量名短語　（按名詞的順序讀）

   一滴眼淚　　　一份午餐　　　一幅被面　　　一家飯店　　　一棵樹

   一片陰涼　　　一支軍隊　　　一座雕塑　　　一口大鍋　　　一門課程

3. 請判斷並讀出下列5組句子裏的普通話語句

   (1)這朵花開得好大。　　　(2)你比我快。　　　　　(3)我對他說一句話。

   (4)他不時說兩句鼓勵的話。(5)我把他拉下來。

## 模擬測試卷十二

### 三、 選擇判斷

1. 請判斷並讀出下列10組詞語中的普通話詞語

   (1)出洋相　　(2)從前　　　(3)大叔　　　(4)倒閉　　　　(5)大娘

   (6)回去　　　(7)結實　　　(8)來年　　　(9)偶爾　　　　(10)毛衣

2. 請按照普通話規範搭配並讀出下列數量名短語 （按名詞的順序讀）

一顆心臟　　　一頂帽子　　　一件公文　　　一根香蕉　　　一所學校

一道命令　　　一門課程　　　一座城市　　　一匹布　　　　一副擔架

3. 請判斷並讀出下列5組句子裏的普通話語句

(1)這凳子能坐三個人。　　(2)我太緊張了。　　　　(3)他非常可愛。

(4)我的書被別人借走了。　(5)從這兒離開。

# 模擬測試卷十三

## 三、　選擇判斷

1. 請判斷並讀出下列10組詞語中的普通話詞語

(1)胖子　　　(2)熱水瓶　　　(3)柔軟　　　(4)青年　　　(5)旁邊

(6)生怕　　　(7)圍巾　　　　(8)假若　　　(9)蝗蟲　　　(10)磁鐵

2. 請按照普通話規範搭配並讀出下列數量名短語 （按名詞的順序讀）

一節電池　　　一面鼓　　　　一項制度　　　一盤磁帶　　　一場話劇

一對翅膀　　　一顆牙齒　　　一本字典　　　一份午餐　　　一套餐具

3. 請判斷並讀出下列5組句子裏的普通話語句

(1)他能聽得懂。　　　　(2)這件事我説過。　　　(3)我跑得過他。

(4)這朵花兒很紅。　　　(5)我給他三斤蘋果。

# 模擬測試卷十四

## 三、　選擇判斷

1. 請判斷並讀出下列10組詞語中的普通話詞語

(1)初期　　　(2)不解　　　(3)好久　　　(4)姐姐　　　(5)舅母

(6)上午　　　(7)收拾　　　(8)摔　　　　(9)袖子　　　(10)已經

2. 請按照普通話規範搭配並讀出下列數量名短語 （按名詞的順序讀）

一棵葱　　　　一家人家　　　一片陰涼　　　一支蠟燭　　　一口豬

一朵蘑菇　　　一名犯人　　　一雙筷子　　　一輛摩托車　　　一臺雜技

3. 請判斷並讀出下列5組句子裏的普通話語句

(1)請你多喝兩杯。　　　　(2)他累得滿頭大汗。

(3)這稿子明天寫得完。　　　(4)你比我矮。

(5)寧肯我去，也不能叫你去。

# 模擬測試卷十五

## 三、 選擇判斷

1. **請判斷並讀出下列10組詞語中的普通話詞語**

(1)整個　　　(2)做夢　　　(3)着涼　　　(4)一向　　　(5)幸運

(6)像樣　　　(7)洗澡　　　(8)抽煙　　　(9)故意　　　(10)食堂

2. **請按照普通話規範搭配並讀出下列數量名短語　（按名詞的順序讀）**

一條遊艇　　　一位作家　　　一件行李　　　一塊蛋糕　　　一把茶壺

一架攝像機　　一頭蒜　　　一滴汗水　　　一張嘴　　　一架鋼琴

3. **請判斷並讀出下列5組句子裏的普通話語句**

(1)燈絲兒又斷了。　　　(2)這座山一千九百五十米高。　　　(3)把書給他。

(4)冬天北方非常冷。　　　(5)我從太原來。

# 模擬測試卷十六

## 三、 選擇判斷

1. **請判斷並讀出下列10組詞語中的普通話詞語**

(1)照相　　　(2)爭吵　　　(3)早晨　　　(4)擁擠　　　(5)現在

(6)微小　　　(7)隨後　　　(8)手套　　　(9)使勁　　　(10)商店

2. **請按照普通話規範搭配並讀出下列數量名短語　（按名詞的順序讀）**

一場官司　　　一顆圖釘　　　一項運動　　　一道閃電　　　一幅被面

一本賬　　　一座島嶼　　　一隻杯子　　　一條蛇　　　一座倉庫

3. **請判斷並讀出下列5組句子裏的普通話語句**

(1)你穿着它个比我穿看好看。

(2)咱們一邊吃飯，一邊説話。

(3)他比我高。

(4)沒有準備，我發不了言。

(5)送我一件衣服。

# 第七章 7

# 附錄

# 普通話水平測試的應試技巧

## 齊影

(教育部語言文字應用研究所、國家語委普通話培訓測試中心)

普通話水平測試是對應試人運用普通話標準程度的核對總和評定。它是一種口語考試。應試人要想取得好的成績,一方面源於自身普通話水平,另一方面也要瞭解一些應試的技巧。

普通話水平測試共分五部分。讀單音節字詞,讀多音節詞語,選擇、判斷,朗讀和説話。

## 一、讀單音節字詞

這一測試項的目的是測查應試人聲母、韻母、聲調讀音的標準程度。它是通過放大鏡的形式反映出應試人聲、韻、調的發音面貌,是最能反映應試人基本語音特徵的測試項。應試人一些細微的語音問題都能在這一項的測查中體現出來。在應試這一項時,應試人應注意以下幾個方面:

1 注意讀的順序,要從左到右,千萬不要串列。

2 在讀的過程中如果發覺某個字讀錯了,可以再讀一遍。評判以第二遍為准,當然如果第一遍讀對了,第二遍又改錯了,評判仍以第二遍為准。

3 音節間要有間歇,否則容易產生音變現象。

4 每個音節要發音完整、飽滿。

這一項的測試目的就是考查應試人聲韻調的發音。所以聲韻調必須發完整。尤其是聲調,它貫穿在整個音節之間,不能按平時語流中的讀法來讀。聲調中最要強調的是"上聲"。在語流中,我們常把"上聲"往往讀成"半上"。例如:我在運動場打鞦韆跌斷了腿。這裏的"打"在句中讀為"半上",調值21。但在讀單音節字的時候,就一定要讀成"全上-2114"。有的應試人知道要讀成"全上",生怕自己讀得不夠完整,又畫蛇添足,誇張的讀成了降升降式,這也是要丟分的。

5 不要因字形相近而讀錯。

因為緊張,應試人經常會將字型相近的"甲"讀成"乙"。比如"棒"和"捧"、"揣"和"端"、"霎"和"雯"等。

6 不要因聯想,將"甲"讀成"乙"。例如:將"覽"讀成"展"、"乒"讀成"乓"等。

7 語速適中,過快會造成發音不到位,過慢則可能超時。

## 二、讀多音節詞語

這一項除了測查應試人聲韻調的發音以外，還測查應試人上聲變調、輕聲、兒化讀音的標準程度。注意的方面除第一項提到的幾點外，還應注意輕聲、變調以及兒化讀音。變調的重點是上上相連的詞的變調，一般不少於3次。兒化詞一般不少於4次，輕聲詞一般不少於3次。

## 三、選擇、判斷

這一項考察的重點是應試人掌握普通話辭彙、語法的規範程度。共分三個小項：第一小項是詞語判斷；第二小項是名詞、量詞搭配；第三小項是語序或表達形式判斷。應該注意的是第二小項中共列出了6個量詞和10個名詞。這中間有1個量詞是干擾項，在選擇的時候要注意判別。

## 四、朗讀短文

朗讀項考查應試人使用普通話朗讀書面作品的水平。重點考察語音、連讀音變、停連、語調以及流暢程度等。這一項的分值在測試中所占比重很大，因此應試人必須事先投入精力，認真準備。

應試人在這一項應注意以下幾個方面：

① 發音準確清晰，避免漏字、添字、錯字。

② 不能回讀。即使發現某個字讀錯了，也不要重讀。反復的重讀會造成不連貫，會在流暢上失分。

③ 朗讀中不要出現字化、詞化、句化的現象。很多應試人在朗讀時，為了讀准，一個字或一個詞的往外蹦著讀，讓人聽起來很不流暢。破壞了文章的整體感覺。

④ 重視語調問題。要自然流暢，不要帶朗誦腔、播音腔。因為一旦把握不好，會使人感到太誇張，不自然。同時，還應注意方言語調的修正。方言語調主要表現在句調、字調、輕重音、語氣、語音節律等方面。要想在測試中取得好成績，必須在語調上下大工夫。

⑤ 語速要適中。不能過快或過慢。應試人對所讀作品不熟，或普通話水平較差時，為了每個字都讀對，就會一個字一個字地讀，導致語速過慢；而因考試導致心情過於緊張時，則會出現語速過快的現象。這些都會失分。同時，語速過快還容易造成漏字、添字、吃字。

⑥ 注意"兒"的處理，要判斷什麼時候讀成兒化韻，什麼時候直接把"兒"音節讀出來。如："教練把小男孩兒從樹坑裏拉上來。""同人一樣，花兒也是有靈性的。"這兩句的"兒"都沒有實際的意義，但第二句卻沒讀兒化韻，而是保留了它的音韻地位，這主要是韻律上會顯得整齊、勻稱。

⑦ 疊字形容詞中 ABB 式、AABB 式，除部分口語中習慣讀變調的詞讀成變調外，其他的在朗讀中都可以不變調。

⑧ 句子停頓、斷句要得當，否則可能造成歧義或割裂句子的完整。例如10號作品中的"告訴賣糖的說是我偷來的……"，應該讀成"告訴賣糖的／說是我偷來的"。但如果停頓沒停好，就成了"告訴／賣糖的說／是我偷來的"。

## 五、説話

這一項考查應試人在無文字憑藉的情況下説普通話的水平。重點是語音標準程度，辭彙、語法規範程度和自然流暢程度。同時，對應試人的心理素質，文化知識水平也有一定要求，是真正決定應試人等級的關鍵項。

① 語音要自然，要按照日常口語的語音、語調來説話，不要帶着朗讀或背誦的腔調。在測試過程中，最容易出現背稿子的情況，影響了"説話"的口語程度。

② 語句要流暢。要注意兩點：第一，多用短句，多用單句。第二，冗餘適當，避免口頭禪。冗餘就是不提供新的資訊的部分，有人稱其為"廢話"。其實適當的"冗餘"是有用的。比如"我是教師"，加了提頓性冗餘成分後，成了"我呢，是一名教師"。就起了舒緩語氣的作用。會讓人感到很自然。但一定要適度，太多就變成了口頭禪。

③ 用詞要恰當。首先不要用方言辭彙。要注意多用口語詞，少用書面詞。如《學習普通話的體會》："使我們有更多機會學普通話。"可以説成"我們現在學普通話的機會多了。"要慎用時髦語、新詞新語，這類詞語雖可以流行一時，但很難説將來的發展會怎樣，建議不要使用。

④ 注意話題的內容。説話項不是口頭作文，不要求立意多高，結構多嚴謹。它只是通過一個話題展示你的語言面貌。順着話題，説夠3分鐘就可以了，內容沒説完也沒關係。説話時，盡量不要説容易引起自己激動的內容。因為過分激動的情緒容易把自己的語音問題暴露出來，甚至導致應試人説不下去。語速要比自己平時的語速稍慢一些，並盡量避開難點音。例如"r"發不好，説《一次難忘的旅行》："上星期日，我去旅行了"，就可以改為"上星期天，我去旅行了"。

⑤ 語速適中，控制説話節奏。測試前最好能試試在"説話"規定的時間內能説多少內容，以便控制説話的節奏。一般講，説話時正常語速是240個音節／分鐘；超過270個音節／分鐘為過快；低於170個音節／分鐘為過慢。在準備的時候，一定要準備3分30秒的內容。因為在測試時應試人的語速通常比平時的語速快，可能能説到2分40秒的時候，就把準備好內容説完了。如果説話不足3分鐘，要被酌情扣分。説話時，考官會為應試人計時，3分鐘一到，就會示意應試人停止。

以上是測試時，我們應該注意的各個方面。

**如果離測試還有一段時間，我們該如何把握、利用好這段時間呢？**

首先要瞭解自身語音存在的問題，針對自己的語音問題進行強化訓練，並針對測試範圍進行集中準備。對於一些不會念，念不好的字的發音，應突擊記憶，直至測試。準備的重點應放在已知考試範圍的朗讀項和説話項上。朗讀方面，可就規定的60篇作品，按照大綱中的語音提示，反復朗讀。利用有限的時間，熟讀作品。説話方面，可就規定的30個話題，為每個話題列一個提綱，確定表達方式和線索。切不可為每個題目寫一篇説話稿來死記硬背。因為這樣會使測試員感覺生硬，造成口語化不夠的現象。而且一旦遺忘，便會不知所措，反不如邊想邊説自然。對於那些明顯背稿子的，測試員會加以提示並酌情扣分。

在準備方式上，可通過自錄自測等方式，進行類比測試，以增加應變能力和適應性。

測試當天要作好心理準備，儘快適應考場氣氛，克服緊張情緒，最主要的是一定要身心放鬆。

當然，要想真正將普通話學好，考出好的成績，還需要平時的積累。要多聽、多練、多説。要真正將普通話融入到我們的生活中，這也是普通話水平測試的最終目標。

# 香港考生在普通話水平測試"説話"中需要注意的幾種常見偏誤

## 韓玉華

(教育部語言文字應用研究所、國家語委普通話培訓測試中心)

　　1996年，國家語委普通話培訓測試中心開始與香港大學在港合作開展普通話水平測試。近年來，隨着在港合作開展測試的院校增多，每年參加測試的香港考生都在8千到1萬人次。普通話水平測試已成為檢驗香港人普通話水平的尺規，得到了社會各界的廣泛認同。

　　在普通話水平測試中，香港考生最擔心的就是"命題説話"，這一項分數佔總測試成績的30%，對最後的等級起到了關鍵作用。測試員聽香港人説普通話，一般是聽起來意思能明白，但是感覺很彆扭、比較費力。除了語音方面的影響，主要就是辭彙語法的問題。筆者根據測試中統計的語料資料，對香港考生經常出現的辭彙語法等偏誤進行梳理，希望以此能引起香港考生的注意，盡量避免在測試中出現此類偏誤問題。

# 1. 統計説明

　　筆者的調查物件以中小學教師為主，從一批中小學教師(總計逾二百人)的測試音檔中按照等級分佈均匀的原則隨機抽取了30份資料作為分析物件。在普通話水平測試中，"説話"項共計30分，它的評分內容和分數分佈是這樣的：①語音標準程度，20分；②辭彙語法規範程度，5分；③自然流暢程度，5分。這次抽樣的普通話成績平均分為76.3分，命題説話中辭彙語法平均失分0.8分。資料顯示，總成績與説話中辭彙語法項的得分並不存在正比關係。也就是説，總分高的考生，其説話中辭彙語法項未必失分少；而總分低的考生，其説話中辭彙語法項未必失分多。

# 2. 統計結果及偏誤分類

　　通過對説話語料進行轉寫，筆者從中共發現了315處偏誤。一些句子中存在不只一處偏誤，最多的可以達到一個句子有4處偏誤(該句共有10個詞)。這些偏誤大致分為四類：①辭彙偏誤，即學習者沒有掌握某些詞語的正確用法，包括不能區分一系列的近義詞而造成的近義詞誤代、方言詞誤用、普通話中一些難點詞的誤用；②語法結構偏誤，包括句式不完整(成分殘缺)、句子成分多餘、句式雜糅、負遷移句式、語序偏誤及動詞AA式的誤用；

③銜接偏誤，指關聯詞語的誤用，前後語義關係表達不清；④語用語境偏誤，指單純看這個句子並無任何語法問題，但若結合上下文來看，這個句子就會呈現出某種語法問題。這些偏誤類型所佔比例不等，其中，辭彙偏誤問題占了五成多，居於首位(詳見表1)。

| 表一、偏誤類型與統計資料 | | | |
|---|---|---|---|
| 偏誤類型 | | 統計數據 | |
| 辭彙偏誤 | 方言詞 | 19 | 175(55.56%) |
| | 近義詞 | 88 | |
| | 難點詞 | 68 | |
| 語法句式結構偏誤 | 成分殘缺 | 20 | 91(28.89%) |
| | 成分多餘 | 27 | |
| | 句式雜糅 | 9 | |
| | 負遷移句式 | 17 | |
| | 語序偏誤 | 12 | |
| | 動詞AA式 | 6 | |
| 銜接偏誤 | | 15(4.76%) | |
| 語用偏誤 | | 34(10.79%) | |
| 總計 | | 315 | |

# 3. 具體偏誤分析

## 辭彙偏誤

方言詞誤用

　　香港考生在學習普通話的過程中，常拿自己熟悉的粵方言詞語與普通話詞語做比較。他們找到相似詞語的異同點，然後按照自己的理解形成詞語用法的對照，再經過幾次試用後才能最終掌握。在想不起或找不到恰當的普通話詞語時，他們可以用普通話的發音說出一個粵方言詞語來代替，這便是方言詞誤用的偏誤。比如下面的例子：(注：括弧中的詞語為筆者添加的恰當的普通話詞語。下文中有的例句存在多處偏誤，分析時句尾括弧中只列出對正在討論的一種偏誤的修改。)

　　① 我們當時不太熟絡。(熟悉)
　　② 所以在今個暑假，我來北京學習普通話。(這個)
　　③ 所以我很珍惜今次的機會。(這次)
　　④ 騎單車也是我的最愛。(自行車)

⑤ 他是一個很用心、非常勤力的人。（努力）

出現這種偏誤較多的考生總體成績偏低，都在73分以下。一般來說，隨着學習者學習的發展，接觸普通話時間的增長，這類偏誤會很快得到改善的。

近義詞誤用

● 稱謂誤用

由於粵方言中有很多親屬稱謂與普通話不同，所以，香港考生很容易受到粵方言負遷移的干擾，在説話中出現稱謂誤用的現象。如：

① 那時候，我的公公還在馬來西亞，媽媽很想他。（外公／姥爺）

② 因為婆婆很喜歡去茶樓，所以媽媽常常都帶我們去的。（外婆／姥姥）

③ 我就問她："奶奶，我們改天再去，好不好啦？"（媽媽）

④ 幼稚園不喜歡我的小朋友也沒有關係啦。（小孩兒）

⑤ 最後，瑪麗亞終於感動了她的小朋友。（孩子）

⑥ 我的家庭一共有五個人，有爸爸、母親、姐姐、弟弟和我。（媽媽）

"公公"、"婆婆"是香港考生常常誤用的稱謂詞語，它們分別相當於普通話裏的"外公"和"外婆"。"奶奶"是香港女人對丈夫母親（婆婆）的面稱（舊式），普通話裏對應的面稱是"媽媽"（注：這裏的"奶奶"是根據發音大致寫出的字，並非普通話裏的"奶奶"）。"……的小朋友"是香港人對別人的或自己的孩子的背稱，相當於普通話裏的"……的孩子"。例6的問題是語體混淆，即口語語體和書面語語體混雜。在許多香港人看來，普通話好像是他們的書面語，在説普通話的時候，他們會盡力去説一些書面語的辭彙，所以在測試中常會出現一些語體混雜的現象。

● 其他近義詞誤用

這一類中包括兩種情況：一是詞義相近的一組詞語，用法混淆；二是詞語本身不是近義詞，但在句中表達的意思比較接近，屬於用詞不當、搭配不當的偏誤。其中，第一種問題最多，這裏進行重點分析。

A）對於香港考生來説，近義詞混用是數量最多的偏誤，典型問題有以下幾組：

都／也／還

香港考生不能準確區分普通話的"都／也／還"這三者的用法，特別是在"每……都"句式中，經常出現偏誤。如：

① 我先是教了很多朋友，後來，我把這首歌呢，都教了給我的學生。（也）

② 我們每一天也努力地學習。（都）

③ 每一個同學也很喜歡他。（都）

④ 他每天放學也留在學校。（都）

⑤ 我的家裏有爸爸、媽媽和我，爸爸媽媽也很疼愛我。（都）

⑥ 一天就是課餘之後，也要當上指導老師啊。（還）

### 好像/比如

香港考生在列舉事物的時候，習慣用"好像"而不是"比如"。如：

① 因為我可以常常用普通話跟別人談話，好像我們坐車、買東西。（比如）

② 我們會一同到周圍參觀，好像天安門、故宮，還有長城。（比如）

### 說話/話

由於粵方言裏面的"說話"有兩種詞性：動詞和名詞。作名詞時與"話"表示同一個意思，並無區分，所以香港考生很難區分二者。如：

① 我很相信這一句的說話。（話）

② 我聽過他們的說話以後，覺得非常丟臉。（話）

### 懂/會

香港人習慣用"懂"來代替"會"。如：

① 我連炒菜也不懂。（會）

② 起初，我是不懂游泳的。（會）

③ 女人不懂做菜，你的丈夫不會喜歡你的。（會）

### 做/上、放、用

部分香港考生把動詞"做"的用法泛化了，將其視作"萬能動詞"，這樣是不行的。在學習普通話的過程中，他們還應該注意一些具體動詞的運用。如：

① 因為她常把鹽當成糖來做。（放/用）

② 因為我們做每一個課的時候，我們……（上）

**B）**因詞義表達相近而造成搭配不當的偏誤，這些往往是考生不恰當地使用已經學過的意義相近的普通話詞語而造成的。如：

① 有很多歌手在亞洲區的名氣也很好的。（大）

② 這部電影還有讓我感動最深的是我跟我的女朋友一起去看的。（印象）

③ 相信許多女孩子都喜愛自己的男朋友像電影中的男主角，……（希望）

## 難點詞誤用

這一偏誤類型基本上體現了香港考生在學習普通話的過程中幾個突出的難點。比如："了"和"的"。

### A）"了"的忽略

香港考生說普通話最容易忽略的就是"了"字。在筆者統計的語料中，"了"的問題大部分是遺漏。如：

① 我覺得顏色不好看，所以還加（了）其他的蔬菜。

② 被野獸看見了，把他關（了）起來。

③ 最後，在緣分的安排下，他們也走在（了）一起。

④ 我快要達成我的夢想（了）。

⑤ 最後他成功（了）。

⑥ 有很多很多的小魚，原來它們生孩子（了）。

部分香港考生在進行普通話測試時，習慣採取謹慎保守的策略。他們在日常生活中，有時候說"了"為 liao（3）或者為"啦"音拖長聲，同時，很多人也知道這樣表達是不正確的，因而在測試時就會克制自己儘量避免此類問題，從而出現了很多"了"字遺漏的現象。

**B) "的"字偏誤**

"的"字偏誤也是香港考生的典型偏誤之一，表現為"的"字遺漏、添加等問題。如：

遺漏：

① 因為我上學（的）時候，不用搭公車，……

② 因為我在香港（的）時候，我說得更差。

③ 歌曲的名稱跟電影的內容也是一樣（的）。

添加：

① 每天要上課，要自己的練習。

② 我的小時候，便有一個夢想。

③ 你的房子也好，但是我想要養一種的小動物。

④ 我們買了八條的小魚。

"的"字短語：

① 我想挑一些比較簡單（的）去做。

② 聽的、拼音的、講的都沒辦法學得好。（聽力、拼音、口語）

③ 講的、住的、吃的、買東西的我都不行。（說話、住宿、吃飯、買東西，用普通話我都不行。）

# 句式結構偏誤

## 成分殘缺

成分殘缺的問題主要是考生容易在表達過程中遺失了某些句子成分，如謂語、賓語等。如：

① 如果（說）不同方言的人，不說普通話的話，就不能交流。

② 到天晴的時候，我們也許就可以坐在露臺（上），……

③ 我到西貢一個叫釣魚翁山（的地方）去。

④ 我想這是主要是受了一個出名的小說家瓊瑤的小說（的影響），……

## 成分多餘

在成分多餘的偏誤裏，我們可以看到一些典型的冗餘成分。如：

① 如果我有那個機會，和龍貓一同住在那裏，就很好了。

② 我們要有這一個信念，才能獲得開心一點。

③ 把它的歡笑和歡樂，帶到給每一個人。

④ 我們在出發前做了很多準備功夫。

負遷移句式

　　負遷移句式指的是那些不符合普通話語法習慣的句子，也就是普通話裏不可能出現的句子。因為這些句子具體看來，似乎更符合粵方言或英語的語法規則。如：

　　① 小商店裏面是滿食物的。
　　　（小商店裏面裝滿了食物。）
　　　（The small shop is full of food.）
　　② 我暑假以後，我回去香港。
　　　（回香港去）
　　③ 過兩天才發現，忘了媽媽在屋子裏。
　　　（把媽媽落在屋子裏了）
　　　（Two days later, they realized they forgot my mum in the house.）
　　④ 我有看到這個烤豬，非常興奮。
　　　（我看到這個烤豬）
　　⑤ 我的外號是大頭蝦，但是我不是什麼海鮮來的。
　　　（但是我不是什麼海鮮）

## 銜接偏誤

　　一段完整的話語，必須具備語義連貫清晰的特徵。測試中的"說話"要求考生能夠在3分鐘內連續地表述一個核心話題。這需要具備一個比較完整的邏輯結構，以及一些能夠表達語義關係的關聯詞語。而香港考生往往把握不好這些關聯詞，從而造成了一些語義關係的混淆。如：

　　① 一個窮小子……遇到了他的最愛。但是這個女孩子已經有了未婚夫。但是，兩人的身份、地位，有很大的分別。（而且）
　　② 我的工作挺繁忙的，有時候一天工作12個小時，所以我們現在還要面對一些課程改革呀。（而且）
　　③ 這首歌我為什麼愛聽呢？（因為它）就是媽媽小時候常常唱給我聽的。

## 語用偏誤

　　任何一句話，只有放在具體語境中，才能判斷這句話是否完全正確。筆者搜集的語用偏誤問題就是一些形式上看似正確，而實際意義表達有誤的語句。如：

　　① 所以我的姐姐搬出來，自己一個人住。
　　② 然後我和爸爸一同回學校。
　　③ 後來在暑假的時候，我跟同學一塊兒去中國內地旅行。
　　④ 先讓我去介紹一下這部電影裏面的一點內容，然後我再告訴你那一段歌是在哪裏的。
　　⑤ 每一天下班回來，我都會給它一點食的。

例1：姐姐從家裏搬出，我還住在家裏，那麼，以我的口吻應該説"所以我的姐姐搬
　　 出去，自己一個人住。"

例2：上文剛剛還説爸爸早上叫我起床，那麼，接着就應該説"然後我和爸爸一同去學
　　 校。"

例3：因為考生參加測試的時候，是在北京，那麼，就應該對測試員説"後來在暑假的
　　 時候，我跟同學一塊兒來中國內地旅行。"

例4：因為在測試時，一般是兩至三名測試員，那麼考生對測試員講話的時候，就應該
　　 説"然後我再告訴你們那段歌在哪裏。"這種偏誤是測試員在測試中經常遇到的，
　　 需要引起考生足夠的注意。

例5：考生講的是她每天要餵養家中的七、八條小魚，所以應該是複數，"我都會給
　　 它們一點食的。"

　　以上這些例句都是測試員在實際測試中發現的常見問題，但是還不足以代表全部。如果
考生在自己平日練習和學習普通話的過程中能夠做到避免出現這些問題，那麼在測試時就會
自然地避開這些"雷區"。當然，普通話成績的提高還需要教師有針對性的教學和適合考生
自己的有效學習模式。應試技巧只是輔助性的手段，全面進步、融會貫通才是最終的目標。

　　（本文是在筆者於2004年12月全國普通話水平測試第二屆學術研討會上發表的論文
《香港考生在普通話水平測試"説話"中幾種常見的偏誤分析》的基礎上修改而成的。）

### 作者簡介

　　韓玉華，女，教育部語言文字應用研究所、國家語委普通話培訓測試中心，助理研究員。
中國社科院語用系在讀博士生。目前主要從事普通話水平測試與教學、對外漢語教學以及
社會語言學等方面的研究，發表論文多篇。